圖書出版 明文堂

이풍원

- 명지대학교 무역학과 졸업
- 동국대학교 L.A.분교 한의학 전공
- Yuin University 한의학 박사 획득 (Compton, Ca.소재)
- Lee, Peter's Acupuncture Clinic (이풍원 한의원) 원장(L.A.)
- Samra University 한의대 교수(L.A) 역임
- Emperor's College(황제 한의대학) 교수 역임(Santa Monica)
- Dongguk University L.A.분교 한의대 교수
- Acupuntra Excelencia(명한의원) 원장 (Guatemala)

소설
神醫 화타

초판 인쇄일 / 2023년 12월 15일
초판 발행일 / 2023년 12월 20일
☆
지은이 / 이풍원
펴낸이 / 김동구
펴낸데 / 明文堂
(창립 1923년 10월 1일 창립 100주년)
서울특별시 종로구 윤보선길 61(안국동)
우체국 010579-01-000682
☎ (영업) 733-3039, 734-4798
(편집) 733-4748
fax. 734-9209
e-mail : mmdbook1@hanmail.net
등록 1977. 11. 19. 제 1-148호
☆
ISBN 979-11-91757-98-9 03810
☆
값 20,000원

차 례

1. 후손회상(後孫回想)

"아니 저 꽃은……!"

햇볕이 따사로운 어느 날, 파란 하늘에 한 점의 구름도 없이 맑았다. 도(陶)의원의 딸 연매(連妹)는 흥얼대며 산길을 따라 내려오고 있었다. 습기 많은 산길 옆에 조그만 꽃들이 즐비했다.

평소에 채송화, 패랭이꽃, 분꽃 등을 많이 보았지만, 유독 연한 노란색을 띤 하얀 꽃이 눈에 들어왔다. 연매는 무심히 바라보다가 그 꽃이 너무 아름다워 눈을 뗄 수가 없었다.

"꽃이 너무 예쁘구나. 이 꽃을 파다가 우리 집 정원에 심어야지."

평소 꽃을 좋아하는 연매는 이 꽃을 집에다 키워서 매일 보고 싶었다. 연매는 두 손으로 흙을 파고 조심스레 뿌리 하나라도 잘려질까 정성껏 캐어 두 손으로 바쳐서 흥겹게 콧노래를 부르며 집으로 향했다.

"연매야!"

"오빠!"

"그 꽃은 무슨 꽃이니?"

정원을 관리하던 황후생(黃后生)은 연매가 들고 있는 꽃이 유난히 눈에 들어왔다.

"오빠! 이 꽃 예쁘죠?"

"그래 너같이 예쁘구나!"

"오빠, 놀리지 마!"

"어디서 났어?"

"산길을 걷다가 꽃이 예뻐서 집에다 심으려고 캐어왔어요."

"그 꽃 이리 줘, 내가 심어 잘 가꿀게."

"아냐, 내가 심을래요."

"네가 심는 것보다 내가 심으면 더 잘 자랄 거야. 내가 약초도 잘 키우잖아!"

"맞아요! 오빠 잘 가꿔야 해요."

연매가 가져온 작은 꽃을 앞뜰에다 심었다. 황후생은 정성들여 키우며 다른 꽃보다도 신경을 쓰며 키웠다. 황후생은 그 꽃을 보며 평소에 마음속에 품고 있던 연매를 생각하며 하루에도 몇 번씩 꽃을 바라보며 가꾸었다.

"오빠! 뭘 생각해요?"

"이 꽃을 보면서 연매를 생각했지."

"놀리지 마셔요!"

작은 꽃은 점점 자라 무성하여졌고 나중에는 백초원의 빈터에도 심었다.

도의원 집의 뒤뜰에는 백초원(百草園)이라는 약초를 키우는 곳이 있었다. 평소에 이곳에서 재배된 약초로 사람들을 치료하였고, 구하기 힘든 약초를 뿌리를 구하여 이곳에 옮겨 심었다. 백 가지 이상 많은 약초를 키우는 곳이라는 뜻으로 백초원이라는 이름을 짓게 되었다. 도의원은 황후생에게 백초원을 맡겨 관리하게 하였다.

"후생아!"

"예, 스승님."

"백초원의 약초를 정성껏 키워라. 한 그루 한 그루가 많은 환자들을 치료하는 귀한 약초니라."

"명심하겠습니다."

"어떻게 하면 잘 자라나는가도 연구하고 벌레가 먹지 않도록 하고 병들지 않도록 신경 쓰도록 하거라. 특히 한 그루의 나무가 한 생명을 구한다는 것을 잊지 말거라"

"예."

"너무 물을 많이 주면 뿌리가 썩게 되고 너무 물을 안 주어도 마르게 되는 것 알지?"

"네."

"약초도 사람과 똑같기에 키우는 사람의 사랑을 주면 그만큼 사랑을 먹고 자라니 한 그루 한 그루 정성과 사랑으로 키우도록 하거라. 사랑과 정성이 모자라면 말을 못하는 꽃이라도 빨리 시들고 윤기가 없게 된단다. 여기에 약초들은 귀한 생명을 치료하기에 더욱더 정성을 쏟고……"

이듬해, 연매가 가져온 꽃들은 만발하였고 여기저기에 많이 자라났다.

"연매야! 꽃이 예쁘지?"

"이것이 내가 가져온 꽃이에요, 오빠?"

"그래, 색깔이 곱지?"

황후생은 고아로 자랐는데 도의원이 그를 불쌍히 여겨 데려다가 집안일을 시키고 백초원도 관리하게 하였다. 그는 머리가 총명하고 성실하여 도의원은 저녁에는 의학공부를 가르쳤으며, 낮에는 한약을 달이기도 하고, 약초를 캐어 말리며 백초원도 맡겨 관리하게 하였다.

백초원은 귀한 약초가 많이 자라고 또 환자에게 치료하는 필요한 약재는 언제나 그곳에서 재배하기에 도의원은 황후생에게 언제나 약초에 대해 주의를 주었다.

어느 날, 황후생이 연매의 방을 지나는데 신음소리를 듣게 되었다. 황후생은 사모님에게 달려갔다.

"마님!"

"웬일이냐?"

"연매가……!"

"말을 해라! 말을 해!"

"연매가 열이 심한가 봅니다."

연매는 열이 나며 토하기도 하고 설사를 하였다. 연매의 이마를 만져보니 열이 펄펄 끓었다.

"후생아!"

후생은 뒤쪽에서 약재를 썰다가 도의원 부인이 부르는 바람에 뛰어나왔다.

"예! 마님!"

"의원님은 어디계시냐?"

"집에 안 계십니다."

"안 계시다니? 어딜 가셨느냐?"

"오늘 정오에 왕진 가셨습니다."

"그럼 언제 오시냐?"

"아마 며칠 걸릴 것입니다. 의원님께서 이번 가는 곳은 환자가 많다고 하였습니다."

"큰일이구나. 연매가 이렇게 아픈데……"

"연매가 열이 계속 나나요?"

"그래 열이 나고 토하기도 하고 설사를 한단다. 빨리 수건과 물을 떠오너라."

연매의 아버지 도의원은 먼 곳으로 왕진을 가서 출타 중이었다. 게다가 언제 돌아올지도 몰랐다. 어느 때는 한 달씩 비울 때도 있었기 때문에 마님은 매우 불안하였다.

연매는 열이 점점 더 심해지고 밤새 잠을 못 이루고, 부인도

꼬박 밤을 새웠다. 의원이 없기에 집에서는 속수무책으로 의원이 빨리 돌아오기를 기다릴 뿐이었다.

“왜 하필 의원님이 안 계실 때 연매가 아픈지……”

황후생도 불안하였다. 백초원을 거닐다가 우연하게 연매가 심은 약초에 무심코 손이 닿게 되었다.

“지금 연매는 몹시 힘들 텐데……”

연매를 생각하면서 그 약초를 따서 입에 물다가 씹었다.

“퉤, 퉤! 아니 이렇게 쓰다니……”

그 순간 황후생은 별안간 머리에 떠오르는 의원님의 말씀이 생각이 났다. 평소에 의원이 한 말이 귀에 쟁쟁하였다.

‘구고양약(口苦良藥)’

“그래 맞아! 의원님이 입에 쓴 약은 몸에 좋다고 하였어.”

“내가 먼저 맛을 보고 해가 없나 봐서 연매에게 복용시키도록 해야겠다.”

황후생은 세 뿌리를 캐어 약초를 통째로 끓여 스스로 먹어보았다. 쓰기는 했지만 아무런 중독현상이 나타나지 않았다.

밤이 되니 연매는 열이 점점 심해져 헛소리를 하고 있었다. 부인은 어찌할 바를 모른 채 속수무책이었다.

“후생아!”

“예, 마님.”

“의원님이 빨리 돌아오셔야 연매를 돌볼 수 있을 텐데…….”

“이번에는 먼 곳에 가셨기에 언제나 오실지……?”

"어떤 방법이 없을까?"

연매는 온몸이 불덩어리가 되어 괴로워하고 있었다. 연매의 어머니는 연매의 머리맡에서 연신 찬 수건을 머리에다 대어 열을 내리게 하였다.

"후생아! 찬물을 또 떠 오거라!"

"예, 마님! 그런데……"

"왜 그러냐?"

후생이 머뭇거리자 부인이 다그쳤다.

"왜 그러냐고 묻지 않느냐?"

황후생은 주머니에서 약초를 꺼냈다.

"여기 약초가 있습니다."

황후생은 따온 약초를 한 움큼 부인에게 보이며 말했다.

"이것이 뭐냐?"

"이 약초가 매우 씁니다. 의원님께서 저에게 말씀하셨습니다. 입에 쓴 약은 몸에 좋다고요(口苦良藥). 혹시나 해서 가져왔습니다."

"지금 이것저것 따질 때가 아니다. 그래! 한번 달여 먹어보자, 빨리 달여 오거라."

황후생은 약초를 달여서 연매에게 가져왔다.

"연매야! 이 탕약 마셔봐!"

연매는 입을 겨우 열었다.

"아……"

연매는 황후생이 달여 온 약을 마시고 잠시 있더니 몸이 편해져 잠이 들어버렸다. 다음날 아침 연매는 몸이 한결 편해지고 좋아졌다.

"어머니! 열도 내리고 몸이 많이 좋아졌어요!"

"후생아! 어제 그 약초를 더 달여 오너라. 연매가 열이 내리고 어젯밤 편히 잤다고 하더구나."

황후생은 연 사흘 동안 계속 약초를 끓여서 복용시키니 연매의 병은 씻은 듯이 나았다.

마침 그때 도의원이 집으로 돌아왔다. 그동안 연매 이야기를 부인을 통해 전해 들었다.

"후생이 캐온 약초로 치료됐다고?"

"예."

"후생아!"

"예."

"그 약초가 어디에 있느냐?"

"무슨 약초를 말하십니까?"

"연매가 먹고 나았다는 약초 말이다."

"지금 백초원에서 자라고 있는 약초입니다."

"어디 가보자!"

도의원은 딸 연매의 병을 치료해 살아났다는 것과 좋은 약초를 발견했다는 것에 마음이 흥분이 되었다. 황후생과 같이 백초원에 가서 그 약초를 관찰하였다.

"그때 증상을 말해 보거라."

"설사도 나고 몸에 열이 있으면서 머리도 아팠습니다."

"그리고 다른 증상은 없고?"

"약간의 구토증상도 있었어요. 나중에는 온몸이 불덩이같이 뜨겁고 화끈거리며 머리가 심하게 아파서 잠도 잘 이루지 못했어요."

딸에게 병의 상태를 듣고 난 후 황후생의 손을 잡고 감격하여 말하였다.

"후생아! 연매의 병은 위장(胃腸)에 열이 심하게 있었는데 그 약초로 열을 없애고 해독되어 치료가 된 거란다."

그러면서 도의원은 후생에게 연매에게 달여 준 약초에 대해 설명해 주었다.

"보니까, 이 작은 풀의 뿌리가 노란색이라 약효가 비장(脾臟)에 들어가며 성질이 차가운 한성(寒性)이며 쓴맛(苦味)이 열을 없애고 몸의 습(濕)한 것을 없앤 것이로구나. 이 약초는 해독도 하는 약초인 거지."

후생은 약초를 맛을 보며 약초의 효능을 찾아내는 도의원이 매우 큰 산과 같이 든든하고 위대한 그 무엇과 같았다.

도의원은 약초를 자세하게 보면서 아버지 화타를 생각하며 눈가에 눈물이 고였다.

"무엇을 그리 생각하셔요, 아버님?"

"전에 아버지께서 만든 고약을 실험하기 위하여 어머니께서 일부러 상처를 냈다는 이야기를 오보(吳普)와 번아(樊阿) 아저씨에게 들었던 이야기가 생각나는구나."

황후생은 도의원에게 물었다.

"의원님, 이 약초 이름이 무엇입니까?"

"나도 모르겠구나……"

"………"

"이 풀이 연매가 채집하여 가져와 자네가 심고 또 네가 먼저 약초의 맛을 보아 연매를 치료하였으니……보자……그래, 황련(黃連)이라 이름을 짓자."

"황련이요?"

"그래 약초뿌리가 노랗고, 후생이의 이름의 성(姓) 황(黃)과 연매를 치료하였으니 연매의 연(連)을 합쳐서 황련이라고 부르자."

도의원은 약초 이름을 황련이라고 지었다. 그리하여 황련은 사천(四川)에서 번식하기 시작했다. 황련은 세균성 이질과 폐결핵, 괴양성 결장염, 고혈압 등에 효과가 있고 위축성 비염, 화농성 중이염, 급성 편도체염에도 유효하다.

"후생아! 맛(味)에는 몇 가지가 있는지 아느냐?"

"예, 모두 다섯 가지 맛이 있습니다. 다섯 가지 맛을 오미(五味)라고 합니다."

"그래, 그럼 다섯 가지 맛인 오미(五味)는 어떤 맛이냐?"

"예! 매운맛(辛味), 단맛(甘味), 신맛(酸味), 쓴맛(苦味), 짠맛(鹹味)이 있습니다."

하나를 가르치면 열을 아는 황후생은 도의원의 질문에 하나도 막힘이 없었다.

"대개 다섯 가지 맛을 이야기하지만, 더 자세하게 두 가지 맛을 더 추가 할 수가 있단다."

"예?"

"떫은 맛(澁味)과 덤덤한 맛(淡味)이 있지만, 이 두 가지는 오미에는 안 들어간단다."

"명심하겠습니다."

"다섯 가지 맛의 작용은 알고 있는가?"

"아직 스승님께서 알려주지 않았습니다."

"첫째, 매운맛(辛味)은 발산(發散)하는 작용이 있어 감기 기운이 있을 때는 매운맛으로 땀을 내어 감기의 나쁜 기운(邪氣)을 제거하여 치료한단다. 또 매운맛은 기혈(氣血)을 잘 돌게 한단다."

"단맛(甘味)은 어떤 작용을 하나요?"

"단맛은 몸을 보하는 보익(補益)과 소화기능을 잘 되게 하는 화중(和中) 작용과 급한 것을 부드럽게 하며 통증을 완화해 주는 완급(緩急) 작용을 하지. 그래서 몸을 보할 때는 단맛이 도움을 주고 약의 성질을 조화시킨단다. 그래서 술을 많이 마셔서 통증이 있을 때 꿀물을 타 먹으면 통증이 없어지는 것이 그런 이유란다."

후생은 맛의 효능에도 거침없으신 스승님의 가르침에 더욱더 목이 타 갔다. 처음 들어보는 맛에 대한 효능에 놀랐다.

"신맛(酸味)은요?"

"신맛은 몸에서 나가는 것을 막아주는 수렴(收斂)과 단단하게 하는 고삽(固澁 : 내장의 허약, 정기 부족으로 기혈과 정액이 소모되는 것을 막는 작용)이 있는데, 이것은 식은땀이 날 때 신맛으로 도움을 준단다. 그래서 여름에 냉면(冷麵)을 먹을 때 식초를 넣는 이유지. 그리고 설사할 때는 멎게 하는 작용을 신맛이 한단다."

후생은 맛의 효능 설명에 재미있기도 하고 궁금하였다.

"그럼 쓴맛(苦味)은 무슨 작용을 합니까?"

"아래로 내려가게 하는 통설(通泄) 작용을 하고 또 마르게 하는 조(燥)한 성질을 가지고 있지. 그래서 변비 때 쓴맛으로 치료하는 것이지 또한 기침을 할 때는 기(氣)를 내려가게 한단다. 기침이 날 때는 폐기(肺氣)가 상역(上逆)이 된 것이거든. 즉 폐의 기가 아래로 내겨가지 않고 위로 올라가기에 기침이 나오는 것이란다. 이때 바로 쓴맛으로 폐기를 아래로 내려가게 하면 자연적으로 기침이 멎게 되는 것이지."

후생은 하나하나 설명을 할 때 놓치지 않으려고 긴장을 하면서 적어 내려간다.

"습한 기운[濕邪]이 있을 때는 신경통이 생기거든. 그때도 쓴맛을 이용한단다. 그리고 무서운 불한당을 만나면 다리가 후들후들 떨리며 다리에 힘이 없는 것이 바로 기(氣)가 내려가서 그렇단다. 그래서 불한당들이 '쓴맛 한번 볼 테냐!' 하는 말도 여기서 생겼지."

"짠맛(鹹味)은 어떤 것입니까?"

"짠맛은 단단한 것을 부드럽게 하는 연견산결(軟堅散結) 작용을 하지. 그래서 뻣뻣한 배추도 소금에 절여 하루가 지나면 부드러워지는 이유가 있단다. 그래서 몸의 단단하게 뭉친 곳이 있으면 짠맛을 사용하면 뭉친 것이 풀어진단다. 그리고 밑으로 내려가게 하는 사하(瀉下) 작용이 있기에 변비에도 짠맛을 사용하면 변이 잘 통하게 된단다."

"스승님, 다섯 가지 맛 외에 떫은 맛[澁味]과 담담한 맛[淡味]이 있다고 하셨는데 그것은 무슨 작용을 하는지요?"

"떫은맛은 신맛과 비슷하여 대부분 식은땀이 난다든지, 설사, 남자들 정액이 쉽게 나오는 조루증상이 있거나 출혈에 사용하고, 담담한 맛은 습할 때, 즉 신경통이 있거나 소변이 시원치 않을 때, 몸이 부은 증상이 있는 부종(浮腫)에 쓴단다."

황후생은 이렇게 다섯 가지 맛으로도 잘 분별하면 치료에 도움이 된다는 것을 알게 되어 가슴이 벅찼다.

"다섯 가지 맛인 오미로 단순하게 치료하는 것이 아니라 맛에도 상생상극 관계를 이용한단다."

이어서 도의원은 다섯 가지 맛을 가지고 상극과 상생관계를 말했다.

"다섯 가지 맛인 오미(五味)가 오행(五行)에 연결되어 치료할 수도 있단다."

"어떻게 연결하는지요?"

"신맛은 오행의 목(木)에 해당되고, 쓴맛은 화(火)에 해당이 되지. 그리고 단맛은 토(土)에 해당하고, 매운맛은 금(金)에 해당이 되고, 짠맛은 수(水)에 해당한단다."

황후생은 처음으로 맛으로도 오행에 연결되는 것을 거침없이 말하는 스승을 보며 입을 다물지 못했다.

"그렇다면 너무 짠 것을 먹고 속이 쓰릴 때는 어떤 맛으로 속을 달랠까?"

"……"

황후생은 곰곰이 생각을 하였지만 얼른 대답을 못하고 있었다. 그런 황후생을 보고 도의원은 말한다.

"짠맛은 수(水)에 해당하니 수를 상극(相剋)하는 토(土)에 해당하는 단맛을 먹게 되면 속이 아픈 것을 치료할 수 있단다."

오행과 오미의 연결로 치료하는 이치를 깨달은 황후생은 스승의 가르침을 머릿속에 새기고 있었다. 이렇게 다섯 가지 맛을 잘 분별하면 치료에 도움이 되는 것뿐만 아니라 오행을 이용해서도 치료된다는 것을 깨닫게 되었다.

도의원의 눈가엔 어느덧 눈물이 흘렀다. 돌아가신 아버지를 보고 싶어 하는 절절한 마음이 그를 더 가슴 시리게 하였다. 아버지 화타는 일찍 백성들을 치료하고자 하는 마음을 제대로 펼치지 못한 한을 품고 세상을 떠났다.

백성들도 그의 죽음에 대해 비통과 동정이 계속되었고, 그 고향에 있어서 광활한 황준(黃准) 평원과 그가 다니며 치료한 지방까지 사람들은 화타를 기념하였다. 조그마한 마을까지도 화타의 신주를 모신 화조묘(華祖廟)와 화타를 기념하는 암자인 화조암(華祖庵)과 또 기념하는 누각인 화조각(華祖閣)을 건립하였다.

화조묘(華祖廟)

도의원은 사천지방에서 왔지만 아버지 화타에 대한 이야기를 들게 되었다. 화타가 목 잘린 후 몸과 연결되지 않았다고 하며 허창에서 호현까지 백성들에게 나타났다고 소문이 나서 조조는 명령을 내렸다고 한다.

"시체를 수습하지 못하게 하거라!"

때가 6월이었는데 별안간 큰 눈이 사흘 동안 내렸다. 별안간에 6월에 큰 눈이 내렸지만 하늘이 맑아서 눈을 녹는 것을 기다리고 있을 때에 화타 시신은 이미 어디론가 사라져 버렸다.

화타를 존경하는 백성들이 조조의 명령에도 두려워하지 않고 화타의 시신을 거두어서 성의 북쪽 청이(淸潩) 강변에 묻어 주었다. 그것은 화타가 사형 당하기 전 오(吳) 압옥(押獄)에게 부탁하였다고 한다.

"아무래도 내가 내일을 넘기기가 어려울 것 같으니. 내가 죽게 되면 나를 청수(淸水) 강변에 묻어주게나."

"아니 의원님 내일 넘기가 어렵다니요?"

화타의 눈에는 눈물이 고여 있었다. 죽음을 맞이하는 마음과 또한 많은 백성들에게 의술을 펼치지 못하는 것에 대한 마음으로 하늘을 쳐다보면서 말은 하였다.

"내 운명이 여기까지로구나……"

번아(樊阿)는 수소문해서 화타의 수급을 가지고 있는 사람에게 많은 금을 주고 사온 후 팽성(彭城)의 남쪽 교외에 머리에다 돌로 몸을 만들어 매장하였다. 팽성은 지금의 서주(徐州)이다.

후에 어떤 사람이 한 두개골을 발견하였는데 앞머리(前額) 부분이 다른 사람보다 비교적 컸다고 한다. 이것은 바로 화타의 두개골로 추정하여 다시 매장하고 화타의 묘를 만들었다. 지금은 묘 앞에는 그의 제자 번아(樊阿), 오보(吳普), 이당지(李當之)의 석상과 함께 기타 석각들이 서있다.

화타가 세상을 떠나고 난 후에 조주(曹州) 일대에 온역(瘟疫 : 지금의 유행전염병)이 휩쓸었다. 백성들은 과반수가 사망하였다. 어느 하루 서쪽으로부터 한 의원이 오더니, 군중 속에 있는 환자들의 병 상태를 자세히 알아보았다. 그 중 한 노인이 돌연 혼미하여 죽어갔다. 그 의원은 급히 호로병에서 약을 꺼내 노인 입에다 넣었더니 노인은 회복하였다. 그래서 모두들 그 의원을 집으로 청하였다.

온역에 걸린 사람들은 그 의원을 통해 치료되었고, 약을 복용한 사람들은 모두들 죽음에서 벗어났다. 그 의원이 떠나려 하자 사람들은 의원에게 매달렸다.

"의원님, 이곳에 머물러 주십시오."

"나는 이곳에 오래 머물지 못합니다. 내가 온역을 치료하는 약초를 알려줄 것이니, 그것으로 온역을 벗어나십시오."

의원은 웃으면서 말하였다.

"이 약초는 아무 들에서 구할 수 있는 약초입니다."

농민들 모두가 그에게 매달렸지만 그는 떠나야 한다고 하였다.

"존함이라도 알려주셔요."

"나는 호현에서 온 성이 화(華)입니다."

그는 말을 마치자마자 홀연히 떠났다.

그 약초는 조주 전역에 온역으로 감염된 백성들을 구한 약초였다. 그들은 약초를 끓여 복용하여 치료되었고 이에 감사하는 마음에 돈을 모아서 호현으로 가서 답례하자고 하였다.

그들의 대표들이 성금을 가지고 떠나 호현에 도착을 하였다.

"이곳에 화씨 성을 가진 의원이 어디 계십니까?"

"화씨 성을 가진 분이라면…지금은…저쪽 화조암이라는 암자에 가보셔요."

그들은 화조암에 걸려 있는 화타의 초상을 보고 놀랬다.

"바로 이분이었오."

"아니 우리의 생명을 살리게 한분이 바로 화타 의원이었군."

화타의 미담은 계속하여 널리 퍼져 아들 도의원에게까지 들리게 되었다.

도의원은 화타의 아들로 아버지가 조조(曹操)에게 살해당한 후, 조조에게 해를 당할까봐 두려워 이곳으로 도망하여 몰래 살았다. 도망 다니다가 어머니마저 병에 걸려 돌아가셨다.

그 당시 역적은 삼족을 멸하기에 이름마저도 도(陶)로 바꿨다. 도(陶)는 도망 다닌다는 도(逃)와 같은 발음이라 성을 바꿨다.

도의원은 사천지방에서 의술이 높고 명성이 알려져 인근 지방에서도 많은 왕진을 청하였다.

"오빠가 아니면 나는 죽었을 거야. 오빠가 생명의 은인이에요."

"무슨 소리야."

황후생은 연매의 말에 마음속으로는 좋았지만 입으로는 태연한 척하였다.

"오빠가 그 약초를 그때 쓰지 못했으면 나는 이 세상 사람이 아니잖아, 그리고 아버님은 집에 계시지 않았고……"

황후생은 연매에게 칭찬을 받자 몸 둘 바를 몰랐다.

"난 네가 이렇게 건강하게 회복되니 너무나 좋구나."

도의원은 황후생과 연매의 대화를 엿듣게 되었다.

"저 녀석이 벌써 저렇게 컸구나! 후생이는 고아지만 총명하고 열심히 환자들을 돌보며, 아픈 사람들을 긍휼이 여기니……"

이 일이 있은 후, 연매는 황후생을 더욱 따랐다.

황후생이 상의를 벗고 도끼로 나무를 팰 때면 몰래 딱 벌어진 가슴에 자꾸 눈이 갔다. 밤이 되면 연매는 황후생을 그리며 잠을 못 이루게 되었다. 황후생의 벗은 몸을 본 후로는 황후생을 마주치면 가슴이 콩닥콩닥 뛰면서 말을 잘 못하고 얼굴을 붉히게 되었다.

황후생이 연매를 불렀다.

"연매야!"

"……"

연매는 밤잠을 못 이루었다.

연매는 밥맛이 없고 혼자 끙끙 앓으며 자리에 눕게 되었다.

"마님!"

"왜 그러느냐?"

"연매가 음식을 먹지도 않고 자리에서 일어나지 않습니다."

부인은 연매의 방으로 갔다.

"연매야! 어디 아프냐?"

"……"

부인은 도의원에게 연매가 아프다고 하여 도의원이 연매의 방으로 갔다.

"어디 맥을 보자."

연매의 맥을 본 도의원은 입을 열었다.

"맥을 보니 알겠다. 상사병이 났구나."

연매는 얼굴을 붉히며 눈을 감았다.

"그동안 얼마나 마음고생 했느냐?"

"……"

"누구를 좋아하느냐?"

"……"

"말해 보거라."

"……"

"말해 보래도."

머리를 떨구며 다 기어들어가는 소리로 대답했다.

"후생 오빠예요."

"그래? 그럼 내가 후생이랑 이야기를 한번 해보겠다."

그래서 그들은 마침내 결혼하였고 황후생은 도의원의 사위가 되었다. 도의원 밑에서 많은 의술을 배우고 많은 백성을 치료하게 되었다.

"부모님이 살아계셨으면 손녀사위를 보게 되어 얼마나 좋아하셨을까……"

그의 눈가에는 어느덧 눈물이 고였다.

2. 죽리모사(竹籬茅舍)

화 타

잔물결을 이루며 도도하게 흐르다가 소용돌이치며, 조용하고 잔잔한 물결을 만들며 흐르는 물은 하남성(河南省)의 동백산에서 발원하여 나와 안휘성(安徽省)으로 들어가 강소성(江蘇省)을 굽이굽이 돌아 황하(黃河)로 큰 강을 이뤄 바다로 들어가는 회강(淮江). 회강의 북쪽이 바로 회북(淮北) 평원이다.

박현(亳縣)은 상(商)나라 탕왕(湯王)이 도읍지로 정한 곳으로 제후들이 패권을 다투며, 정세가 급변하는 춘추시대에 초평왕(楚平王)이 진(陳)나라를 멸망시킨 후 이곳은 토목공사를 대대적으로 벌여 박현은 초(焦)에서 초(譙)로 고쳐 부르게 되었다. 진(秦)나라가 천하통일을 하고 군현(郡縣)제도를 실시하여 군과 현으로 나누어 그곳을 초현(譙縣)으로 정하였다.

서한(西漢)은 건립부터 정권이 바뀌어서 광무제(光武帝) 유수(劉秀)가 동한(東漢)을 세울 때까지 줄곧 초현은 매우 중요한 지역이었다. 초(譙)는 지금의 안휘성(安徽省) 박현(亳縣) 일대를 말한다. 초현은 후에 위(魏)나라에 속하게 되었다.

동한(東漢) 말년인 순제(順帝) 영화(永和) 6년(서기 145년)에 패국(沛國) 초현 성(城)의 북쪽 십여 리의 소화장(小華莊)에서 어린아이 울음소리가 났다.

"으앙, 으앙....."

"아들이네."

우렁찬 울음소리가 마치 혼탁한 세상에 미래의 신의(神醫)가 탄생을 알리는 듯하였다.

화타(華佗)의 울음소리였다. 청낭한 소리로 집안 온 구석구석에 퍼졌다.

"그 녀석 울음소리 한번 크구나!"

'이 험난한 세상에 태어나 많은 백성을 도탄에서 구해내는 훌륭한 사람이 되어라.'

바로 동양의학에서 내과, 외과, 부인과, 소아과, 침구과 등 여러 방면에 뛰어나 이전 사람들의 의술을 뛰어넘어 외과 방면에서도 세계적으로 명성을 얻은 의학가인 화타가 이 세상에 태어나는 소리였다.

화타의 부친은 그동안 실의에 빠져 있었다. 그는 관리 일을 하지 않은 선비였다. 화씨 가문은 오랜 동안 명망이 있는 가문으로 춘추시대 때부터 알려진 가문이었다. 그 후로 몇 번 흥하고 쇠하여 여러 번 옮겨 다니다가 그 가문 중의 화타의 아버지가 이곳 초현으로 이사하여 초현 화씨의 시조(始祖)가 되었다.

그러나 화타의 부친 때에 이르러 집은 더욱 쇠퇴했다.

한고조(漢高祖)의 공적이 뛰어났고 문제(文帝)와 경제(景帝)가 나라를 다스리고 무제(武帝)와 같이 북쪽 흉노족을 격퇴시키고 남간(南墾)을 국경으로 정하였다. 그 당시 서쪽의 실크로드를 개척하는 위대한 업적을 남겼다.

한무제 때 북방에는 3대 유목민 부족이 있었다. 그 부족은 동호(東胡)족, 흉노족, 월지(月支)족이었는데, 무제는 흉노를 제압하기 위해 흉노족에게 쫓겨나 서쪽으로 자리를 잡은 월지족을 이용하려 하였다. 월지족과 동맹을 맺기 위해 사신으로 보낸 장건(張騫)은 무제의 명을 받고 BC 139년 장안을 출발하였다. 그가 월지로 가던 중 흉노에게 붙잡혀 10여 년 고생을 하다가 탈출하여 겨우 대월지에 도착하였다. 대월지는 한나라와 함께 흉노를 칠 의사가 없다 하여 동맹에 실패하고 돌아오던 중 또 흉노에게 붙잡혀 간신히 부하 1명과 함께 탈출하여 고국으로 돌아왔다.

그가 고향을 떠난 지 13년 만에 돌아왔지만 서역에 대한 많은 정보를 가지고 와서 무제에게 여러 가지 건의를 하였다. 그 중 하나가 흉노를 거치지 않고 사천과 운남을 경유해서 인도로 가는 길을 개척하자는 것이었다. 이렇게 해서 열리게 된 교통로가 실크로드로 BC 121년에 장건은 오손국(烏孫國)에 파견되었는데 그곳에서 그가 파견한 부사들이 서역국의 사절과 대상들을 데리고 돌아왔다. 이에 천산남로(天山南路) 즉 실크로드가 크게 열려 서역과 교역이 활발해졌다.

실크로드로 서역에 대한 지리, 풍물 등 지식이 중국에 전달되었고 중국은 서쪽에도 문명국이 있다는 것을 알게 되었다.

그 후, 왕권이 바뀌고는 이렇다 할 공적이 없고 오직 동한(東漢) 초기의 광무(光武)가 중흥시켰다는 국면이 사람들 기억 중에 남아 있을 뿐이었다. 정치상 외척과 권력 간의 상호 서로 배척하느라 백성의 생활은 더욱 고통스러웠다.

화타의 부친은 이런 세상에 아들이 태어났기에 아들에게 큰 희망을 두었다. 화타의 부친은 글 읽기에만 파고들어 학문에 정진하였다.

"아들에게 무슨 이름을 지을까!"

그는 아들의 이름을 지으려고 많은 시간을 보낸 다음 마침내 결정하였다.

"그래 타(陀)라고 짓자."

마침내는 아들의 이름을 「타(陀)」로 지었다. 타는 덮는다는 뜻이다.

"아명(兒名)을 「부(旉)」라고 부르자."

부(旉)는 널리 알리다 또는 도달하다는 의미다.

그는 아들에게 해와 달이 비쳐서 따스하고 광선이 덮는 듯 백성들에게 날마다 해와 달과 같이 따스하고 빛나게 지켜주는 사람이 되는 희망을 걸었다.

"자(字)는 '원화(元化)'로 하지."

원(元)은 시작이고 화(化)는 새롭게 만든다는 뜻으로, 이는 부친이 아들에게 변화가 있기를 갈망하는 것을 이름으로 표현하였다. 또한 한 새로운 운명의 시작이라고도 할 수 있다.

화타의 부친은 아들의 미래를 무한한 아름다운 전경을 머리속으로 그려내며 앞날에 넓고 끝없는 의도가 있는 것이다.

화타가 태어날 당시의 시대는 정치가 극단적으로 부패하고 혼란한 전쟁이 계속되었다. 백성들의 생활은 고통의 연속으로 각처에는 전염병이 창궐하고 각 지방으로 전염이 되었다. 이러한 사회 현실은 화타에게도 영향을 주었다.

동한 말년 천하가 불안하고 조정의 환관(宦官)들은 서로 세력 다툼을 할 때 강호(江湖)에는 황건적들이 들끓었다. 백성들은 굶주림에 지쳐 있어 겨우 끼니를 때우는 것만으로 힘들어 굶어 죽는 백성들이 있는가 하면 온역(瘟疫 : 치명적인 전염병)이 곳곳에 퍼져 백성들의 피해는 이루 말할 수 없었다.

식량을 훔쳐 도망한 사람은 길가에서 어린아이를 먼저 먹였다. 어린아이의 허기를 채운 다음 그 아이의 어머니가 먹는 광경도 있고, 길가에서 죽어가는 사람에게서 음식을 빼앗아 먹는 등 처절한 광경이 벌어졌다.

한(漢)나라 환제(桓帝)에서 진(晋)나라 무제(武帝)까지 120년간 인구가 5천 6백여만에서 1천 6백여만으로 줄어들었다. 열 사람 중 일곱 사람이 죽었다는 놀라운 참극이 벌어졌다.

화타는 이런 비참한 시대에 태어난 것이었다.

화타의 어린 시절 집 앞은 매우 조용하고 쓸쓸하였다. 그 집은 당시 사회상으로 근근이 살아가는 선비계층의 생활을 엿볼 수 있다. 부친은 권력이나 지위에 신경을 쓰지 않고 살아가는 청렴한 선비였다.

그러나 초성(譙城)에 있는 화타보다 10살 아래인 조조(曹操)의 집은 화타의 집과는 비교가 안 될 정도로 근본적으로 달랐다. 조조의 가문은 대대로 환관 집안이다.

그의 부친 조숭(曹嵩)은 한(漢)나라 환제(桓帝) 때 환관인 조등(曹騰)의 양자가 되어 조씨로 바뀌게 되었다. 조등은 엄청난 부를 축적한 사람으로 금덩어리를 마치 흙덩어리같이 쉽게 생각하는 사람이었다. 조조의 가문은 그 당시 권세가 대단하여 사람들을 벌벌 떨게 하였다.

소화장(화타의 고향)

화타의 거처인 소화장(小華莊)은 조용하지만 그윽하고 운치가 있는 품위 있는 곳이다. 그 마을에는 맑은 못이 있고 못의 뚝방에는 버드나무가 총총히 서 있었다. 둑 앞은 대나무가 담을 감싸고 있었다. 봄날이면 여린 녹색 버드나무가지는 엷은 안개가 싸이듯 둑을 뒤덮고 동쪽에서 바람이 불어오면 못에 잔물결이 인다.

집안 온 뜰에는 작약 꽃이 피어 풀풀 맑은 향기를 내며 줄곧 토담집까지 드리워져 펴져 갔다. 가을이 되면 온갖 형상의 국화는 그의 집 밖에서 대나무와 어우러져 바람과 마치 대화하듯 흔들리고 있었다.

소화장은 아름다운 전원풍경을 만들며 또 마을사람들도 고풍을 간직한 채 있어 모두들 화목하고 순박하고 친절하였다. 화타는 이러한 환경 속에서 성장하였다.

그의 부친은 집 앞 뜰에서 작약 등 각종 꽃을 심을 때는 어린 화타가 아버지를 도와 못에서 나무로 만든 물통에 가득 물을 길어 화초에 물을 주었다. 얼굴에 땀이 범벅이 되어서야 일을 끝내고 손을 씻었다.

"부(旉)야! 화초에 물을 줄 때도 즐겁고 정성된 마음으로 주거라."

"화초에 물만 주면 됐지. 마음까지 주어야 되나요?"

"말을 못하는 꽃들도 가위로 자를 때면 싫어한단다. 조그마한 꽃이라도 정성을 다하여 키우면 꽃들도 생기가 넘친단다."

"……"

"물을 줄 때 '잘 자라고 예쁘게 크거라' 하고 마음속으로 이야기를 하면 꽃들도 예쁘게 큰단다."

그는 어느 때는 정원에 재배된 작약이 크고 작은 선명한 꽃으로 필 때는 놀랐다.

어떤 때는 작약 꽃을 모란꽃으로 착각할 정도였다. 놀라운 생명력과 아름다움에 힘들게 물을 길었던 것이 너무나 보람을 느끼게 만들었다.

어린 시절의 화타는 아버지를 도와 화초에다 물을 주는 일 외에는 대부분 서당에서 책을 읽었다.

"학문을 익히려면 《시경(詩經)》, 《서경(書經)》, 《예기(禮記)》, 《역경(易經)》과 《춘추(春秋)》를 탐독하거라!"

"어렵고 이해하기가 힘듭니다."

"몇 번 반복해서 읽다 보면 어느덧 뜻을 깨닫게 된단다."

알기 어려운 대목은 참으로 이해하기 힘들어 골머리를 아프게 하였지만, 부친은 그에게 통독할 뿐만 아니라 정독하도록 하여 문장 하나하나를 완전히 머릿속에 박히도록 하였다.

"뜻이 이해가 안되는 것은 반복해 읽게 되면 이해가 된다. 알겠느냐."

권력이 없는 선비인 부친은 오직 화타가 학문을 닦는 데 정진하며 열심히 공부를 하게 하여 몸가짐과 학문을 승화시키게 하였다. 당연히 부친은 그가 후에 권세와 영합하여 순조롭게 출세하라는 희망 때문이 아니고 학문을 열심히 하고 총명한 아들로 장래 추천을 받아 일반 선비로서 노력하는 관리가 되어 올바르게 걸어가길 바랐다.

그 당시 조정은 올바른 생각을 가진 관리가 많지 않았다. 올바른 사람이 관리로 등용이 되어도 점점 쉽게 부패되어 가고 있었다. 이런 사회에 화타의 부친은 걱정스러운 마음에 견디기 힘들었다.

화타의 부친은 집 뜰에서 시간을 보내며 지내 근심 걱정을 꽃과 수목을 키우는 데 신경을 쓴 보람인지 아주 무성하게 자라났다. 정성껏 신경을 써서 키운 화초가 화타에게 취미를 가지게 하였고 매일 자라나는 화초를 보면서 정서를 키웠다.

더욱 화타가 잊지 못하는 것은 부친이 접목한 월계수가 자라나서 꽃이 한 줄 한 줄 노란색 꽃과 하얀색 꽃이 어우러져 있는 접목한 곳에 실 한 오라기만큼의 간격도 없이 피었다. 화타는 보고 또 보고 마음속으로 탄성을 질렀다.

'자연의 힘은 참으로 기묘하구나!'

가만히 혼자 손질하여 키웠으나 마침내는 접목한 월계수는 말라 죽었다. 이는 화타로 하여금 크게 낙심케 하였다. 월계수가 죽자 슬픔의 눈물이 나는 것은 서러워서, 억울해서, 안타까워서, 그리워서, 지쳐서, 외로워서 나는 눈물이 아니었다. 그동안 정성껏 키운 월계수를 아버지가 접목할 때 옆에서 도운 화타는 생각했다.

'아무리 아름다운 꽃도 세월이 지나면 시들어 죽는구나.'

화타가 일곱 살이 되던 해, 화타의 아버지는 몸이 아프기 시작하였다.

그의 친구인 채(蔡)의원에게 치료를 받았지만, 시름시름 앓다가 세상을 떠났다.

아버지를 떠나보낸 화타는 생각하였다.

“인생은 죽으면 다 끝나는구나! 재물도 필요 없고 명성도 필요 없구나.”

아버지가 세상을 떠나면서 가정은 점점 더 빈곤해졌다.

어느 날, 갑자기 화타는 배를 움켜잡고 꼼작 못하고 식은땀을 흘리고 있었다.

“왜 그러느냐?”

“배가 아픕니다, 어머니.”

“그럼 채의원에게 가 봐야지……어서 가거라.”

화타는 채의원을 찾았다.

“언제부터 이렇게 아팠느냐?”

“어제부터 아프기 시작하더니 오늘은 매우 심합니다.”

“손을 내밀어 보거라?”

한쪽 손은 배를 움켜쥐고 손을 내밀었다.

채의원은 손목의 요골동맥 위에 손을 얹더니 맥(脈)을 관찰하였다.

“으음……오른쪽 관(關) 부위가 활맥(滑脈)으로 뛰는구먼……”

일곱 살인 부는 채의원의 말이 무슨 의미인지 몰랐다.

“옷을 올려 보거라.”

복부의 배꼽 위를 누르는데 화타는 자기도 모르게 소리를 질렸다.

"아, 악!"

"바로 여기야. 조금만 있거라."

채의원은 침통을 꺼내더니 큰 침을 찌르기 시작하였다.

"여기가 바로 중완(中脘)혈이란다. 조금만 있으면 편해진단다."

"……"

"끄윽……"

트림소리를 내더니 속이 편하여졌다. 채의원은 웃으면서,

"이제는 되었다. 침 한 방이면 된다. 오늘은 식사하지 말거라. 내일이면 괜찮아질 게다."

"무슨 병입니까?"

"위기상역(胃氣上逆) 증상이란다."

채의원이 돌아간 다음 어린 화타는 매우 놀란 마음을 감출 수가 없었다. 위기상역 증상이란 지금의 위염 증상을 말한다.

'아니 어찌 손목만 만지고 무슨 병인지 알지!'

그리고 어찌해서 침 한 대 맞고 이렇게 몸이 편한지, 어린 화타는 매우 신기하게만 느껴졌다. 이제껏 아버님에게 글을 배운 어린 화타는 다른 세계가 있다고 생각하며 머릿속에는 손목만 만지고 병을 알아맞히는 아버지의 의술에 놀랄 뿐이었다.

채의원의 의술도 놀랍지만 의학에 대한 신비한 큰 무언가가 화타를 감동케 한다. 화타는 밤새 잠을 못 이루었다.

화타는 다음날 아침 채의원을 찾아갔다.

"화타가 아니냐?"

"네……"

"아직도 계속 아프냐?"

아프냐는 질문에 그는 대답을 하지 않고 채의원에게 의술에 대한 신비로움을 한 마디로 말하였다.

"아뇨……저는 의원님께 의술을 배우러 왔어요."

"네 나이가 몇이냐?"

"일곱 살입니다."

"아버지와는 친한 친구이기에 거절할 수가 없지만, 아직 너무 어리구나."

화타의 아버지와 채의원은 매우 돈독한 사이였다. 채의원은 유명한 한의사로 덕망과 이름이 있는 의원이었다.

어리다는 말을 하고선 채의원은 다른 방으로 가서 환자를 치료하였다. 그때 청년들이 밖에서 모여들었다.

"의원님! 저희들을 제자로 삼아주십시오."

다른 청년들도 채의원에게 의술을 배우려고 왔던 것이었다.

조금 후 채의원이 의술을 배우겠다는 여러 명의 청년들 앞에 나와서 말하였다.

"나는 너희들이 의술을 배우겠다고 하는 의지는 좋으나 의술은 매우 중요하단다. 남의 몸을 다루어야 하고, 잘못 다루게 되면 죽기까지 하기에 지혜로워야 하느니라. 너희들에게 누가 지혜가 있는지를 알아내기 위하여 시험을 해보겠다."

"……"

"저기 문 입구에 있는 뽕나무가 보이느냐?"

"네! "

의술을 배우겠다는 청년들은 뽕나무를 쳐다보았다. 그 뽕나무를 가리키면서 채의원이 말했다.

"저기 뽕나무 맨 꼭대기에 있는 뽕잎은 사람들 손에 닿지 않는다. 어떻게 하면 저 뽕잎을 딸 수 있겠느냐?"

한 청년이 대답하였다.

"사다리를 갖다 놓고 올라가서 따면 되지요."

채의원은 고개를 저었다.

"우리 집에는 사다리가 없다."

다른 청년이 말한다.

"그럼, 기어 올라가서 따면 됩니다."

"보거라. 나뭇가지가 가늘어서 기어 올라가면 중간에서 떨어질 것이다."

"……"

모두들 뽕나무 위만 쳐다보는데, 어린 화타는 잠깐 자리를 비웠다. 그러더니 긴 끈을 가져왔다.

"너는 끈을 왜 가져왔느냐?"

어린 화타는 아무 말도 없이 긴 끈에다 주먹만 한 돌을 매달아 뽕나무 끝을 향해 던졌다. 끈에 매단 돌이 뽕나무 끝에 감겼다. 이런 모습을 채의원을 지켜보고 있었다.

화타는 줄을 잡아당기자 나뭇가지가 휘어졌고 한 손으로 줄을 당기면서 다른 한 손으로 뽕잎을 간단히 땄다.

"흐흠..."

채의원은 흡족한 얼굴이었다.

그런데 그 때 두 마리 산양이 집 밖의 공터에서 싸우고 있었다. 아이들이 싸움을 말리려고 몇몇이 산양을 잡아당겨 보았지만 말릴 수가 없었다. 그때 화타가 뽕나무 아래로 가서 파릇파릇한 풀을 뽑아 싸우는 산양 앞에다 가져다 놓았다. 산양들은 싸우느라고 지친 데다가 배가 고팠던 터라 싱싱한 풀을 보자마자 싸우던 것을 잊고 사이좋게 풀을 뜯어먹었다.

"화타야 정말 총명하구나. 따라오너라."

화타는 채의원을 따라가면서 이제는 채의원에게 의술을 배우겠다고 생각하였다.

방으로 들어가 채의원은 자리에 앉더니 어린 화타에게 말을 하였다.

"그래 네가 어제 나에게 치료를 받았지?"

"네……"

"다시 한 번 묻겠다. 왜 의술을 배우려고 하느냐?"

"……"

"의술을 배우기 전에 여러 가지 배워야 할 것들이 있는데, 그것은 약을 달이는 방법이라든지, 약초를 구별하는 것이라든지 하는 것들을 먼저 배우고 난 다음에 의술인 학문을 배워야 하느니라."

"……"

그러더니 다시 한 번 나이를 묻는 것이었다.

"지금 몇 살이냐?"

"일곱 살입니다."

채의원은 친구의 아들인 화타를 보고 대견스러웠다. 지혜롭고 눈동자에 총기가 있는 것을 보았다.

"그래 너의 뜻은 알겠다만, 아직은 의술을 배우기에 너무 어리구나. 또한 의술을 배우려면 먼저 학문부터 닦아야 한다. 나중에 학문이 되면 그때 가서 의술을 배우거라."

"……"

"의학은 학문이 먼저 되어야 하느니라. 어려운 낱말이 많은 의학서적을 보고 이해하려면 학문을 익히거라."

"예."

화타는 채의원의 말을 듣고 늘 아버님이 강조한 학문의 중요함을 새삼 깨닫게 되었다. 그러면서 채의원은 화타에게 한 마디 말을 덧붙였다.

"인사절교, 대우불의(人死絕交 對友不義)"

죽어서도 교분을 나누지 못하지만,
친구에 대한 의리는 지키리.

"화타야! 꼭 학문을 배우고 난 다음에 나에게 오너라."
"예."

화타의 소년과 청년시대는 큰 사회 혼란은 있었지만 화타에게는 그다지 영향을 주지 않았다. 조정의 권력투쟁은 조용한 소화장까지는 미치지 않았다. 그러므로 그는 비교적 안정한 환경 가운데 생활을 할 수 있었다.

그러나 정치적인 권력투쟁과 자연재해가 잇따라 출현되었다. 지진과 산사태 등으로 집이 무너져서 대량의 농민이 사망하는 것 외에 메뚜기(蝗蟲)의 피해도 있었다. 원가(元嘉) 3년에는 나라의 32곳이 메뚜기떼로 피해를 입었다.

무리를 이루어 날아다니는 메뚜기떼는 완전히 하늘을 덮어 익은 벼나 곡식을 하나도 남김없이 먹어 치웠다. 바로 이때 황하(黃河)가 넘쳐서 흉흉한 물결은 하수와 농촌을 덮쳐 사람과 가축을 휩쓸고 갔고 백성들은 참혹한 상태로 논밭을 버리고 고향을 떠날 수밖에 없었다.

이어서 기아와 전염병이 농민들에게 빠른 속도로 돌아 일 년 만에 기아로 죽어가는 가구가 십만 가구에 달하였다. 기주(冀州)에는 전염병이 만연하여 경도(京都)까지 번져나갔다.

어느덧 화타는 이미 서생(書生)으로 성장하였고, 매일 집안에서 독서로 나날을 보내고 있었다. 소화장도 세상과 다르지 않아 그곳에도 재해가 찾아왔고 재해로 농민들이 질병과 배고픔으로 비참한 지경에 이르렀다. 이 광경을 보고 마침내 그는 계속 책을 읽을 수 없어 바깥세상으로 나오게 되었다.

3. 태평성세(太平盛世)

화 타

'그래 세상을 두루 다녀 보아 견문을 넓히자!'

화타는 간단한 행낭을 메고 현성(縣城)으로 가는 길을 걸어갔다. 그동안 세상을 유람하며 학문을 넓히고자 계획을 하였던 것을 실행하는 것이다. 그는 늘 공자(孔子)를 존경하였다. 존경하는 이유는 공자가 「인정(仁政)」을 주장하여 권세를 원하지 않고 도처를 유람하며 학습하는 데 대하여 매우 감동을 받았기 때문이다.

167년 연희(延熹) 10년에 환제(桓帝)가 세상을 떠났고 12살의 영제(靈帝)가 그 자리를 계승한 후에 두(竇)태후가 조정을 장악하여 권력을 휘두르고 있었다. 두태후 집안의 무사들끼리 조정을 좌지우지하는 권력다툼으로 결국은 두태후 무사들이 피살되었다.

영제 또한 자기의 세력을 구축하기 위하여 세력을 만들어 모든 관직을 장악하였다. 이는 권력층에 대하여 침중한 타격이었다. 당시 선비들은 벼슬길로 들어서는 것을 중소 지주(地主)와 같이 반드시 관청에서 불러 관직을 수여하며 군(郡)에서 추천하였다.

환관들은 학식있고 유능한 선비들을 철저히 배척하고 서원(西園)의 관원들은 관원교역소를 설치하여 관직에 가격을 매겨 매매를 하여 주머니 채우기에 급급했다. 조조의 부친 조숭(曹嵩)은 정한 가격보다 열 배나 비싼 만 냥에 태위(太尉)직을 샀다. 영제가 계승한 그 해, 전국 몇 개의 주가 큰 수해가 나 농가를 휩쓸고 갔으며 수도는 지진이 발생하였다.

화타가 유람한 것이 바로 이때였다. 이 젊은 선비는 아직 사회에 발을 들여놓지 않았다. 그는 조정의 부패에 대하여 자기의 앞길이 암담하다고 생각하여 마음이 매우 무거웠다. 그는 십여 리를 걸어서 현성(縣城)에 도달하였다. 현성의 조상들 위패를 모신 사당을 지나 노자(老子)가 당시 살았던 곳을 지나게 되었다.

그곳은 후에 다시 수리한 대문에 「도덕중궁(道德中宮)」이라고 쓰여 있었다. 그곳을 본 순간 단숨에 달려 들어갔다.

그는 노자에 관하여 여러 가지 신화적인 전설이 머릿속에서 떠올랐다. 의술에 능한 술법사가 노자를 왜곡하여 요괴로 봐 한나라 환제(桓帝) 유지(劉志)가 노자 앞에 무릎을 꿇어 두 손으로 땅을 짚고 발밑에 머리를 대고 공경하는 태도를 보였다고 한다.

화타는 노자가 살던 곳을 지나서 초성 성내로 들어갔다. 화타는 성내 몇 곳 담이 높은 관저를 물끄러미 바라다보았다. 관저를 보면서 지나가는 행인에게 물었다.

"여보시오, 저기가 누구의 집인데 매우 호화롭군요."

"저 집에 누가 사는지 모르십니까?"

"……"

"초성에서는 누구다 다 압니다."

"누구 집인데요?"

"저 집은 바로 조숭(曹嵩)의 집입니다."

호화로운 조숭의 집 문전은 참으로 시장과 같이 번화하여(門前成市) 눈이 휘둥그레졌다.

성내에는 빈부의 차가 현저하게 났다. 거리 끝에서 끝까지 비틀거리며 낙심하며 걷는 수재민들이 있으며 구석진 곳에는 군데 군데 노인과 아이들의 시체가 그대로 널려 있었다.

이런 것을 화타가 보고 착잡하고 무거운 심정을 가눌 길이 없었다. 그런 현실에 대한 불만이 그로 하여금 백성이 잘사는 태평한 세월에 대한 욕구가 강열하게 치솟았다.

'아니 거리에는 수재민들이 넘치는데, 고관들은……?'

생각에 잠겨 걷다가 그는 모르는 사이에 패현(沛縣) 가는 길로 들어섰다.

패현은 지금의 강소성(江蘇省) 패현이다. 패현은 노자가 만년(晩年)에 손수 제자에게 도(道)와 덕(德)을 강의하였으며, 한고조(漢高祖) 유방(劉邦)이 큰 뱀을 베어버리고 정의를 위하여 용감하게 나서 서한(西漢) 일대를 창업하여 부흥케 한 지방이다.

낮과 밤을 걸어가는 데는 바람이 불기도 하고 햇볕이 내리쬐기도 하여 나약한 화타는 끼니를 굶고 걷다가 길거리에 쓰러지고 말았다. 그가 정신을 차렸을 때는 주위에 헐벗고 굶주린 난민들이 둘러싸고 있었다. 몸의 고통뿐만 아니라 주위의 난민들의 처참한 광경에 마음이 격동되어 두 눈에는 눈물이 하염없이 흘러내렸다. 이때 백발수염의 할아버지 한 분이 옆에서 웃으며 말했다.

"젊은이, 눈을 떴구먼! 계속 깨어나지 않아 걱정했는데, 이 환약을 먹으면 금방 나을 걸세!"

바로 백발노인이 준 환(丸)을 물로 먹고 난 다음 정신이 맑아지고 몸이 편해지는 것을 느꼈다.

"고맙습니다."

"아닐세. 고맙기는……. 자네 눈을 보니 총기가 서려 있네. 앞으로 큰일을 할 걸세, 내 말을 명심하게나."

"예?"

"정신 차렸으면 됐네, 환약을 먹었으니 기운이 날 걸세, 나중에 인연이 있으면 봄세."

백발노인은 화타가 정신 차린 것을 보고 자리를 떠났다.

화타는 생각하였다.

'그래 아무리 인생이 소중하여도 죽으면 끝이 아닌가!'

화타는 마음속으로 다짐을 하였다. 인생의 중요한 것을 다시 한 번 마음속에 새기게 되었다.

비참한 현상을 목격하고 자기의 영달을 위하여 출셋길을 버리고 의학에 몸을 바치기로 결심하였다. 한 사람의 생명도 귀중히 여기는 의원이 되기를 원했다.

화타가 만나는 사람들은 모두가 수도 경도 일대에서 피난한 백성들이었다. 피난민들이 눈물을 머금고 말하는 상황을 듣고 마음이 진정이 안 되고 불안하였다.

'경도는 천자가 사는 곳인데, 백성이 편안하게 살 수가 없다니!'

그의 마음속의 나라에 대한 한 가닥의 희망이 마치 마지막 재에 불이 꺼지며 마음이 의기소침해졌다.

서초패왕 항우

화타는 마침내 팽성(彭城)에 도착하였다. 팽성은 지금의 강소성 서주(徐州)이다. 이곳은 패현을 가려면 반드시 지나가야 한다. 이곳은 옛날에 싸움을 하던 곳으로 서초패왕(西楚霸王)이 이곳에 도읍을 세운 유명한 성읍이다. 그러나 눈앞에 전개된 팽성은 황량한 잡초만 무성한 높은 언덕 위에서 사면을 바라보니 침침한 하늘 아래 도처에는 황폐한 모습뿐이었다. 쇠퇴한 옛 성으로는 아무런 생기가 없었다.

'이는 당시 40만 대군을 이끈 장한(章邯)이 진(秦)군을 크게 격퇴시키고 함양(咸陽)을 피바다로 만든 서초패왕(西楚霸王)의 옛 도시가 아닌가?'

화타는 잠시라도 여기에 머물러 있고 싶지 않아 급히 패현으로 발길을 돌렸다.

패현의 서쪽 교외에 이르자 화타의 마음은 비로소 편안해졌다. 그는 굽이굽이 꼬불꼬불한 물줄기를 따라 마을에 들어갔다. 마을 곁에 있는 가로수들의 잎은 다 떨어지고 나뭇가지가 앙상히 옷을 벗고 있었고, 마을 초엽에 있는 제방에는 오물과 악취가 나며 집들의 벽은 무너져 있으며, 닭과 개들 짓는 소리도 없었다. 쥐 죽은 듯이 고요하고 서늘한 적막 속에서도 간간이 통곡소리가 들려와 듣는 이로 하여금 가슴이 메어졌다.

자연적 재해로 인한 굶주림과 전염병은 온 마을이 상상할 수도 없게 황폐하고 처참한 지경에 이르게 하였다. 한고조(漢高祖) 유방(劉邦)의 고향이라고 믿기가 어려웠다.

패현도 마찬가지로 많은 굶주린 자들이 있었고, 급기야는 기아로 죽어가는 사람도 생겨났다.

'노자가 몸소 경작하며 제자를 가르치고 덕(德)을 말하며 평온하고 차분한 분위기는 어디로 가버렸는지?'

'유방이 영광을 지니고 고향에 돌아와 패궁(沛宮)에서 향연을 벌여 기뻐하며 마음껏 취했던 사람들은 어디로 가버렸는지? 당시 패현의 넘치는 물자들은 또 어디로 갔는지?'

이 같은 상념들은 화타의 마음을 무겁게 했다.

그는 패성(沛城)의 가두(街頭)에서 배회하였다. 한고조 유방의 발자취를 따라가다가 높은 누대에 세워진 돌 비석을 발견하였다.

3척(尺)이나 되는 비석은 오랜 비바람에 풍화가 되었지만, 비석의 새겨진 글자는 알아볼 수 있었다.

巍巍高台　외외고태
높고 큰 모양의 높은 고지

이것은 패성의 촌로들이 유방을 기념하기 위하여 궁궐 앞에 세운 웅장한 「가풍태(歌風兌)」이며 그 비석에는 유방의 지기(志氣)를 기념하기 위한 대풍가(大風歌)[1]가 새겨져 있었다. 화타는 오랫동안 비석 앞에 서서 유방의 지기(志氣)가 격앙되어 있는 대풍가(大風歌)가 귓전에 맴돌았다.

大風起兮雲飛揚　대풍기혜운비양
威加海內兮歸故鄉　위가해내혜귀고향
安得猛士兮守四方　안득맹사혜수사방

큰 바람이 일고 구름이 날아오른다.
위엄이 천하에 미쳐 고향에 돌아왔노라.
용맹한 병사를 얻어 천하를 지키리라.

---

1) 한(漢)나라 고조(高祖)인 유방(劉邦)이 천하를 얻어 칭제(稱帝)한 뒤, 회남왕(淮南王) 경포(黥布)를 물리치고 돌아오던 중에 고향인 패(沛)를 지나다가 친족과 옛 친구들을 불러 잔치를 베풀고 아동(兒童) 120명에게 가르쳐 부르게 하면서 자신도 술에 취하여 축(筑)을 두드리면서 함께 불렀다는 노래.

대풍가

화타는 유방에 대하여 심심한 존경의 마음으로 대풍가비 앞에 서니 감개무량하였다. 부패한 조정, 암울한 사회에 대하여 그는 냉정하게 인생의 문제를 생각하였다. 그는 벼슬에 대한 미련을 떨쳐버리고 사회에 대한 한 걸음을 의학을 전공하여 사람을 위하는 헌신의 길을 택하였다.

이번 유람한 발자취는 그를 더욱 백성을 위한 사람이 되고자 다짐하였다. 팽성(彭城), 패현 일대를 유람한 것이 시간이 길지 않았지만 일생에 중요한 계기가 되었다. 그 후로 화타의 행적에 그 사실이 충분이 증명되었다.

후한 말기의 정세를 보면 해마다 전쟁이 끊이지 않았으며 게다가 홍수와 가뭄이 계속돼 백성들은 지칠 대로 지쳐 굶주림과 고통에 허덕이고 있었다. 재해가 지나가면 그 할퀴고 간 상처엔 괴질과 전염병이 번져 백성들은 어찌할 바를 모르며 신음 속에 죽어갔다.

이런 참극을 눈으로 직접 목격하며 피부로 느낀 화타는 백성들의 비참한 현실을 가슴속 깊이 새겨 마침내 의사가 되기를 결심하기에 이른다. 속수무책으로 줄이어 쓰러져가는 처참한 현실이 너무나 가슴 아파 무슨 일이 있더라도 꼭 민중을 살리는 의사가 되어 그들을 구제하리라는 정열이 불과 같이 타올랐다. 화타는 진한(秦漢) 이래의 선인들의 의술을 이어받아 전 과목에 대해 널리 연구를 하겠다고 결심한다.

'그래 내 한 몸 바쳐 의학에 투신하자(醫之一生)!'

유람하며 견문을 넓히는 그의 여행이 그를 더욱 백성을 위한 사람이 되고자 다짐하였다. 팽성, 패현 일대를 유람한 것이 시간이 길지 않았지만 화타의 일생에 중요한 계기가 되었다. 그 후로 화타의 행적은 그 사실이 충분히 증명하였다.

4. 종두개시(從頭開始)

소화장으로 돌아온 화타는 항상 나라와 백성을 걱정하는 마음으로 늘 근심에 싸여 있었다. 여행에서 돌아온 화타는 전염병이 유행되고 있는 촌마을 백성들의 상황이 머리에 각인되어 잊어버리려 해도 잊힐 수가 없었다.

"전염병은 홍수, 맹수와도 같이 허다한 사람들의 귀중한 생명을 빼앗아 가는데, 사람들은 참으로 속수무책이란 말인가?"

화타는 옛 한의학자들의 책을 탐독하면서 그들의 사상을 답습하였다.

서한(西漢)시대의 통치자들은 모두가 세상에는 불로장생약이 있다는 것을 깊이 믿고 사람이 복용하면 장생불로한다고 하여 방사(方士)에 명령을 내려 불로초(不老草)를 구해오도록 하였다.

특히 126~144년의 한(漢)나라 순제(順帝) 때는 장도릉(張道陵 : 85?~157? 중국 후한 말기의 도사로서 五斗米道의 시조)이 도교를 창립하여 노자의 《도덕경(道德經)》을 적당하게 고친 학설로 도교의 부적이나 주문으로 마귀를 쫓는다는 것을 응용하여 병을 치료하는 것이 유행되고 있었다.

방술사는 질병이 귀신과 마귀가 내리는 것이라고 했다. 제왕은 불로장생의 영단묘약(靈丹妙藥)에 마음을 빼겨 있어 백성의 생활에는 관심 없었다. 당시 학자들도 무당의 주문으로 생사화복을 바꿀 수 있다는 것으로 알고 있었다.

비록 사회상에서는 해가 어둡고 악한 기운이 자욱한 형상이었지만 의학은 오히려 화타 앞에서 광활한 천지가 펼쳐지고 그의 이목으로 새로워졌다.

전설의 신농(神農)[2]은 하루에 70가지 약초를 먹다가 독을 먹

2) 신농(神農) : 신농씨(神農氏). 중국 전설의 제왕(帝王). 농사법(農事法), 의료(醫療), 교역(交易) 등을 민중(民衆)에게 가르쳤다 함.

기도 하여 약초를 발견하였으며, 은(殷)나라와 상(商)나라 때에 와서 갑골문자에 수많은 질병의 명칭이 기재되었다.

하(夏)나라에 와서는 「백약지장(百藥之長)」이라고 불리던 술이 발명되었다. 이런 것이 조상들이 일찍 질병과의 싸움을 하였다는 것을 설명하여 주고 있었다.

전국(戰國)시대에는 의학전서인 《황제내경》이 출현되었고, 서한(西漢) 때에는 약물학전서인 《신농본초경》이 출현하였다. 약물로는 환(丸), 산(散), 탕(湯), 수(漱), 약주(藥酒) 등 여러 가지 형태로 만들게 되었다.

시의(侍醫) 이주국(李柱國)이 나라에서 수장(收藏)한 의학서적을 교정하여 《의경칠가(醫經七家)》 216권, 《경방십일가(經方十一家》 214권이 있었다. 그 중에는 기본이론의 의경(醫經)이 있고, 내과질환의 치료와 부인, 소아질병과 전쟁으로 다치는 외상(外傷), 파상풍(破傷風) 등 질병의 방서(方書)가 있으며, 그 외에도 탕약을 전문으로 논한 것, 음식의 금기, 안마(按摩)와 도인(導引)에 관한 서적도 있었다.

《주례(周禮)》에 인체에는 기미(氣味)를 근거하여 환자의 음성, 기색(氣色), 피부의 안색 등을 따라 환자의 길흉생사를 판단하는 것으로 기재되어 있다. 또한 《내경(內經)》에는 고대 철학 중 음양의 이론을 의학에 도입하였다.

진월인(秦越人) 편작(扁鵲)[3]이 곽태자(郭太子)가 병에 들어 치료할 때 곽태자의 병인 「시궐(尸厥)」에 걸린 원인을 분석하고 또 여섯 가지 못 고치는 병 「육불치(六不治)」의 범위 내에서 「음양병(陰陽并), 장기부족(藏氣不足), 사불치야(四不治也)」를 확실하게 제시하였다.

편작(扁鵲)

즉 음양이 혼란하여 오장 공효와 기능이 정상적 온도를 상실하게 하는 것은 네 가지 종류로 치료할 수 없다는 것이다.

한의학상 이러한 것은 화타의 정확한 판단으로 많은 도움이 되었다. 인체

---

3) 편작(扁鵲) : B.C. 5세기쯤에 살았다. 성은 진(秦)이고 이름은 완(緩)이다. 자는 월인(越人)이고 호는 노의(盧醫)이다. 전국시대 초기 제(齊)나라 발해(渤海) 막군[鄚郡 : 지금의 허베이(河北)성 창저우(滄州)시 런추(任邱)시] 출신으로 알려져 있다. 일설에는 노국[盧國 : 지금의 산둥(山東)성 지난(濟南)시 창칭(長淸)구 남쪽]에서 살아 노의(盧醫)로 불렸다고도 한다. 젊어서 귀족 관리의 객관으로 있을 때 장상군(長桑君)이라는 은자를 만나 교유하고 스승으로 모셨는데, 이때 사람의 몸을 투시하는 신비한 능력을 얻게 된다.

질병의 외인(外因)과 내인(內因)을 비교적 정확하게 인식하게 되었다. 화타는 후에 많은 각종 환자를 치료하여 「대증하약(對症下藥)」의 기초를 다지게 되었다.

화타는 특별히 높은 의술의 진월인(秦越人)을 공경하고 존중하였다. 진월인은 「신무(信巫)」는 육불치(六不治) 중 하나의 관점으로 보아 화타는 감복하였다.

"그래 무당을 믿는 것이 병을 못 고치는 것의 하나야!"

특별히 진(秦)나라 때에는 무술이 성행하여 사람 머릿속에 귀신의 관념이 상당히 강하게 작용하였는데, 진월인의 이런 관점은 미신과 귀신에 대한 대담한 도전이 되었다. 화타의 눈앞에 시시때때로 백성들에게 존경과 사랑을 받는 진월인의 형상이 떠올랐다.

그는 장래에 진월인처럼 백성들과 함께 고통을 나누며 치료하여 정신적, 육체적 고통으로 신음하는 백성들을 치료하는 의원이 되고자 다짐하였다.

"그래 나도 진월인처럼 숭고한 의술로 나아가자!"

저명한 의원인 순우의(淳于意)[4]는 그의 「진적(診籍)」에 25가

---

4) 순우의(淳于意, BC 215~140년) : 서한(西漢) 시대의 이름 난 의사이다. 제(齊)나라 임치[臨菑 : 지금의 산동성(山東省)] 사람이다. 제(齊)나라 태창장(太倉長)의 벼슬을 지냈기 때문에 또 창공(倉公)·태창공(太倉公)이라고도 일컫는다. 일찍이 잇따라 공손광(公孫光)·공승양경(公乘陽慶) 등에게

지의 병에 대하여 기재하였다. 병명만 하여도 20여 가지였다. 순우의의 진적에는 옛날에 치료한 적이 없었던 치료 경험뿐만 아니라 실패한 교훈도 기재되었다. 화타는 반복적으로 진적을 학습하고 연구하였다. 또한 순우의의 맥학(脈學)에 정통하였다. 그는 질병을 진단하는 데 절맥(切脈)을 위주로 하고 또한 병의 원인으로 주색(酒色)에 대하여도 연구를 하였으며, 질병을 치료하는 데 약물로 주로 하였기에 화타는 순우의의 진적을 탐구하여 연구하였다.

그래서 화타는 《황제내경(黃帝內經)》을 반복하여 탐독하였으며, 그 밖에도 고대 의가의 귀중한 치료 경험에도 심취하였다. 또한 침술로 유명한 부옹(涪翁)과 곽옥(郭玉)에 대하여 연구를 게을리 하지 않았다. 애석하게도 지금까지 내려오지 않지만, 부옹의 《침경(針經)》, 《진맥법(診脈法)》과 곽옥의 《경방송설(經方頌說)》을 연구하였다. 그 외에도 화타는 당시에 이미 전해 내려오는 각종 의방(醫方), 본초(本草) 서적과 명의들이 기재한 사건들을 광범위하게 섭렵하였다.

화타는 각종 학술기초와 문학적 모든 것을 정통적으로 통달하였다. 그는 의학전서 탐구하는 데 유리한 조건을 제공하였다. 더

의학을 배웠다. 의술이 높았으며, 특히 맥법(脈法)의 운용을 중시하였고 병을 치료할 때마다 침과 약물을 아울러 같이 써서 제법 좋은 치료 효과를 보았다.

구나 그 중에 유물주의 사상을 받아들여 한의학적 인식과 견해에 심화하였다.

화타는 한의학의 보고(寶庫) 중에서 풍부하고 다양한 것을 부단히 받아들었으며 한의학적 사고(思考)에도 열중하였다.

순우의

《내경(內經)》중「장위편(腸胃篇)」,「경근편(經筋篇)」,「골도편(骨度篇)」등에 해부학적 전문 장(章)이 기재되어 서술되어 있어 화타로 하여금 심후한 흥미를 가지게 되었다. 이런 편(篇)이나 장(章)에는 인체 구조에 대하여 비교적 상세히 기재되어 있었다.

이는 2천여 년 전의 의학가가 시체를 해부하는 창시적 선례로 된다는 것을 표명하는 것이다. 또 시체는 장부 음양 이론상으로부터 검토할 뿐만 아니라 또한 실제 해부 중으로부터 관찰하여 진행할 수 있었다.

《한서(漢書)》 왕망전(王莽傳) 중 대규모의 시체 해부에 대하여 기재가 되었다. 그것은 16년 신천봉(新天鳳) 3년, 왕망은 자기를 반대하는 왕손경(王孫慶)을 체포하여 태의(太醫) 상방(尙方)과 교도(巧屠)에 명령을 내려 왕손경의 시체를 해부하여 오장의 대소를 자로 쟀고 대나무로 만든 꼬챙이를 가지고 경맥(經脈) 안으로 밀어 넣어 경맥의 장단(長短) 등의 상황을 알아냈다.

"바로 이거야? 치료도 중요하지만 몸의 규격과 장기의 생김새도 알아야 해."

이 사실은 화타로 하여금 또 다른 진일보 사고를 가지게 하였다. 서한(西漢)시대 방서(方書) 중에 전쟁 때 상처를 치료하는 방법이 기재되었으며, 상고(上古)시대 명의 유부(兪跗)가 외과 수술 과정을 기재하는 등 외과 방면 치료가 의외로 신비를 짐작할 수 없을 정도였다. 가장 근본적인 원인은 인체의 복잡한 구조인데, 완전히 사람들이 파악하기가 불가능하였다.

특별히 외과 질병을 치료하는데 그 의미는 매우 중대하였다. 더구나 유가(儒家)의 《효경(孝經)》에는 부모에게 받은 신체를 손상시키지 못하게 하는 것이 효(孝)의 시작이라고 말하기에 사람들은 효경(孝敬)사상에 매여 있어 외과 발전에 방해가 되었다. 외과 환자 또한 병을 감추고 치료받기를 꺼려하였다.

화타는 또 한 번 자기는 오직 백성의 환영받는 의사가 되어서도 안 되고 더 높은 의술이 목표가 되어야 한다고 느꼈다. 그는 외과까지도 열심히 하여 선배 의원들이 하지 못한 외과 의술까지도 하려고 결심하였다. 그는 자기가 원하는 의술을 실현하기 위하여 많은 의서를 정독하였으며, 가능하면 찾아볼 수 있는 모든 의서는 거의 다 파고들어 연구하였다. 또한 화타는 책 속 지식에만 만족하지 않았으며 그는 서적 외의 더 많은 지식을 탐구하기 희망하였다.

상고시대의 의학이 주로 주술(呪術)에 의거했다면 중고의 의학은 나름대로 의술의 면모를 갖추어 나간 셈이었다. 진한시대로 들어서자 의학계에도 학술사상이 활발한 움직임을 보이기 시작했다.

모든 질병의 원인은 불결한 환경 속에서 발생했다는 사실을 깨닫게 되면서 환경위생에도 신경을 쓰게 되었으며, 하수도 시설도 설치하게 됐다. 그리고 한대(漢代)에 이르자 공중변소가 설치돼 위생에 대한 인식이 깊어져 갔다.

의학이 충실해진 시기에선 화타, 장중경, 왕숙화 같은 명의들이 배출되기도 했다. 전한의 무왕은 장건에게 명해서 서역으로부터 호도, 석류, 번홍차 등의 의약품을 들어오게 했다. 그뿐 아니라 후한 말경에는 안세고(安世高)가 경(經)을 번역하고 인도의 의약을 널리 소개하기도 했다. 그런 연유로 서진, 동진, 남북조, 수당의 의학서에는 인도불교의 색채가 짙게 깔려 있음을 볼 수 있다.

인도의 의서에서 번역한 것으로는 《용수보살약방》, 《파리문약방》 등이 있다. 불교의 포교가 널리 퍼지며 번창해지자 당대에는 아위, 용뇌, 정향 등을 수입하고 인삼, 당귀, 원지, 부자, 마황, 세신 등을 수출했다.

당태종(唐太宗, 598~649)은 인도의 방술사에게 명해서 장생불로의 단약을 만들게 했다. 안과서의 《용목론》은 천축(天竺 : 天篤이라고도 불렀다. 인도)에서 중국으로 전해진 것이다. 당의 중기로부터 명의 중기까지 사이에 중국은 아라비아와 통상을 터 백용뇌, 유향, 목향, 몰약 등을 수입했다.

송대(宋代)로 접어들면서 아라비아의 의술과 약물이 더욱 다량으로 들어와 전파되기 시작했다. 후한시대에 이르러 눈부신 의학의 업적을 남긴 몇몇 의사들 중에서 우선 화타를 빼놓을 수 없다.

화타는 외과수술의 시조로서 지금도 존경을 받고 있지만 권력에 굴복하기를 거부한 나머지 나중에는 비참한 죽음을 당한 인물이다. 의술뿐만이 아니라 인덕의 수양에 힘써 오로지 민중에 기여할 수 있는 의사이기를 바라며 일생을 마친 의술인이다. 이런 화타는 의서 연구와 의학에 몰두하는 그의 인생에서 이것을 뒷받침하여 준다.

“채의원에게 가서 의술을 체계적으로 배우자! 학문을 익히고 나서 언제든지 찾아오면 의학과 의술을 가르쳐준다고 했으니, 지금 찾아가보면 되겠군.”

화타는 의술을 책만 보고 배우는 것에는 한계를 느꼈다. 그래서 그는 어렸을 때 치료해 주었던 아버지의 친구인 채의원을 찾아갔다. 그러나 그는 이미 이 세상 사람이 아니었다.

그리하여 화타는 그 당시 서주부(徐州府)의 유명한 의원을 찾아 나섰다. 책에 나와 있는 것을 체계적으로 배우고자 의원을 찾아 떠나갔다. 서주(徐州)는 당시 정치, 상업, 문화의 중심지로서 화타는 당시의 천하 명사(名士)들과 사귀고자 하였다. 유학자(儒學者)와 같이 학습하며 학문에 더욱 정진하여 청년으로서 그의 명성과 재능을 떨치게 되었다.

그가 스승을 찾아다니는 길에 큰 강이 가로막혀 있는 것이었다. 사람들이 배에 타는 것을 보았다. 그 중에서도 유독 눈에 띄는 사람이 있었는데 허루한 행색으로 오직 보따리를 들고 타는 사람이 있었다. 그 배에 오른 화타는 여러 사람들과 같이 앉아 있었다.

배가 강 한가운데 왔을 때 별안간 큰바람이 불어와 풍랑이 일기 시작하였다. 사람들은 놀라고 갈팡질팡하였다.

금방이라도 배가 침몰할 것 같은 지경이었다. 배에 탄 사람들은 소리를 지르며 난간을 붙들고 있는데, 스님과 도사가 배에 있는 것을 보고 뱃사공은 그들에게 간청하였다.

"스님! 불경을 드려서 바람을 멎게 해주셔요. 이러다간 배가 뒤집혀 다 강물에 빠지겠습니다."

"알았소."

스님은 난간을 붙들며 불경을 외고 있었다.

"나무아미타불! 빨리 광풍을 멈추어 중생들을 위기에서 벗어나게 해주셔요. 나무아미타불……"

비바람이 몰아치는데 스님은 눈을 감고 열심히 불경을 외고 있었다. 불경을 외는데도 비바람이 멈추지 않자 뱃사공은 도사에게도 매달렸다.

"도사님! 도술을 부려서 바람을 멎게 해주셔요. 이러다간 이 배가 침몰하여 다 죽게 생겼습니다."

다급하게 도사에게 청하니 도사도 난간을 붙잡고 주문을 외기 시작하였다.

"풍백우사(風伯雨師), 풍랑을 잔잔하게 하여주십시오!"

한쪽 난간에는 스님이 한쪽 손으로는 불주(佛珠)를 손으로 굴리며 염불(念佛)을 드리고, 또 다른 한쪽 난간에서는 도사가 열심히 주문을 외고 있었다. 그런데도 풍랑은 멈추지 않고 계속되었다.

스님과 도사는 땀을 흘리며 계속 도술로 주문과 불경을 외고 있었다. 그러나 풍랑은 더욱 심해졌다. 그러자 배에 탄 사람들은 배가 뒤집힐 것 같아 불안감이 극심해졌다. 바람은 더욱 더 세게 불어왔다. 배가 기울 때마다 사람들의 고함소리와 배 안의 물건들은 이쪽으로 움직이고 저쪽으로 움직였다. 스님과 도사는 지칠 대로 지쳐 목소리도 잘 나오지 않고 있었다. 배 안은 뱃멀미로 토하는 사람도 생기고 아우성치는 사람, 우는 사람도 있어 그야말로 난장판이었다.

그러자, 옆에서 이런 광경을 보고 있던 남루한 행색의 사람이 중얼거렸다.

"내가 풍랑을 잠재워 볼까!"

그 소리를 듣고 뱃사공은 그에게 매달렸다.

"어르신께서 풍랑을 잠재울 수 있다면 해주셔요."

그는 조용히 난간을 붙잡고 바람을 향하여 외쳤다.

"방풍(防風), 백강잠(白殭蠶), 천마(天麻), 오초사(烏梢蛇)…… 일제히 공격하라!"

배에 탄 사람들이 그가 말하는 것을 보고 수군거렸다.

"저 사람이 무슨 말을 하지!?"

스님과 도사가 염불을 외어도 계속 더 심하게 불었던 바람이 그 사람이 하늘에 대고 소리치자 조금 있더니 풍랑이 잦아들었다. 배에 탄 사람들은 그 사람에게 다가가서 물었다.

"조금 전에 무슨 말을 하며 주문하였기에 풍랑(風浪)이 멈추었나요?"

그 사람은 조용히 웃으며 말했다.

"나는 의원입니다. 조금 전에 말한 것은 한약재 이름입니다."

"그런데요?"

"그 약재들은 바람(風)을 멈추게 하는 식풍약(熄風藥)의 이름들을 불렀습니다. 방풍은 바람을 막는다는 뜻의 약초 이름이고 나머지는 약초 중의 바람(風)을 멈추게 하는 식풍약((熄風藥)입니다."

"네?……식풍약이요?"

배에 탄 사람들은 긴장된 마음을 풀며 놀랐다.

"스님과 도사의 도술에는 꼼짝하지 않던 바람이 의원의 말 한마디에 잠잠해지는군요."

화타는 이런 광경을 세심히 보며 아니 약초 중에 바람을 잠재우는 약초가 있다는 것에 놀랐다.

화타는 의원에게 다가갔다.

"아니 약초 중에 바람을 멈추게 하는 약초가 있어요?"

화타를 보더니 웃으면서 말한다.

"몸은 하나의 우주이지. 몸에도 바람이 불지?"

"바람이 불다니……아니 몸에도 바람이 있어요?"

"몸 안에서 부는 바람을 내풍(內風)이라고 하고 몸 밖에서 부는 바람을 외풍(外風)이라고 한다네."

화타는 몸 안에서 부는 바람이 있다는 것에 매우 놀랐다.

"그래서 중풍(中風) 질환은 내풍(內風)을 맞아서 생긴 질환이라네."

"중풍?"

"중풍이라는 중(中)이란 뜻은 가운데라는 뜻이 아니라, 맞는다는 뜻이라네."

화타는 중풍이라는 뜻이 '풍을 맞는다'라는 뜻이라는 것을 알게 되었다.

"자네 화살을 쏴서 표적에 맞으면 무엇이라고 하나?"

"적중이라고 합니다."

"과녁에 맞았다는 뜻이지."

"그런데 자네는 어디로 가는가?"

"저는 의학을 배우려고 스승을 만나러 갑니다."

"스승이 누군가?"

"아직은 아니고, 스승 될 분을 찾으러 가는 길입니다."

"의학을 공부하려 한다……"

"예."

"왜 의학을 배우려고 하나?"

"많은 사람들이 질병으로 고생하는 것을 보았습니다."

"그럼 학문은 익혔는가?"

"예, 《시경(詩經)》, 《서경(書經)》, 《예기(禮記)》, 《역경(易經)》과 《춘추(春秋)》를 읽었습니다."

"아니 그리도 학문이 깊은데, 어찌 의학을 공부하려 하는가?"

"저는 백성들을 질병에서 구하고 싶습니다."

"자네 같은 학문을 터득한 서생이라면 관직으로 등용하여 출세할 수도 있을 터인데."

"저는 불쌍한 백성을 구하는 데 몸을 바치겠다고 결심하였습니다."

"그래도 자네같이 학문이 깊은 사람들은 출세하기도 싶고, 출세를 하면 이름도 날리고 재물도 얻을 수 있어 부귀영화를 누릴 수 있을 텐데……"

"아닙니다. 저는 부귀영화보다는 절망 속에서 살아가는 백성들에게 희망을 주며 아픈 이에게 치료로 그들을 위해 살고 싶습니다."

"젊은이가 그런 생각을 갖고 있다니!"

"의원님 존함은?"

"서토(徐土)일세."

화타는 무릎을 꿇었다.

"의원님께 의학을 배우고 싶습니다."

"학문이 높으니 의학을 배우기가 수월하겠군. 그러나 의술을 배우는 것이 문제가 아니라 환자를 긍휼히 여기는 마음이 있어야 한다네."

"……"

"긍휼히 여기는 마음은 배워서 되는 것이 아니라네."

"제가 모자라는 부분이 있으면 노력하겠습니다."

"의학을 배우기 전에 수련을 쌓아야 하네. 할 수 있겠나?"

"열심히 하겠습니다. 제자로 받아주신다면……"

"따라오게."

화타와 서토 의원은 배에서 내려 서토의원으로 갔다. 그곳에는 환자가 서토 의원을 기다리고 있었다.

"뭘 하는가! 빨리 환자들을 모시고 방으로 들어가게. 내가 곧 따라 들어가겠네."

화타는 의원의 말을 듣고 환자를 모시고 방에 들어갔다.

서토 의원은 환자를 진맥하더니,

"어허, 신(腎)이 약하구먼……"

"네?"

"저는 허리가 아파서 왔습니다."

"언제부터 허리가 아팠나?"

"허리는 어렸을 때부터 약하였지만, 최근에 와서는 허리가 더욱 아픕니다."

"자네 밤일이 약하겠구먼?"

"네에? 제 마누라가 밤일을 못한다고 도망갔습니다."

화타는 서토 의원이 허리가 아픈 사람에게 신장이 나쁘다고 말하는 데 적지 않게 놀랐다. 마치 환자의 마음도 꿰뚫어보는 것 같았다.

“덩치는 크지만, 자네는 정력이 약하네, 신장을 보해야 해. 그러면 나중에 다시 새 장가도 갈 수 있다네.”

“……?”

“자네, 지금 허리가 아파서 왔지만, 평상시에 신장(腎臟)이 약해서 잘 넘어지기도 하였겠네. 어디 보세, 여기 허리끈을 풀고 엎드리게.”

서토 의원은 환자의 허리에다 침을 놓았다.

“조금만 있게나, 오늘은 침을 놓았지만 한약을 지어 줄 테니 두 첩을 연거푸 먹게나.”

“두 첩씩이나요?”

“그렇다네, 단순히 허리 치료는 침으로 되지만 신장을 보하려면 두 첩분의 보약을 먹어야 하네.”

“알겠습니다, 의원님.”

화타는 서토 의원이 맥을 보면서 허리가 아픈 원인이 신장이 약해서라는 말에 의문이 생겼다.

“아니 어떻게 허리가 아픈데, 왜 신장이 나쁘다고 할까?……”

화타는 정성껏 환자 옆에서 의원을 거들었다.

서토 의원은 화타의 됨됨이를 그의 몸가짐에서 알아볼 수 있었다.

앞머리가 다른 사람보다 나와 있으며 눈망울이 매우 강렬한 빛을 나타내고 있기에 화타의 의학 열의가 매우 강하다고 생각하였다.

"화타야!"

"내일 아침부터는 물을 길어오너라."

"네."

"여기 있는 물은 약을 끓일 때 쓰는 것이 아니고, 뒷동산에 샘물이 흐르는데, 그곳에 가서 물을 길어오너라."

"예."

"특히 동트기 전에 길어와야 하느니라."

화타 상

다음날 아침 동트기 전에 일어나 뒷산으로 올라가 물을 길어왔다.

물을 긷고 아침부터 환자들을 관리하면서 잡다한 일을 한 지도 벌써 한 달이 지났다. 서토 의원은 화타를 불렀다.

"화타야!"

"예"

"그래 한 달 물 긷는 일을 많이 했는데 어떤가?"

"예?"

"물에 대해 어떤 것을 느꼈느냐?"

"느끼다니요?……"

"……"

"물에는 여러 종류가 있단다."

'아니, 무슨 물에도 종류가 있단 말인가요!'

화타는 말을 못하고 있었다.

"약을 달일 때 사용하는 물은 크게 다섯 가지로 구분하네."

'물이 다섯 가지가!'

서토 의원은 술술 물의 종류를 거침없이 말하였다.

"물에는 크게 나누어 다섯 가지로 나누지. 첫째 계절수(季節水), 둘째는 천상공중수(天上空中水), 셋째는 지상수(地上水), 넷째는 지하수(地下水) 다섯째는 가공수(加工水)란다."

화타는 스승의 말 한 마디 한 마디 놓치지 않으려고 머릿속에 암기하고 귀를 기울였다.

"그러면 계절수는 무엇입니까?"

"계절수는 춘하추동 계절의 물이지. 이것은 각 계절의 타고난 기(氣)를 지니고 있기에 성질이 다르단다. 물론 사용할 때는 다른 처방이 된다는 말이다."

"물로 다른 처방이 되다니요?"

"계절수에는 네 가지가 있는데 첫째 입춘 때 내린 비인 우수(雨水)는 맛이 짜고 평(平)하고 무독(無毒)하단다. 그리고 승발지기(升發之氣)로 발산(發散)과 중초(中焦)를 보하고 기를 보하는 보중익기(補中益氣) 작용을 한단다."

"평(平)은 무엇이고 승발지기와 중초는 무엇입니까?"

"평이라는 것은 성질이 덥지도 않고 차갑지도 않은 것을 말하고 승발지기는 기(氣)가 위로 올라 발산하는 것이며, 또한 몸에는 삼초(三焦)가 있느니라. 상초(上焦)는 몸의 위쪽에 위치하며 순환기와 호흡기를 의미한단다. 중초(中焦)는 몸의 가운데로 주로 소화기를 의미하고 하초(下焦)는 몸의 아래에 위치하여 생식기와 배설을 맡은 기능을 말한단다."

"……"

"둘째로 노수(露水)가 있는데 가을이슬을 채집한 물이기에 여름을 물리치는 거서(祛暑) 작용을 하고 폐(肺)를 윤기 있게 하는 작용이 있단다. 셋째로는 액우수(液雨水)로 입동 후 10일에서부터 소설(小雪)까지 담수한 빗물이며 이는 살충작용도 있고 몸안의 덩어리를 없애는 소적(消積) 작용을 한단다. 넷째로 눈을 녹인 설수(雪水)는 성질이 매우 차기(大寒)에 계절의 온열(溫熱)과 전광(癲狂 : 정신질환)에 사용하면 매우 효과가 있단다."

"그러면 천상공중수는 무엇입니까?"

"천상공중수는 물이 지면에 떨어지기 전의 물로서 오염이 되지 않은 상태의 물이란다. 첫째, 노수(路水)로, 이것은 빗물을 말하는데 땅에 떨어지기 전에 비장(脾臟)과 위장(胃臟)의 기를 조절하고 습열(濕熱)을 제거하여 준단다. 둘째, 상지수(上池水)로, 도는 반천하라고 하는데 대나무 울타리 꼭대기에 있는 물이나

나무구멍에 있는 물이라는 것으로 옛 편작이 상지수를 마시고 오장육부를 보았으며 심지어는 사람 뒤에 있는 것도 보았다고 하였단다."

"그러면 지상수는 무엇입니까?"

"지상수는 수원(水源)이 크고 계절과 기후에 제한을 두지 않고 대부분 많이 사용하는 물이다. 그 중에 두 가지가 있는데, 첫째 장류수(長流水) 또는 동류수(東流水), 천리수(千里水), 감란수(甘瀾水)라고 하는데, 강이나 하천에 흐르는 물이다. 이것은 병후에 허약하거나 비장과 위장이 약하고, 과로 또는 음허(陰虛) 등에 사용하면 효과가 있다. 둘째는 역류수(逆流水)인데, 강이나 하구에 역류하는 물로 이것으로 중풍, 갑자기 쓰러지는 졸궐(卒厥), 두풍(頭風), 학질 등에 효과가 있다. 장류수나 역류수는 부패하지 않고 신선하며 깨끗한 것이 특징이란다."

화타는 물의 종류가 이렇게 다양하고 물의 종류에 따라 치료 효과가 있다는 것에 마음속에 큰 물결이 휘몰아쳤다. 의학의 오묘한 지식과 미처 알지 못한 물도 이렇게 다르다는 것에 그저 입만 벌어질 뿐이었다.

"스승님! 그러면 지하수는 어떤 것입니까?"

이제는 한 가지 한 가지의 배움이 너무나 놓치기 싫어하는 질문이었다.

"지하수는 광물질이 풍부하게 함유되어 있어 또한 치료 작용이 있지. 이것도 두 가지가 있는데, 첫째는 온천수로 온탕이라고 하며 신경통(風濕關節疼痛), 반신불수에 효과가 있고, 둘째로 신급정수(新汲井水)라고 있는데, 이는 우물에서 길어서 쓰는 물로, 열이 있으며 이질(熱痢)일 때, 또한 허열(虛熱)을 없애고 보음(補陰)하며 반위(反胃)나 소갈(消渴)에도 사용하며 농촌에서 많이 쓰이는데 우물물은 청결 위생적이어야 하고, 약 달이는 데 이상적인 물이란다."

"그럼 가공수는요?"

"옛 사람들은 자연 그대로 물을 이용하기가 부담스러워 가공하여 질병을 치료하는 데 만족했단다. 가공수에는 두 가지가 있는데, 첫째는 명수(明水), 방수(蚌水) 또는 방저수(方渚水)라고도 하며 큰 말씹조개('말조개'의 방언)에 얼음조각을 조금 넣으면 말씹조개에서 액체를 분비한다. 이것을 채집하여 한약 끓일 때 넣으면 열을 내리고 진액을 만들게 하며 감한(甘寒) 성질이 있고, 또 눈을 밝게 하며(明目), 안정시키는(安神) 작용을 하며 소아의 번열(煩熱)을 없애고 갈증을 없애는 지갈(止渴) 작용을 한단다.

둘째로 생숙탕(生熟湯) 또는 음양수(陰陽水)라고 하며 생수와 끓인 물을 반반씩 넣은 것으로 소화를 시키고(消食), 토하게(湧吐)한다. 기타 가공 후의 약용물은 침난수(浸蘭水), 대장간에서 달군 칼을 넣은 물인 마도수(磨刀水), 쌀뜨물인 미감수(米泔水)도 있단다."

화타는 매우 흥분이 되었다. 물의 종류가 이렇게 다양하고, 몸을 치료할 때는 종류대로 작용한다는 것에 강한 충격을 받았다.

"스승님!"

"그래, 말해 보거라."

"……"

화타는 말을 잊지 못하였다.

"그래, 말을 해보거라."

"전에 허리가 아픈 사람에게 신장이 나쁘다고 하셨는데, 저로서는 지금껏 의문이 머리에서 맴돌고 있습니다."

"신위요지부(腎爲腰之腑)라네."

"그것은……"

"허리와 등골(腰脊)은 신(腎)에 속하고, 신은 뼈를 주장한다. 그래서 신주골(腎主骨)이라고 말한다네."

화타는 하나하나를 머릿속에 잊지 않으려고 마음으로 외고 있었다.

"신장을 선천지본(先天之本)이라고 하네. 신장은 또한 뼈를 주장한다네. 그래서 신주골(腎主骨)이라고 하고, 신장은 의지를 저장하기에 신장지(腎藏志)라고 하네. 신장이 약하면 의지도 약해지지. 그리하여 신장이 약하면 평소에 쉽게 잘 놀라기도 하지."

거침없이 입에서 술술 읊어대는 스승을 바라보고 화타는 그저 입을 다물지 못하고 있었다.

"신장은 오행(五行)의 수(水)에 해당하기에 신수(腎水)라고 말하고 몸의 정(精)을 저장한다네. 즉 생식의 발육을 주장하기에 선천(先天)의 근본이라고 말하네. 또한 허리도 신장의 장부(腑)라고 하네."

그는 하나를 배우면 잊어버리는 일이 없도록 다시 생각하고 생각하며 입속으로 외어 나갔다.

"신체에는 장부(臟腑)가 있는데, 장(臟)과 부(腑)로 나눈다네."

"네? 장과 부로 나눈다고요?"

"그렇다네 오장(五臟)은 간(肝), 심(心), 비(脾), 폐(肺), 신(腎)으로 여기다가 장(臟)을 붙여 간장, 심장, 비장, 폐장, 신장으로 부른다네."

"부(腑)는 어떻게 되나요?"

화타는 평소에 부르던 장부를 이렇게 나눈다는 것을 알게 되었다.

"부는 6가지가 있는데, 담(膽), 소장(小腸), 위(胃), 대장(大腸), 방광(膀胱)까지 다섯 가지에다 삼초(三焦)를 더하여 육부(六腑)라고 한단다. 그래서 오장육부라고 말을 하지."

"삼초(三焦)는 무엇입니까?"

"삼초는 실제로 존재하는 기관은 아니다. 그러나 전신의 기화 작용을 통괄하며, 수액운행의 통로 역할을 하며 체온 조절작용, 기혈 진액의 조정 작용 등을 실시한단다."

화타는 일일이 머릿속에 외어가며 받아 적고 있었다. 한의의 기초적인 장부론(臟腑論)을 배워나가는 것이다.

“삼초(三焦)에는 세 가지가 있는데 상초(上焦), 중초(中焦), 하초(下焦)가 있단다.”

“상초는 어느 부위에 존재합니까?”

“상초는 횡격막보다 상부의 기능을 가리킨단다. 상초의 기능은 위기(衛氣)를 받아들여 피와 함께 전신에 둘러싸게 하며 위기와 진액을 전신의 피부에 둘러싸게 하여 피부를 윤택하게 하고 체온조절을 하며 심장과 폐가 상초와 관계가 깊다.”

“중초는 어떤 기능을 합니까?”

“중초는 횡격막으로부터 배꼽(臍)까지의 기능을 가리킨단다. 중초의 기능은 소화, 흡수를 실시해, 거기로부터 생기는 정기를 경락에 개입시켜 전신에 둘러싸게 한단다. 비, 위, 간, 담과 같이 소화기와 관계가 깊다.”

“그럼 하초는 어떤 기능을 합니까?”

“배꼽(臍)으로부터 하부의 기능을 가리킨단다. 하초의 기능은 소화된 음식물을 대변으로, 수분은 소변으로 배출하기에 신장, 방광, 소장, 대장과 관계가 깊단다.”

오장육부와 물의 종류에 대한 가르침은 잊어버릴 수가 없었다. 아니 잊어버리면 절대 안되기에 그는 머릿속에서 다시 외어나갔다.

그런 그의 모습을 서토 의원은 대견하게 생각했다.

"전설 중에 신농(神農)은 하루에 70가지 약초를 먹다가 독초에 중독되기도 하며 약초를 발견하였다. 은(殷)나라와 상(商)나라 때에 와서 갑골문자를 써서 허다한 질병의 명칭이 기재되었으며, 하(夏)나라에 와서는 '술은 백 가지 약 중에서 으뜸(酒乃百藥之長)'이라고 불리는 술이 발명되었단다. 이런 것들이 우리 조상들이 일찍 질병과의 싸움에 고심하였다는 것을 설명하여 주고 있단다."

"한약의 형태는 탕약 말고 다른 것이 무엇이 있습니까?"

"전국시대 때 의학전서인 《황제내경(黃帝內經)》이 저작되었고, 서한(西漢) 때에는 약물학 전서인 《신농본초경》을 저작하였단다. 약물에는 환(丸), 가루인 산(散), 탕(湯), 수(漱), 약주(藥酒) 등 여러 가지 형태로 만들게 되었다."

한나라는 망해가는 기미가 역력하였고, 황제는 어리고 환관 간신배들만이 설치는 조정은 권위를 잃었다. 그래서 중원 천지 이곳저곳에서는 새로운 군부세력이 수도 없이 일어나고 있었다.

서한(西漢)시대의 통치자들은 모두가 세상에는 불로장생약이 있다는 것을 깊이 믿고 사람이 복용하면 장생불로한다고 하여 방사(方士)에 명령을 내려 불로초를 구하도록 하였다.

특히 BC 126~BC 144년의 한(漢)나라 순제(順帝) 때는 장도능(張道陵)이 도교를 창립하여 노자의 《도덕경(道德經)》을 적당하게 고친 학설로 도교의 부적이나 주문으로 마귀를 쫓는다는 것을 응용하여 병을 치료하는 것이 유행되고 있었다.

방술사는 질병이 귀신과 마귀가 내리는 것이라고 했다. 제왕은 불로장생의 영단묘약(靈丹妙藥)에 마음을 뺏겨 있어 백성의 생활에는 관심 없었다. 당시 학자들도 무당의 주문으로 생사화복을 바꿀 수 있다는 것으로 알고 있었다.

비록 사회상에서는 해가 어둡고 악한 기운이 자욱한 형상이었지만 의학은 오히려 화타 앞에서 광활한 천지가 펼쳐지고 그의 이목으로 새로워졌다.

시의(侍醫) 이주국(李柱國)이 나라에서 수장(收藏)한 의학서적을 교정하여 《의경칠가(醫經七家)》 216卷, 《경방십일가(經方十一家》 214권이 있었다. 그 중에는 기본이론의 의경(醫經)이 있고 내과, 부인과, 소아과, 전쟁으로 인한 외상(外傷), 파상풍(破傷風) 등 질병의 방서(方書)가 있으며, 그 외에도 탕약을 전문으로 논한 것, 음식의 금기, 안마(按摩)와 도인(導引)에 관한 서적도 있었다.

화타는 방술사가 질병에 대한 각종 해석을 믿지 않았으며, 게다가 귀신으로부터 질병이 내리며 부적으로 병을 치료하는 방법은 더더욱 믿지 않았다.

서한(西漢)시대 방서(方書) 중에 전쟁 때 상처를 치료하는 방법이 기재되었으며, 상고(上古)시대 명의 유부(俞跗)가 외과 수술 과정을 기재하는 등 외과 방면 치료가 의외로 신비를 짐작할 수 없을 정도였다.

가장 근본적인 원인은 인체의 복잡한 구조인데, 완전히 사람들이 파악하기가 불가능하였다.

특별히 외과 질병을 치료하는데 그 의미는 매우 중대하였다. 더구나 유가(儒家)의 《효경(孝經)》에는 효경사상에 영향을 주어 외과 발전에 방해가 되었다.

身體髮膚受之父母 不敢毁傷 孝之始也
신체발부수지부모 불감훼상 효지시야

부모에게 받은 신체를 손상시키지 않는 것이 효의 시작이다.

이리하여 외과 환자도 병을 감추고 치료받기를 꺼려하였다.

화타는 또 한 번 자기는 오로지 백성들로부터 환영받는 의원이 되어서만도 안 되고 더 높은 의술이 목표가 되어야 한다고 다짐했다.

그는 외과까지도 열심히 하여 선배의원들이 하지 못한 외과 의술까지도 하려고 결심하였다.

그는 자기가 원하는 의술을 실현하기 위하여 많은 의서를 정독하였으며, 가능하면 볼 수 있는 모든 의서는 거의 다 파고들어 연구하였다.

또한 화타는 책의 지식에만 만족하지 않았으며, 그는 서적 외의 더 많은 지식을 탐구하기 희망하였다. 화타는 낮에는 스승을 도와 치료하고 밤에는 의학서로 밤을 새며 학문을 탐구하였다.

그는 《황제내경(黃帝內經)》과 편작의 《황제81난경(黃帝八十一難經)》, 《신농본초경(神農本草經)》등 편작과 창공[倉公 : 순우의(淳于意)] 대의 명의들의 임상과 지은 책들을 섭렵을 하여 하루 바삐 명성 있는 의원으로가 아닌 질병에서 많은 환자를 치료하는 의원으로 되기를 바랐다.

어느 날, 스승 서토 의원이 화타를 불렀다.

"이제는 내가 가르쳐 줄 것은 다 가르쳤다."

화타는 직감적으로 스승과 헤어져야 할 시간을 스승이 말하는구나 하는 것을 느꼈다.

"의술을 베푸는 의원이 되려면 상공(上工)이 되거라."

"상공이라면?"

"최고의 의원을 말한다."

"노력하겠습니다."

"상공은 무슨 의미인 줄 아느냐?"

"환자를 긍휼히 여기는 마음으로 치료에 임하는 것입니다."

"그래 그것도 중요하지만, 이를 위해 열심히 의학 연구도 중요하다. 그래서 한 사람이라도 질병에서 구해내어야 한다. 절대로 출세를 할 생각하지 말고.”

“예 알겠습니다.”

“또한 상공치미병(上工治未病)을 염두에 두거라.”

“그것이 무엇입니까?”

“최고의 의원인 상공은 병이 걸리지 않게 미리 치료한다는 것이다.”

“아직 걸리지 않은 병을 치료한다는 뜻입니까?”

“그래, 부디 염두에 두거라!”

“재물이 많은 환자와 관직이 높은 환자도 중요하지만, 가진 것이 없는 불쌍한 환자를 더욱더 긍휼히 여기거라.”

“네.”

화타는 다짐하였다. 의학에 일생을 바치는 교훈을 마음에 새기면서 가난한 백성들의 의원이 되겠다고 굳게 결심하였다.

5. 풍우무조(風雨無阻)

화 타

봄날의 따스함이 겨울에 언 땅을 녹이고 따뜻한 햇살이 그리 높지 않은 산허리를 비춰주고 있었다. 새롭게 피어오른 풀들이 지면에서 고개를 들고 솟아나고 물이 오른 가지에서 새 싹이 나왔다. 겨울이 지나도록 떨어지지 않던 송백엽은 윤택한 광채를 내며 흔들리고 있었다. 봄날은 대지에 새로운 생명을 주었으며 비록 푸르른 삼림을 이루지 않았지만 생기발랄한 봄기운이 화타의 얼굴까지 스며들었다.

그는 환자를 보는 일 외에는 바람이 불거나 비가 오거나 개의치 않고 항상 들판이나 산으로 나가 약초를 채집하였다.

화타는 약간 높은 산의 호반에서 약초를 채집하고 돌아올 때 길가에서 막대기를 짚은 중년 남자를 만났다. 그는 아주 바삐 걸어갔다. 보기에 40세 미만이며 얼굴이 조금 부었고 피부는 누런빛이 돌며 두 눈마저 누른색이었다. 그는 등에 약초를 멘 화타를 보고 의원이라고 생각하였다.

'그래, 의원인가 보다.'

"의원님이시죠? 살려주셔요."

그는 구원의 눈빛을 보냈다. 화타는 이렇게 심한 환자는 이전에 보지 못하였다.

"어디 맥을 봅시다."

화타는 진맥을 하며 안색을 보았다. 맥을 보니 왼쪽 관맥(關脈)이 현(弦)맥이었고 얼굴에는 황달로 인하여 누렇고 눈도 노란 것이 마치 금덩어리 같은 색이었다.

"소변색은 어떤가?"

"소변색도 노랗습니다."

"황달이군."

"황달이요? 제 병을 고쳐주셔요. 의원님."

"음……그런데 황달을 치료하는 약초를 구할 수 없다네. 미안하네."

그 사나이를 위로하였다.

"약초는 없지만, 절대로 안정을 취하여야 하네. 집에 가서 몸 보양을 하게나."

"저는 가난하여 몸 보양할 수도 없어요."

"그렇지만, 몸을 너무 피곤하게 하면 안되네."

"예, 알겠습니다. 저는 끼니 때우는 것도 힘이 듭니다."

"……"

"이만 가보겠습니다."

구할 약초가 없다는 말에 그 남자는 힘없이 가는 모습을 보고 화타의 마음은 불안하여 혼잣말로 하였다.

'이럴 때 황달을 치료하는 약초만 있다면 좋을 텐데……이 사람이 언제 목숨을 잃을지도 모르는 지경인데……'

화타는 약초를 구하려 이리저리 다니다가 몇 십 리 산길을 걷게 되었고 하남(河南)의 백장촌(白庄村)으로 들어서게 되었다. 그때는 이미 해가 지고 저녁이 되었고 하늘에는 검은 구름이 덮고 비가 금방이라도 쏟아질 지경이 되었다. 화타는 묵을 곳을 찾다가 백가장(白家莊)이라는 반점이 눈에 들어왔다. 반점(飯店)은 아래층은 음식을 제공하는 식당이고 이층에는 침실로 되어 있는 여관이었다. 화타는 피곤한 몸을 이끌고 침대에 누워 막 잠이 들려고 하는데 어린아이의 우는 소리에 잠에서 깨었다.

그는 급히 일어나 옷을 걸치고 집 주인에게 물었다.

"장궤인!"

장궤인은 주인을 말한다. 옛날부터 돈 받는 곳에 앉아 있는 주인을 장궤인(掌櫃人)이라고 하는데, 돈 넣는 궤를 관리하는 사람이란 뜻으로 주인을 뜻한다.

"예, 손님"

"어린아이의 소리가 들리는데……?"

"옆집 아이가 우는 소리입니다."

"단순히 우는 소리가 아니라 기침소리가 들리네요."

"맞습니다. 며칠 전부터 기침을 하였습니다."

"아무래도 울음소리와 기침소리가 심상치 않소. 한번 가봅시다."

"예?"

"제가 의원입니다."

"그럼 빨리 가시죠."

초롱불을 든 장궤인을 앞장세워 옆집을 찾아가 보았다.

어린아이 부친이 말하였다.

"얘가 삼대독자인데 기침이 심하고 잠을 못 자며 이렇게 울고 있습니다."

"어디 봅시다."

화타는 어린아이의 인지(人指 : 검지)의 풍관명(風關命)을 보고 있었다. 어린아이의 진맥의 방법이 풍관명을 살펴보는 것이었다.

화타는 풍관명을 보더니 얼굴색이 변하였다.

아이 아버지가 말했다.

"아니, 이 아이가 어떻습니까?"

"매우 위급합니다. 자칫하면 생명에도 지장이 있습니다. 오늘을 넘기기가 어렵습니다. 빨리 약을 복용하여야 합니다."

생명에 지장이 있다는 말에 아이 아버지는 무릎을 꿇고 애원한다.

"살려주셔요."

"……"

"그럼 이 부근에 약초가 있나 한번 찾아봅시다."

우의를 걸친 장궤인과 화타는 초롱불을 들고 문 밖으로 나갔다. 그는 인근에 풀들을 찾아 헤맸지만 약초를 찾지 못하였다. 특히 야경이라 약초를 찾기는 쉽지 않았고 비가 와서 길이 매우 질퍽하였다. 근 한 식경이 되었는데도 약초를 못 찾으니 화타는 조급하였다.

어린아이가 고통 중에 있을 생각을 하니 빨리 찾아야겠다는 마음뿐이었다.

"어디 다시 한 번 한 바퀴를 더 돌아봅시다."

비바람은 힘차게 내리더니 조금씩 빗줄기가 잦아졌다. 그때 초롱불이 꺼졌다. 화타는 땅의 풀을 만져보며 한 발자국 한 발자국 앞서 걸어갔다. 몇 번이고 넘어졌다. 날이 밝을 무렵에야 비로소 여관 앞에 있는 작은 냇가 언덕에서 약초를 찾았다.

"찾았다!"

"의원님 찾았습니까?"

"예, 여기 이 풀입니다."

화타는 약초의 뿌리를 파서 다시 환자의 집으로 돌아왔다. 환자의 부모들은 문 밖에서 기다려 반갑게 맞이하며 물었다.

"약초를 발견하였습니까?"

"예."

"지금 제 아들은 지쳐 있어 기침도 제대로 못하고 숨도 잘 쉬지 못합니다."

"어서 들어가서 약초를 달입시다."

물에 깨끗이 씻어 뿌리를 물에 넣고 화타가 손수 약을 달여 어린아이에게 복용시켰다. 복용 후 기침이 적어졌다. 화타는 다시 맥을 잡아보더니 그제야 입가에 웃음을 지었다.

"이제 위급한 상황은 넘겼습니다."

"고맙습니다."

"이 약초는 폐를 맑게 하고 폐의 기운을 잘 돌게 하며, 기침을 멎게 하는 데 상당히 좋은 약초이며 가래를 삭이는 작용이 있습니다."

"어쩐지 기침이 잦아드는군요."

"저는 이제 반점으로 가서 눈 좀 부치겠습니다."

"감사합니다. 의원님을 귀찮게 하여 정말로 죄송합니다. 피곤하실 텐데 휴식을 취하셔요.”

화타는 반점으로 돌아왔다.

날이 훤히 밝아져서 어린아이의 아버지가 반점으로 찾아왔다. 반점 주인이 나왔다.

“새벽에는 감사하였습니다.”

“아닙니다. 아이는 어떠십니까?”

“새벽에 한약을 먹고 잠을 자더니 아침에는 많이 좋아졌습니다.”

“의원님은 일어나셨습니까?”

“벌써 떠나셨습니다.”

“의원님께서 약초 한 뿌리를 남기시며 이 약초를 찾아서 캐서 복용시키라고 하셨습니다.”

“아니 이렇게 감사할 수가……”

어린아이 아버지는 장궤인에게 연신 감사하다고 하였다.

“그분에게 사례를 못하고……의원님의 존함도 물어보지도 못했는데.”

“바로 그분은 화타 의원님이셨습니다.”

“아니! 의술도 고명하지만 사람을 대함에도 친절하더군요. 살아있는 부처 같았어요.”

화타가 위급한 병에 걸린 어린아이를 치료하였다는 사실이 마을에 퍼져 마을사람들이 어린아이 집에 몰려왔다.

그들은 화타가 남겨 둔 약초를 보았다.

"이것이 아들을 살린 약초군요?"

마을 부근에는 그 약초가 자라고 있었다. 특히 백가장 앞에 많이 자라나고 있었다. 마을 사람들은 이 약초가 백가장 반점 앞에 있다는 뜻으로 백전(白前)이라고 불렀다. 특히 이 마을에서는 화타의 이름이 널리 퍼졌다.

어느 날, 화타는 소문을 듣게 되었다. 5, 6백 리 떨어진 동산(東山) 고찰(古刹) 서림사(西林寺) 치화(治化)도사가 덕망이 높고 난치병을 잘 고쳐서 많은 사람들이 몰렸다. 화타는 그를 찾아 동산으로 갔다.

서림사에는 매일 많은 환자가 찾아왔다. 치화도사는 의술이 매우 높았다. 화타는 그 때도 이름이 알려졌지만 더 많은 의술을 배우고자 치화도사를 찾아갔다.

"도사님 저는 도사님에게 의술을 배우고 싶습니다."

"나는 지금 제자가 필요 없다네. 내 수하에 여러 제자가 있다네."

"도사님, 받아주시옵소서."

"필요 없다는데도……"

도사는 더 이상 말도 하지 않고 계속 환자를 치료하였다. 화타는 자리에서 일어나지 않고 계속 꿇어앉아 몇 식경이 지났다.

"아니! 자네 아직도 안 가고……"

"……"

"아무리 그리하여도 필요 없네, 요즘 젊은이들이 먹고살기 힘드니 침을 배워 침통 흔들며 남들에게 돈이나 뜯어먹고 살려고 하는 젊은이들이 많으니 참……"

도사는 그 자리를 떠나지 않고 화타를 보고 있을 때 어떤 사람이 헐레벌떡 뛰어왔다.

"도사님, 저의 처가 토사곽란이 나서 지금 죽어가고 있습니다."

"그래, 자네 집이 어디냐?"

"산 아래 마을에 있습니다."

"침통을 가지고 올 테니 잠깐 기다리게……"

도사는 그 사람을 좇아 황급히 산 아래로 내려갔다. 환자의 집에 도착하니 환자는 다 죽어가며 입가에는 토사물이 흐르는 채 누워 있었다.

"어머니는 어떠냐?"

아들에게 황망히 물었다.

"계속 설사하고 토해내어 이제는 노란 물만 토해내고 지금은 지쳐서 이렇게 누워 계십니다."

"도사님, 제 처를 살려주셔요."

"잠깐 기다리게나."

치화도사는 환자의 맥을 보더니 침통에서 침을 꺼내 환자의 오른손 합곡(合谷)혈에다 침을 놓고 배 주변의 천추(天樞)혈에다도 침을 놓았다.

조금 지나자 환자가 눈을 뜨더니 입을 열었다.

"여보 이제 배가 좀 편해지네요."

"도사님, 감사합니다."

"오늘은 아무것도 먹지 말고, 내일은 미음(粥)만 먹게나."

"알겠습니다."

"나는 절로 가보겠네."

"지금 산길로 가시면 어두컴컴할 때 절에 도착하실 텐데, 여기서 주무시고 가시죠?"

"아닐세, 절에는 환자들이 있다네."

치화도사는 절을 향해서 가고 있었다. 어둠이 점점 깔리고 있는데 도착하여 보니 화타가 아직도 안 가고 무릎을 꿇고 있었다.

"아니, 자네는 아직도 안 갔나?"

"……"

"빨리 일어나게."

옆에 제자에게 말하였다.

"아니, 이 녀석이 아직도 여기에 있었는가?"

"아무리 말려도 막무가내로 여기서 도사님을 기다리겠다고 하고 있었습니다."

도사는 화타를 보며 부드러운 목소리로,

"내 방으로 오게나."

"예."

방에 오자마자 도사는 말하였다.

"자네의 의술을 배우고자 하는 마음에 내가 감동받았네."

"오늘부터 이곳에서 지내게."

"고맙습니다."

"여기서 지낸다고 의술을 가르친다는 것은 아닐세."

"도사님, 그래도 좋습니다. 그저 도사님이 환자를 치료하는 모습만 보아도 좋습니다."

"이름이 무엇인가?"

"장삼오입니다."

"그럼 삼오라고 부르겠네."

"예"

화타는 이름을 바꾸어서 말했다. 화타라고 하면 받아주지 않을 것 같았다. 도사는 화타에게 잡일을 시켰다. 화타는 시키는대로 나무를 꺾고 물을 긷고, 마당을 쓸고 청소도 하였다.

환자에게도 약을 달여 주는 등 막일을 하였다. 막일을 시켰지만 화타는 아무런 불만도 하지 않을 뿐만 아니라 조금도 등한시하지도 않고 도사의 분부대로 성심껏 정성스럽게 일을 하였다. 시시때때로 잡일을 시켰는데도 힘들다고 불평도 안하고 꾸준히 맡은 일을 성실하게 하였다.

치화도사가 화타를 보니 맡은바 일을 성심성의껏 하는 모습을 보았다. 마침내는 화타는 도사의 호감과 신임을 얻게 되었다.

"삼오야! 오늘부터 서방(書房)을 마음대로 보거라."

"예, 스승님."

치화도사는 자신의 진귀한 의서(醫書)를 저장하여 둔 밀실을 화타에게 개방하였다.

"아니 우리보다 늦게 들어온 놈에게……?"

"글쎄 말일세. 스승님은 뭘 보고 저런 놈에게 서방(書房)을 개방하지?"

그날 저녁, 화타는 서방에 들어가 보니 진귀한 의서를 보게 되었다. 특히 《임인영아방(妊人嬰兒方)》과 《금창계종방(金創瘈瘲方)》등 중요한 의서를 한 자도 빠뜨리지 않고 통독하였다.

《임인영아방》은 부인과 소아 치료 처방집이며, 《금창계종방》은 전쟁터에서 일어나 생기는 외과에 대한 치료 처방집이었다.

도사는 화타의 굳센 의지에 관심을 갖게 되었다.

어느 하루, 도사는 제자들의 실력을 가늠하려고 꾀병을 부렸다.

그의 제자들이 하나같이 허둥댈 뿐 어찌 치료할지를 몰랐다.

"사부님, 어디가 아프신가요?"

그 때 화타가 도사를 진맥한 다음 도사의 제자들을 향하여 천천히 말하였다.

"사형 여러분, 걱정하지 마십시오. 사부님은 아무 병도 없습니다."

그 때 제자 중 오래된 사형이 불쾌한 표정으로 화를 내며 화타를 질책하였다. 그러나 화타는 자기의 의견을 고수하였다.

"아니, 자네가 뭘 안다고 사부님의 맥을 보나? 들어온 지 얼마 안되는 애송이 주제에……"

"아닙니다. 사부님은 괜찮습니다."

"아니 점점……"

"사부님은 병이 없으십니다."

"그럼 사부님께서 병이 없으신데 아프다고 하겠나?"

"네."

"자네가 뭘 안다고 그러나."

분위기가 순간 험악해졌다. 제자들은 어찌할 바를 몰랐다.

"……"

그 때 도사는 웃으면서 일어나 화타의 어깨를 치면서 기뻐하였다.

"삼오야! 너는 나에게 의술을 배울 필요가 없구나. 네 의술은 이미 나를 초월하였어……"

"아닙니다, 사부님."

"자네가 나를 속인 것 같으이……자네 이름이 무언가?"

화타의 마음을 꿰뚫어 보는 것 같았다.

"……"

"어서 말해 보거라."

"사부님, 이름을 속여서 죄송합니다. 의술을 배우고 싶어 이름을 속이고 이곳에 왔습니다. 제 이름은 화타입니다."

"아니……자네가 그 유명한 화타란 말인가!!!"

"예, 죽을죄를 지었습니다. 사부님에게 속였습니다. 제 이름을 대면 제자로 받아주시지 않을 것 같아서입니다."

"허, 허……자네 의덕(醫德)이 참으로 높네!"

다른 제자들도 깜짝 놀랐다.

"자네의 실력은 대단해!……나에게 배울 것이 없을 텐데."

"아닙니다."

도사는 화타에게 남김없이 의술의 비방을 가르쳐 주었다.

어느 초여름 날, 화타는 우연히 황달로 앓고 있던 사나이를 만났다. 그는 깜짝 놀랐다.

'이 사람은 황달로 죽었을 텐데 이렇게 몸이 건강하여지다니?'

그 사람도 화타를 알아보며 기뻐하였다.

"아니 어떻게 이렇게 몸이 좋아졌는가?"

"저도 모르겠습니다."

그는 먹을 것이 없어 온 산을 다니며 막대기를 집고 먹을 수 있는 풀들을 못 찾았는데 냄새가 있으며 쓴 쑥을 먹은 것뿐이었다.

"저는 배가 고파 산에 올라가 먹을 수 있는 풀을 찾아 헤매다 야생 쑥을 먹었을 뿐이었습니다."

"야생 쑥이라고……?"

"예, 야생 쑥이라 너무 써서 목구멍으로 넘기기가 아주 어려웠습니다."

화타는 생각하였다.

'그래 이 사람이 쑥을 먹고 황달을 고쳤구나! 황달병을 쑥이 고치는구나.'

화타는 그 사람과 부근에 있는 산에 올라갔다. 함께 야생 쑥을 꽤 많이 채집하였다.

"자네가 먹은 것이 이건가?"

"예, 맞습니다."

화타는 기뻐서 손에다 놓고 보고 또 살펴봤다. 이런 종류의 식물의 잎사귀는 청호(菁蒿)와 같으며, 잎 뒷면에는 얇은 하얀 서리를 발라놓은 것 같았다.

야생 쑥을 따가지고 화타는 기뻐서 황달환자에게 주었다.

"이 약초를 달여서 먹게나. 황달에 좋을 걸세……"

그는 말린 야생 쑥을 황달병환자에게 복용시켰다. 그러나 병세는 조금도 개선이 되지 않았다. 화타는 매우 이상하게 생각하였다.

'아니, 이 야생 쑥이 맞는데. 저번에 그 사람은 이 야생 쑥을 먹고 황달이 나았는데?……'

화타는 눈발이 날리는 겨울이었지만 지난번 황달병이 나은 환자를 찾으러 엄동설한을 무릅쓰고 여러 마을을 돌아다녔다. 그리고는 마침내 그를 찾았다.

"그때 그 풀이 이 약초가 틀림없었나요?"

"예, 이 약초가 맞습니다."

화타는 가만히 생각하였다. 분명히 야생 쑥인데 이 사람에게는 치료가 되었는데, 왜 다른 사람은 치료가 안되는지를 생각해 보았다.

'그래 맞아!' 마음속으로 소리쳤다.

"그때가 어느 때입니까?"

"네?……"

"야생 쑥을 캐서 먹었던 때가 언제였나요?"

"아하! 그때가 3월입니다. 내가 낡은 솜옷을 입었었으니까."

화타는 두 눈이 번쩍이며 혼자 중얼거렸다.

"양춘(陽春) 3월에는 천지가 생동되며 만물이 영화로울 때구나."

원래, 초봄에는 쑥이 새싹이 나고 돋아나는데 초여름에는 한 척(尺) 높이 자라며 가지는 실한 쑥이기에 약의 힘은 같지 않았다. 야생 쑥은 몇 개월 성장하여 가지와 잎사귀는 무성하고 가을에는 꽃이 피고 결국에는 씨앗을 만들지만 약 효력은 오히려 점점 없어진다.

"어린 줄기와 잎이 약용으로 쓰게 되는구나! ……"

의서(醫書) 《신농본초경(神農本草經)》에는 일찍이 인진쑥을 「풍습한열사기(風濕寒熱邪氣), 열결황달(熱結黃疸)」을 치료할 수 있다는 내용이 기재되어 있었다. 화타는 비록 글을 읽었지만 실제로 접촉해 보지는 못하였는데 인진쑥에 대한 효능에 대해서 잘 파악을 못하였었다.

기다리고 기다리던 봄이 왔다. 인진쑥은 아직 새 잎이 돋아 나오지 않았다. 산에는 눈이 전부 녹아 봄날의 따스한 햇볕이 비추었다. 화타는 다시 산에 올라갔다. 많은 풀 속에 숨겨져 있는 당근 잎과 같은 인진쑥을 찾아 캐내며 그는 흥분하여 크게 소리쳤다.

"이제 황달환자를 치료할 수 있겠구나!"

바로 그때 마을에 한 황달환자가 전염이 되어 많은 사람들이 황달을 앓았다. 질병이 만연되지 않게 하기 위해 화타는 바람과 비도 가리지 않고 산에 가서 인진쑥을 캤다. 그 후 인진쑥을 전번 치료 못한 황달환자에게 보냈다.

인진쑥의 약성을 더욱 확실하게 하기 위하여 3년 만에 효능을 알게 되었다.

화타는 매달 채집한 인진쑥을 뿌리, 줄기, 잎을 구별하여 보존한 다음 환자에게 복용시켰다. 그 결과 오직 줄기와 잎이 황달병을 치료할 수 있다는 것을 알게 되었다. 여름, 가을에 채집한 줄기와 잎은 굵고 크나 황달병에는 아무런 약효가 없었다. 화타는 다음과 같은 시 한 수를 지었다.

三月茵蔯四月蒿　　삼월인진사월호
傳與後人切記牢　　전여후인절기뢰
三月茵蔯能治病　　삼월인진능치병
五月六月當柴燒　　오월육월당시소

삼월 쑥은 인진이라 부르고, 사월 생긴 것은 쑥이다.
후세 사람들은 꼭 기억하길 바란다.
삼월의 인진은 병을 치료하지만
사월의 쑥은 단지 불쏘시개일 따름이다.

화타는 한의학 역사상에서 제일 첫번째로 인진쑥을 가지고 임상에 응용하지 않았지만, 그러나 인진쑥이 오늘에 이르기까지 한방이 습열황달(濕熱黃疸)을 치료하는 중요한 약초로 화타의 임상을 통해 알려지게 되었다. 《중약학(中藥學)》 중에는 이습퇴황약(利濕退黃藥)으로 구별되는 약초이다.

근대 연구한 결과. 인진호(茵蔯蒿)는 이담작용(利膽作用)을 하여 담즙 분비물을 증가시키는 한편 담즙의 고체물질을 증가시키고 담즙산(cholic acid)과 빌리루빈(bilirubin) 배출량을 증가시켜 이 약은 간담질환(肝膽疾患)으로 오는 황달병에는 확실한 효과가 있다. 《중약학》에는 「이 약초의 약효 부분은 어린 풀이며 길이가 3~5촌(寸) 때에 채집하는 것이 제일 약효가 좋다.」고 기재되었다. 이것은 전설 중의 화타가 얻은 결론을 쓴 것이다.

소문을 듣고 화타에게 찾아오는 황달환자가 점점 많아졌다. 처음에는 누구도 그의 집을 알 수가 없었다. 화타는 언제나 환자가 가장 필요할 때 나타나 그들에게 약초를 주었다. 이때부터 화타는 의원의 길에 올라섰다. 그리고 활동 범위는 점점 확대되었다.

화타는 서림사(西林寺)에 가서 의학공부를 하고 돌아와서 어깨에는 약상자를 메고 고통을 당하는 백성들에게 병을 치료하였다. 그의 의술은 아주 높고 이름이 빨리 퍼져나가서 각처에서 치료를 받고자 하는 사람이 많았다.

젊은이가 화타 의원을 찾아왔다.

"두통이 있구먼?"

"네? 어떻게 알았습니까? 치료를 해주셔요."

화타는 이리 저리 생각을 하였지만 그 병을 치료할 방법을 생각해내지 못하고 속수무책(束手無策)이었다. 환자는 실망을 하고 집으로 돌아갔다. 그런데 어느 날, 길을 가다가 그 환자를 다시 만났다.

“아니 자네가 두풍병으로 고생했던……”

“예, 맞습니다. 그러나 지금은 다 나았습니다.”

“웬일로……어떻게 나았는가?”

“저는 노의(老醫 : 경험이 많고 치료효과가 좋은 의원)를 찾아가 치료를 받았습니다.”

“그래, 그래서 나았는가?”

“예, 병이 빨리 완쾌되었습니다.”

화타는 그 청년의 말을 듣고 마음이 괴로웠다.

‘왜 나는 그 병을 못 고쳤지? 나는 아직도 더 배워야 해……’

화타는 사방에 그 노의의 거처를 알아보았다. 그리고 그는 그분을 스승으로 삼고자 결심을 하였다.

‘그래 내가 화타라고 하면 제자로 삼아주지 않을 것 같은데, 맞아 지난번과 같이 이름을 바꾸자!’

그는 노의의 문하생으로 들어가 의학을 배우는 데 게으르지 않아 노의는 그의 성실과 총명함을 보고 그를 제자로 삼기로 결정하였다.

화타는 아침 일찍 일어나 저녁 늦게까지 일하며 열심히 공부하는 모습에는 노의도 감동되었다. 그의 성실함과 꾸준함으로 그에게 의술을 전수하였다.

어느 날, 노의는 왕진을 나갔는데, 복부에 병이 있는 환자가 사람에게 업혀왔다. 환자는 매우 힘들어하고 위급해 보였다. 제자들은 노의가 출타 중이므로 다른 날 오도록 하였다.

"우리는 먼 곳에서 의원님에게 치료를 받으러 왔습니다."

"안됩니다. 지금 의원님은 왕진 중입니다."

"그러면 다른 분이 보아주시면 안될까요?"

환자가 애걸하며 치료해 주길 바라는 모습을 보고 있던 화타가 환자의 손을 잡고 진맥하였다.

옆에는 사형도 있었다.

"2돈(錢 : 약 8g)의 비상(砒霜)을 두 번에 복용하셔요."

"아니?"

옆에서 사형이 놀랐다. 그러나 환자는 인사를 하고 약을 받아 돌아갔다.

사형은 화타에게 걱정스레 말하였다.

"어떻게 환자에게 비상을 복용하라고 하지? 비상은 독성이 강해 인명을 빼앗아가기가 쉬울 텐데……죽기라도 하면 어떻게 하려고?"

"아닙니다."

"자네가 스승님의 관심을 받는다고 오만한 것이 아닌가?"

화타는 그저 미소만 짓고 아무 말을 하지 않았다.

"……"

"잘못되면 자네가 책임을 질 것인가?"

"물론 책임을 지겠습니다."

책임을 지겠다는 말에 사형은 아무 말도 못하였다. 사형과 화타가 말다툼을 하고 있는 동안 그 환자는 집으로 가고 있었다. 가는 길에 마침 공교롭게도 왕진을 갔다 돌아오는 노의를 만나게 되었다.

"의원님!"

"네."

"의원님을 뵈러 갔다 왕진 가셔서 대신 의원님 제자에게 처방을 받고 돌아가는 길입니다."

"……"

"고맙습니다, 의원님. 의원님이 다시 진맥을 보아주셔요."

"……"

"다시 한 번 진맥을 봐주셔요. 제자들을 못 믿는 것이 아니라. 의원님의 의술이 고명하기에……"

"어디 처방약을 봅시다."

"여기 있습니다."

"……"

"의원님, 이 처방이 맞습니까?"

"잘 된 처방이니 그 처방대로 달여서 복용하면 병은 나을 걸세."

"고맙습니다."

노의는 처방을 보고 난 후 손으로 수염을 쓰다듬으면서 머리를 저었다.

'정말 기가 막히는 묘방(妙方)이네!'

환자에게 말했다.

"그래, 어서 가서 복용하게나."

"네."

노의는 환자와 헤어져 이리저리 생각하며 걸어갔다.

'이 처방은 서림사의 노법사(老法師)인 치화도사와 화타만 아는 처방인데……나는 아직 내 제자들에게 가르쳐주지 않았는데……이상한 일이군!'

노의는 돌아와서는 제자들을 불러 모았다.

"누가 조금 전 환자에게 처방을 하였는가?"

"죄송합니다, 스승님."

"말해 보게."

"실은……저……"

"잘못을 따지려고 하는 것이 아니네."

"예……"

"누가 처방을 하였나?"

모두들 침묵만 하고 있었다.

"말을 하거라. 누가 했는가?"

그때 사형이 화타를 지적하였다.

"사제(師弟)가 처방한 것입니다."

"그래?"

"저는 스승님이 돌아오면 스승님이 보게 하고 환자를 돌려보내자고 했습니다."

"……"

"그런데 사제가 기다릴 수 없다며 독성(毒性)이 강한 약으로 처방을 하여 주었습니다."

"……"

"혹시나 잘못 되었습니까, 스승님?"

"아니네. 걱정할 필요 없네, 그 환자는 복부에 독이 있어 독은 독으로 치료하여야 그의 생명을 구할 수 있었다네."

노의는 머리를 끄덕이며 화타를 보고 말했다.

"누가 이 처방을 가르쳐 주었는가?"

"서림사의 치화도사님께서 가르쳐 주었습니다."

"아니? 그럼 자네가……?"

노의는 깜짝 놀라며 화타의 손을 잡으며 흥분된 소리로,

"네가 화타로구나, 너는 이미 사방에 명성이 나 있는데 왜 여기 와서 고생하며 의학을 배우려 하니?"

노의는 그제야 화타를 알아보았다.

"죄송합니다. 죽을죄를 지었습니다. 스승님을 속여서……. 제가 화타입니다."

화타는 공손히 대답하였다.

"산에는 또 산이 있고, 누각 밖에는 또 누각이 있습니다. 공부에는 끝이 없습니다. 또한 사람마다 각기 특기가 있습니다. 저

는 아직 모르는 것이 있기에 당연히 배워야 합니다. 저를 더 가르쳐 주십시오."

노의는 감동이 되어 눈물을 흘리고 즉시 자기의 수십 년간 경험방을 남김없이 화타에게 전수하였다.

장중경(張仲景)

당시 하남(河南) 남양(南陽)인 남군열양(南郡涅陽)에서 명의 장중경(張仲景)이 나타났다. 화타와는 9살의 차이가 났다. 장중경은 그의 가족과 친척들이 200여 명이 되었다. 유행성질병이 돌기만 하면 치료하지 못하고 죽어갔다. 10년 동안 3분의 2가 죽어 약 한 달에 한 명 꼴로 죽어나갔다. 장중경은 결심하였다. 그가 의술에 몸을 바치겠다는 결의로 그는 동향사람 장백조(張伯祖)에게 의술을 배워 그가 질병학의 대가가 되었을 때 화타는 40세가 되었고 그는 강회(江淮) 지역의 명의가 되었다.

화타가 집으로 돌아오니 소화장에는 많은 사람이 몰려와서 치료를 받았다. 돌아왔다는 소문만으로 벌떼처럼 화타의 집 앞에는 환자로 물결을 이루었다. 그를 향해 병을 치료하고자 하는 환자들이 그를 에워쌌다. 그는 피로가 쌓였지만 병 치료된 환자들을 볼 때마다 피로가 싹 가셨다. 환자 한 사람마다 긍휼히 대하는 그의 소문은 입에서 입으로 퍼져나가 인근 각처에서 화타에게 왕진을 부탁하였다.

한번은 화타가 외출하는데 길가에서 두 손을 배를 잡고 있는 사람을 발견하였다. 화타가 자세히 보니 그는 쉴 새 없이 허리를 구부리고 토하며 구슬 같은 땀방울을 떨어뜨리며 구토를 하였다. 화타는 그에게 다가갔다.

"어디가 아픈가요?"

"예, 배가 아파요!"

"어디 맥을 봅시다."

"구토증도 있어요."

관형찰색(觀形察色)을 하여보았다. 관형찰색은 얼굴과 몸을 살펴서 진단하는 것을 말한다.

'그래 지금 회충이 있어 속을 뒤집어놓고 있구먼! 충이 담도(膽道)와 식도(食道), 인후(咽喉)에서 회를 치고 있구나.'

화타는 주위를 살펴보고는 길가에 떡을 팔고 있는 사람이 눈에 띄었다.

"빨리 저기 앞에 떡을 팔고 있는 사람에게 가서 산채수(酸菜水)를 달래서 한 사발을 마셔 보세요."

그는 떡을 팔고 있는 사람에게 가서 산채수를 달래서 한 사발을 먹었다. 산채수를 먹은 후 배가 한결 편하여졌다. 화타가 길을 떠나자 병자는 화타에게 달려갔다.

"선생님이 알려주신 대로 산채탕을 먹으니 배가 편해졌습니다. 선생님 존함을 알고 싶습니다."

"화타입니다."

"아니, 그 유명하신 화타 선생님이십니까!?"

병자는 현성(縣城)으로 병을 치료하러 오는 도중에 화타를 만났던 것이었다.

화타는 2, 3일 동안 산채수를 계속 복용하라고 하였다. 산채수는 나물에다 식초로 만든 것인데 매우 신맛의 국물이다. 그는 반신반의하였다.

'그래도 화타의원 말대로 복용하여 보자.'

산채수를 먹은 후 과연 속이 편하여졌다. 계속 산채수를 며칠 동안 먹었더니 길고 머리와 꼬리가 뾰족한 벌레를 토해냈다. 그는 벌레를 보자 놀랬다.

"이런 벌레가 뱃속에 있었다니……"

그는 벌레를 들고 화타의원 집을 물어물어 찾아갔다. 이날 겨우 열 살이 되는 화타 아들이 바로 대나무집 앞에 놀고 있었다. 그는 화타 아들에게 물었다.

"화타 의원님이 어디 계신가?"

"지금 집에 안 계십니다. 왕진하러 먼 곳으로 가셨습니다."

“언제 돌아오시나?”

“모르겠습니다. 어떤 때는 왕진 가셨다가도 약초를 캐러 가시기 때문에 확실히 잘 모릅니다.”

수레를 타고 온 그 사람이 한 마리 벌레(蟲)를 수레에서 가져다 아들에게 보였다.

“내가 화타 의원님을 만나서 병을 고쳐 이 벌레(蟲)를 보여드리려 가져왔다네.”

그는 바로 화타가 길가에서 만난 환자였다. 그는 화타의원에게 감사하고 그 충을 보여드리려고 왔던 것이었다. 그러나 화타는 집에 계시지 않았고 그는 화타의 집안에 들어서 북쪽 벽을 보니 많은 벌레들이 걸려 있었다.

“아니 이렇게 많은 벌레들이……!”

그는 크게 놀랐고 벌레들은 크기와 굵기가 다양하였다. 그는 그것을 보자 토할 것 같았다.

“역시 화타 의원님이군. 이 많은 것이 환자에서 나온 것이로군. 명의라는 소문이 과연 진실이구나.”

그는 화타에게 진료를 받았다는 것이 자랑스러웠다. 그가 토한 벌레는 회충이었다. 그는 담도회충병(膽道蛔蟲病)이었던 것이다.

회충이 인체에 얼마나 피해를 주는지 그 당시 많은 사람들이 회충으로 병을 얻는다는 것을 그리 괘념치 않았다. 화타는 증상에 근거하여 변증(辨證)을 확실히 하며 신맛이 구충작용이 있다는 것을 알게 되어 사용하였다. 또 한약으로 각종 충을 치료하였다.

민간요법으로 신 식초로 회충으로 오는 복통을 치료하는 방법이 이때부터 전해졌다. 우선 회충이 움직이는 것을 막은 후에 구충하는 것이다. 구충(驅蟲)이라는 말은 충을 쫓아낸다는 말이다. 구충의 중요한 처방으로 오매탕(烏梅湯)이 있는데. 이것은 오매(烏梅)의 신맛이 회충을 몰아내게 된다. 청(淸)나라 초기 때 가운백(柯韻伯) 의원은 회충 치료의 경험을 이렇게 말했다.

"蛔得酸則靜　회득산즉정
得辛則伏　득신즉복
得苦則下."　득고즉하

회충은 신맛을 만나면 움직이지 않으며,
매운맛을 만나면 가만히 숨어 있으며,
쓴맛을 만나면 배설이 된다.

화타는 산채수를 마시게 하는 방법으로 통증을 제거하는 과학적인 이치가 있었던 것이다. 화타는 회충의 표본을 벽에다 만들어 놓았던 것이다. 이것이 세계 최초의 기생충 표본이었다.

북송(北宋)시대 태의국(太醫局)의 한림의관(翰林醫官)인 왕유일(王惟一)은 1027년인 송천성(宋天聖)년에 두 개의 침구동인(鍼灸銅人) 모형을 제작하였다. 이것은 경혈론(經穴論)과 의원 고시에 응용하여 한의원 교육 역사상 실물학의 창시였다. 그보다 7, 8백 년 전의 화타는 회충표본을 제작하였는데 더 말할 나위 없이 당연히 의학계에 공헌한 것이다.

음력 9월은 국화꽃이 활짝 피는 계절이다. 돈 많은 집안의 자제들이 반점(飯店)에 모여서 게를 먹는 시합을 벌여 분위기가 고조되어 있었다. 반점은 음식도 팔며 숙소도 있는 곳이었다.

이 계절의 게는 살도 찌고 크고 신선하여 입맛을 한층 돋웠다. 좀 있으니 탁자 위는 게 껍질로 산을 이루었다. 바로 이때 명의 화타가 이 반점에 들어왔다. 화타는 정신 못 차리며 게를 먹는 젊은이에게 눈을 떼지 않고 보다가 참지 못하여 앞에 나가 말했다.

“게는 찬 성질의 음식이기에 너무 많이 먹으면 좋지 않을 것입니다.”

“내 돈으로 먹고 싶은 대로 맘대로 먹는데 무슨 상관인가! 쓸데없는 일에 관계 말아요.”

“너무 많이 먹으면 배앓이하며 자칫하면 목숨까지 잃을 수가 있어요.”

"겁주지 말아요. 게가 이렇게 맛있는데 당신이 말하니 게 맛 떨어지네. 먹고 죽더라도 당신과는 관계가 없으니 그리 알아요."

술이 취해 머리를 가누지 못하는 젊은이는 애당초 귀담아 듣지 않았다.

"게는 정말 맛있군. 게를 먹고 죽었다는 소리는 이제껏 듣지 못했는데. 자! 먹고 싶은 대로 먹자! 괜히 먹고 싶으니 입에서 군침이 나나 보군."

화타는 젊은이가 권하는 말을 듣지 않으니 반점의 주인을 향하여 말했다.

"그들이 계속 먹으면 죽을 수도 있어요."

그러나 주인은 청년들이 많이 먹으면 먹을수록 돈을 벌기에 화타의 충고는 귀담아 듣지 않았다. 화타는 더 이상 말리지 않고 단지 술을 마셨다.

밤이 되어 별안간 젊은이는 복통이 생겼다. 통증은 매우 심하여 전신에 식은땀이 나고 탁자 아래 이리저리 뒹굴었다.

"아이고, 배 아파!"

반점에서 별안간 소리를 지르는 바람에 화타가 방에서 나와 보니, 주인도 나와서 소리 나는 방으로 갔다.

주인은 급하여 어찌할 바를 몰랐다.

"좋아! 내가 진찰을 하지."

화타가 말하니 젊은 사람이 화타를 보았다. 낮에 게를 너무 먹지 말라고 권하던 사람이 아닌가? 그제야 그분이 의원인 줄 알았다.

"의원님! 돈은 얼마든지 들어도 좋으니 치료하여 주셔요."

"돈은 필요 없네. 그리고 이후로는 고집부리지 말고 나이 먹은 사람의 말을 잘 듣게."

화타는 밖에 나가 부근에 있는 자색(紫色) 줄기와 잎을 따서 끓여 젊은이에게 먹였다. 이상하게도 조금 있으니 복통은 점점 없어졌다. 화타는 한편으로 젊은이를 치료하고 한편으로 생각하였다.

주인이 물었다.

"약초 이름이 뭐죠?"

"……아직까지 이름은 없는데……"

화타는 생각했다. 환자가 복용하고 난 다음에 몸이 편하다고 하는 말에 그는 이름을 지었다.

"그래, '자서(紫舒)'라고 이름 짓자."

"자서라니요?"

"자서(紫舒)는 '자색의 풀을 먹으니 편하다.' 라는 뜻으로 지었습니다."

화타에게 치료를 받은 젊은이가 감사 인사를 하였다.

"큰일 날 뻔했네! 이후로는 맛만 밝히지 말고 목숨도 중요시하게."

"예! 의원님 말씀이 맞습니다."

반점 주인도 머리를 끄덕였다. 바로 이때 반점 주인이 화타에게 물었다.

"의원님! 이것이 게의 독을 없애 준다는 것이 어느 의서(醫書)에 기재되어 있습니까?"

"의서에는 없습니다. 내가 동물이 먹는 것을 보고 알았습니다. 어느 여름날, 강남(江南)의 한 해안가에서 약초를 채집할 때였습니다……"

강남은 지금의 양자강(揚子江) 하류 남쪽 일대를 말한다.

"그때 돌연히 수달이 큰 고기를 잡는 것을 목격하였습니다. 힘들게 잡은 고기를 삼켰는데 수달은 배가 불룩하여 거의 터질 것 같았습니다. 삼킨 고기가 너무 크기 때문에 수달은 물속에서 기진맥진하여 겨우 해안으로 기어 나온 것을 보았습니다. 조금씩 몸을 움직이더니 해안가의 풀이 있는 곳에 누워 있었습니다. 수달은 누워 쉬면서 자색의 풀을 먹고 조금 있으니 아까보다 많이 좋아 보였으며 점점 회복되는 것을 보였습니다."

화타는 처음부터 끝까지 말하며 다음과 같은 생각이 들었다.

물고기는 양(凉)의 성질이 있고 자색의 풀은 온(溫)의 성질이 있는 식물이며 물고기의 독을 해독한다는 것을 생각해 냈다.

후에 화타는 이 약초로 환약과 가루약을 만들어 구한(驅寒)의 성질이 있어 오한(惡寒), 두통, 발열, 신체통, 관절통, 복통, 설사

화타와 자소(紫蘇) 고사

등 한기(寒氣)로 인하여 생긴 것에 좋고 소화를 강화시키고, 폐 기능을 활발하게 하고, 기혈순환을 도와주고, 장(腸)의 연동작용을 촉진시키고, 목이 마르는 것을 없애고, 담(痰)을 없애주는 작용을 하기에 많은 사람을 치료하여 상당히 효과를 봤다.

그러면 후세 사람들은 화타가 이름을 지은 '자서(紫舒)'의 약초를 왜 자소(紫蘇)라고 불렀는가? 서(舒)와 소(蘇)는 중국식 발음이 똑같아 시간이 흐르면서 자소(紫蘇)로 쓰게 되었다.

자소는 밑은 보라색 나는 들깻잎으로 보신탕이나 생선 매운탕에 많이 쓰이며 보신탕이나 생선회를 먹을 때 아무리 많이 먹어도 탈나지 않는 이유가 바로 이 깻잎에 있는 것이다. 자소는 감기 초기에 해열작용이 있고 항균(抗菌)작용이 있으며 혈당을 높여준다. 기의 순환을 시키며 임산부의 태동불안에도 좋으며, 생선이나 게를 먹고 탈났을 때 효과가 있다.

어느 날, 화타는 하남성으로 들어가게 되었다. 하남성 상성현에서 도라지를 캐어 보니 다른 도라지보다 씨알이 굵고 크고 빛깔이 희었다. 줄기를 절단하니 국화 모양의 속이 또렷하다.

그는 그 자리에서 시 한 수를 읊었다.

千山萬川都有覓　천산만천도유멱
唯有商桔菊花心　유유상길국화심

천산과 많은 계곡을 찾아다녀도
유일하게 상성현의 길경은 국화무늬가 있다.

이 도라지(桔梗)를 다른 도라지와 구별하여 불러야겠구나 해서 하남의 상성 현에서 나는 도라지를 상길경(商桔梗)이라고 불리게 되었다.

6. 신회절기(身懷絕技)

화 타

하북 거록(鉅鹿)현에 사는 장각(張角)이라는 사람이 도술에 능하고 의술도 알아서 사람들의 병을 잘 고쳤다.

"먼저 마음을 비우시오 당신 몸의 병은 악한 마음에서 비롯된 것이오."

"……"

"세상이 워낙 나빠진 까닭에 그 속에 있는 그대는 자신이 나쁜 마음을 가지고 있다는 사실조차 모르고 있는 거요. 자신의 잘못을 뉘우치시오. 그래야 몸속의 병을 쫓아낼 수 있소."

장각은 스스로 태평도(太平道)를 주장하였다.

"진실이 결여된 세상에 살더니 착하던 마음속에 딱하게도 의심만이 가득 차게 됐구나! 진실을 믿으라! 뉘우치고 회개하면, 곧 밝은 날을 맞을 것이다. 황색 찬란한 새 천지에 살게 될 것이다."

장각의 추종자는 빠른 속도로 그 수가 늘어나고 있었다. 조정은 부패하고 지주의 억압에 시달리던 백성들이다. 연이은 천재지변과 흉년으로 민심은 흉흉하였다.

화타가 하남(河南)지역에서 사람을 치료할 적에 그곳에는 한 수의 노래가 남녀노소 할 것 없이 불려졌다.

發如韭 剪復生　　발여구 전복생
頭如鷄 割復鳴　　두여계 할복명
吏不必可畏　　이불필가외
小民從來不可輕　　소민종래불가경

마치 부추같이 자라나고, 잘라내면 다시 생겨나고,
머리는 마치 닭 같으며, 쪼개면 다시 소리를 낸다.
나라 돌보는 일은 필요 없고 가히 두려워하며,
여태껏 소민들을 약하게 봐서 안 된다.

173년 희평(熹平)년에 화타는 '황룡견초(黃龍見譙)'의 소문을 듣게 되었다. 광록대부(光祿大夫) 교현(橋玄)이 심란하여 참위[讖緯 : 앞일의 길흉화복(吉凶禍福)의 조짐(兆朕)이나 예언(豫言) 또는 그러한 술수(術數)의 책(冊)]를 보고 단양(單颺)에게 물었다.

"요즘 세상에서 불리는 노래가 무슨 뜻인가?"

참위는 점술의 책으로 도참(圖讖)과 위서(緯書)이다. 단양은 대답하였다.

"동한에는 장차 천자가 나타나는데 천자가 초(譙)현에서 나타난다는 것입니다."

서한(西漢)의 동중서(董仲舒)는 '천인상여(天人相與) 군권신수(君權神授)' 학설을 제출한 후 참록도위(讖錄圖緯) 같은 점성술과 수리학(數理學)이 유행되기 시작하였다.

마침내는 동한(東漢)시대 이르러 참위(讖緯)학이 더욱 만연히 휩쓸고 다녔다. 동한의 환제(桓帝) 때는 참위 책은 이미 출현한 한나라의 운명을 완전히 예언하였다.

초현(譙縣)의 조(曹)씨의 세력이 나날이 커졌다. 조조(曹操)의 재능과 학습은 뛰어났고 지모 또한 높아 사회의 주목을 끌었다. '황룡견초(黃龍見譙)'의 전해오는 말은 일종의 예언이 비록 미신 색채가 있지만 초현의 조조가 오래지 않아 천하를 탈취한다는 것이다. 동한시대 부패한 통치는 필연코 멸망의 추세를 이끌어 이미 돌이킬 수 없게 되었다.

화타는 백성들 속으로 뛰어들어 배고픈 백성과 재해민을 위로하고 병을 치료하였다. 백성들의 허기를 방치한 조정의 부패한 실상도 똑똑히 보았다. 귀족과 관료들의 집에는 금은 재물이 쌓여 향락을 누리고 귀족들의 개와 말까지도 좋은 비단으로 치장하였다. 그러나 많은 농민들은 심한 자연재해와 계속 유행되는 질병의 고통 속에서 생활은 점점 어려워졌다. 백성들 사이에 전해지는 노래는 화타로 하여금 죽음 문턱에서 몸부림치는 사람들의 절규이기에 천하가 한 차례 큰 폭동이 일어날 것을 느꼈다.

화타가 염독(鹽瀆)에 며칠 머무르다가 광능(廣陵)에 가려고 하였다. 염독은 지금의 강소성 염성(鹽城)이며 광능은 지금의 양주(揚州)이다. 화타가 여기 오기 전에 사람들로 하여금 신(神)이라 불리며 그가 생명도 연장하고 능히 죽은 사람도 살리며 심지어 어떤 사람은 신선이라고까지 하였다. 터무니없는 과대평가였지만 그러나 화타는 확실한 망진(望診), 절맥(切脈)으로 정확한 진단을 내렸다.

화타는 광능(廣陵)에 이르러 며칠간 거리에서 많은 소문들을 들을 수 있었다. 마치 오직 세 손가락을 사용하여 병을 낳게 한다는 것이다. 세 손가락은 진맥을 할 때 사용하는 것이었는데 소문이 과장된 것이었다.

“허허……참……”

화타는 여기서도 치료비를 안 받고 병을 봐 주었고 또 약도 주었다.

오보(吳普)라는 청년이 일찍 화타의 의술을 듣고 그를 찾아왔다.

"저를 제자로 삼아주셔요."

"그래 왜 의술을 배우려고 하느냐?"

"저는 의원님의 의술을 익히 듣고 늘 사모해 왔습니다."

"그래 그것은……그래서?"

"저는 의원님을 모시고 불쌍하고 어려운 사람들을 위해 일생을 바치고자 합니다."

"허허……그래, 그런데 자네의 마음은 알겠지만, 의술을 배워서 돈을 벌 생각을 한다면 다른 의원에게 가서 배우거라."

"아닙니다. 돈을 벌 생각이라면 장사를 배웠겠지요. 그러나 저는 의원님을 마음속으로 존경하며 여러 의원님에 대한 치료 이야기를 들어왔습니다."

화타는 그의 됨됨이를 보고 받아들였다.

화타는 오보를 제자로 삼은 후에 팽성(彭城)에서 또 다른 제자를 두게 되었다. 제자의 이름은 번아(樊阿)였다. 팽성은 지금의 서주(徐州)이다. 그들은 화타를 돕는 유일한 제자들이었다.

화타는 패(沛)현의 백성들을 생각하였다. 그리하여 팽성에서 사람을 치료하다가 곧 패현으로 갔다. 패성의 서쪽 교외에는 풍경이 수려한 마을이 있었다. 마을 옆에는 사수(泗水)가 굽이굽이 흘러 지나갔다. 강가에는 몇 줄의 버드나무와 몇 그루의 복숭아나무가 있었고 마을 앞에는 맑은 못이 있었다. 화타는 못 가에서 한 농가 집에서 숙박하였다.

한고조 유방(劉邦)

마을 사람들의 생활은 모두 빈곤하였다. 그들은 화타에게 매우 열정적으로 원하였고 화타는 패성에 가서 단지 병을 볼 뿐이었다. 또 한약을 보내주어 치료를 하였다. 어떤 때에는 또 유방(劉邦)의 가풍태(歌風台) 등에 왔다 갔다 하면서 옛 고적들을 보며 감상에 젖었다.

주전(周田)은 서한(西漢)의 초대 고조 유방(劉邦)이 군병을 일으켜 진(秦)군과의 격전지이다. 왕능(王陵) 즉 안국후(安國候)는 서한의 유방이 패현에서 의기를 일으켜 그 또한 남양(南陽)에 거주하는 수많은 군중을 집결하였던 곳, 관영(灌嬰)은 유방이 격전지로 관영사 일대는 화타가 자주 갔던 지방이다. 유방의 지난날 업적을 생각하는 동시에 서한을 통일대업의 장상(將相)들을 추모하였다.

여기서 패현령(沛縣令)인 소몽(蘇蒙)이 중한 병에 걸렸다. 당시에 소몽을 위하여 십여 명의 의원이 치료하였다.

"무슨 병인가요?"

"위가실(胃家實)입니다."

위가실은 위장질환이다. 그들은 망초(芒硝), 대황(大黃)인 공하약(攻下藥)으로 처방하였다. 약을 복용 후에 병세가 점점 악화되었다.

"현령님 지금 화타의원이 소화장으로 돌아왔다고 합니다.

"어서 모셔오거라."

화타가 초빙하여 현령 소몽에게 가보니 소몽 옆에는 치료를 하던 의원들이 있었다.

"진맥을 해보겠습니다."

"……"

"여기 있는 의원님들은 그동안 나를 위해 치료하였던 의원님들이네."

다른 의원들은 화타가 진맥하는 모습을 보았다. 화타가 진맥 후 어떻게 진단을 하였는지 궁금하였다.

"화타 의원님은 현령의 병이 무어라 생각하십니까?"

"……음……위가실이요."

화타 역시 맥을 보니 위가실이었다. 화타가 유명하니까 그 동안 의원들이 어떻게 처방하는지 옆에서 지켜보고 있었다.

"여러분들은 병명이 무엇이라고 했나요?"

"위가실이라고 했습니다."

화타는 이상하였다.

'병명이 위가실이었는데 왜 치료가 안되었을까?'

그는 생각하였다.

"전의 처방을 볼 수 있을까요?"

처방을 보니 망초 대황이었다.

'처방도 맞는데……'

화타는 망초와 대황의 양을 많이 넣었다. 주위 의원들이 양을 많이 넣는 것을 보고 놀랐다.

"화타 의원, 망초와 대황을 많이 넣으면 생명에 지장이 있지 않을까요?"

"……"

화타는 아무 말도 않고 직접 약을 달여 현령에게 건네주어 복용시켰다.

"약을 드시지요."

소몽은 약을 복용 후 배가 더부룩하며 통증이 있었다.

"아니 더 통증이 생깁니다."

"……"

"아이구 죽겠습니다."

"……"

"약을 먹기 전보다 더 아픕니다."

통증이 더욱 극렬하며 땀이 온 얼굴에 범벅이 되었다. 옆에 있던 다른 의원들은 놀라서 어쩔 바를 몰랐다. 오직 화타만이 조용히 소몽을 바라보고 있었다.

"아니, 화타 의원! 이러다가 큰일 나는 것이 아니요?"

"……"

옆에 있던 의원들이 서로 수군거리기 시작하였다.

"아니 망초와 대황을 그렇게 많이 넣더니만……"

"글쎄 누가 아니래……의술을 한다는 사람이 어찌 망초와 대황을 그렇게 많이 넣다니. 위험한데?"

화타가 말했다.

"조금만 기다리십시오."

"괜찮겠습니까? 화타 의원님"

"……"

화타는 그저 환자 옆에서 떠나지 않고 바라보고만 있었다.

몇 시간 후에 소몽의 배에서 소리를 내며 설사를 하였다. 오랫동안 보지 못하였던 대변을 보게 되었다. 대변을 본 후에 병은 훨씬 나아졌다. 마침내는 병이 나았다. 화타는 약을 쓸 때 매우 독특하게 사용하였다. 현령은 화타에게 매우 고마워 기뻐하며 물었다.

“아니 똑같은 약인데, 치료 효과가 다른가?”

“현령님은 평상시에 고량진미를 즐겨 드시며, 보통 일반인들은 단백한 음식을 먹기에 위장이 서로 다릅니다. 그러기에 일반 사람들과 같은 양은 현령님에게는 듣지 않기에 양을 많이 하였던 것입니다.”

그제야 다른 의원들이 화타의 체질상 치료에 감탄하였다.

“과연 화타 의원이군!”

“여기 내 마음을 표현하네.”

화타에게 사례금을 주었지만 화타는 사양을 하였다.

“아니 괜찮습니다.”

현령은 화타의 봇짐에 사례금을 넣어 주었다.

화타는 오보를 데리고 저녁이 되어서 숙소를 정할 겸 반점에 들렀다. 반점이라는 곳은 아래층에서는 식사를 하고 위층에서는 잠을 자는 곳이었다. 그곳에서 잠을 청하는데 옆방에서 여자 울음소리가 들렸다.

“흐흑, 흐흑……”

밤에 여자의 울음소리가 너무나 서글피 우는 소리에 화타는 잠을 이룰 수가 없었다.

‘어떤 사연이 있기에 이리 서글피 우나?’

화타는 잠자리에서 일어났다.

"주인장!"

"네."

"여자 울음소리가 들리는데 웬일인가요?"

주인이 여인 우는 소리가 나는 방에 가보고 오더니 자초지종을 말한다.

"무슨 일이기에 늦은 밤 잠도 안 자고 우는 게요?"

울다가 지쳐있는 여인은 주인을 보더니 그의 사정을 이야기한다.

여인의 부친이 몰락한 집안의 선비였는데 그가 빚을 졌는데, 부친이 사망을 하자 여식인 여인을 빚 대신에 데려다가 유각에 팔기 위해 가는 중 반점에 들렀다고 하였다.

자세히 들은 주인은 화타 방으로 가서 여인의 사정을 이야기하니,

"그 여인을 데려오시오."

주인은 그 여인를 화타에게 데려왔다. 여자를 보니 미모가 특출하고 학식이 있어보였다.

"빚이 얼마나 되는가?"

여인이 흐느끼면서 말을 꺼낸다.

"어르신, 빚이 너무 많습니다. 상심한 제 마음으로 어르신께 누를 끼치게 되었습니다. 괘념치 마십시오."

"아닐세, 말을 해보게나."

여인이 흐느끼면서 말을 한다.

"금 50냥입니다."

"……"

"너무나 큰돈이라서……어르신!"

화타는 오보를 불렀다.

"아까 현령께서 보따리에 넣은 것을 가져와 보거라."

보따리를 열어보니 금이 50냥이 되었다.

화타는 생각하였다.

'이 여인의 몸값을 치르라고 딱 맞는 50냥을 현령이 주었나보구나. 이것은 하늘의 뜻인가보다.'

"이것으로 몸값을 치르게나."

"아니 이렇게 큰……"

여인은 놀랐다. 주인과 오보 역시 놀란 모습이다. 그리 큰 금액을 단숨에 여인을 위해 쓰는 스승의 마음에 감복할 따름이었다. 오보는 여인에게 50냥을 주면서 생각했다.

'그 금액이면 약초도 구입하고 풍성하게 살 수 있을 텐데.'

여인은 감사하여 눈물을 흘리면서,

"어르신 존함을 알려주셔요."

옆에 있는 오보가 말을 한다.

"이분이 화타 의원님이십니다."

"아니! 그 유명하신 화타 의원님!"

예심(倪尋)과 이정(李廷)이라는 하급관리가 있었다.

"이형, 오늘 나는 머리가 아프고 열이 나는군. 일찍 들어가야겠네."

"예형, 어쩐 일이지? 나도 마찬가지로 머리가 아프고 열이 나서 일찍 들어가려던 참인데!"

"거 참 신기한 일이군. 그러면 같이 화타 의원님에게 약을 지으러 가세나."

"그러세!"

화타는 예심을 망진(望診)과 진맥을 하였다. 망진은 얼굴의 상태와 몸의 상태를 파악하여 진단하는 것이다.

"예심 선생은 이 약을 가져다 달여 먹으면 내일 아침 거뜬해질 것입니다."

이정을 진맥할 차례가 되었다.

"어디가 아픈가요?"

"예심과 마찬가지로 머리가 아프고 열이 있습니다."

"어디 맥을 봅시다."

조용히 맥을 짚으며 화타는 처방을 생각하였다.

"잠깐만 기다리시오. 조금 후에 약을 지어드리겠습니다."

진맥을 끝마친 화타는 끄떡이며 붓을 들어 약 처방을 써내려갔다.

"오보야!"

"네."

"여기 약 처방대로 짓거라."

이정은 예심과 같은 증상이기에 같은 약을 조제해 줄 것을 믿고 있었다.

"예심과 똑같은 약을 주겠지."

약을 지으러 약방으로 물러난 오보와 번아는 두 장의 약방문을 대조해 봤다.

화타는 예심과 이정에게 약을 주었다.

"이 약을 복용하면 내일 아침에는 거뜬히 나을 것입니다."

그러나 이정과 예심은 약봉지를 보니 서로가 달랐다. 크기가 달라서 이정은 예심의 얼굴을 보고 예심도 이정의 얼굴을 서로 쳐다보았다.

"의원님……아니……"

"예."

"아니 저는 예심 선생과 똑같이 두통이 있는데요?"

"그래서요."

"도저히 이해할 수 없는데요. 왜 약첩은 다르지요?"

"……"

"약방문을 잘못 쓰신 게 아닌가요?"

"이 약을 복용하면 내일 아침에는 거뜬히 나을 것입니다."

화타는 웃으면서 말하였다.

"아니, 제 말은 약을 잘못 지어주신 것이 아닌가요?"

"맞습니다."

"우리 두 사람의 병은 머리가 아프고 열이 난다는데 어째서 선생님의 처방한 약은 같지 않습니까?"

화타는 잔잔한 미소를 머금고 질문에 대답을 하였다.

"병 진단은 병의 원인을 분석하여야 하며 증상을 똑똑히 알아야 합니다."

화타는 이어 말했다.

"예심 선생은 설사시키는 약이고 이정 선생은 해표발산약(解表發散藥)입니다. 그래서 서로 다르지요."

"의원님, 저희는 똑같은 두통이 있어서 왔습니다."

"알고 있습니다."

"네?"

"예심 선생은 어제 잔칫집에 갔었습니까?"

예심은 깜짝 놀랐다.

"아니 제가 잔칫집에 간 것을 어떻게 아셨습니까, 의원님?"

화타는 이정을 향하여 물었다.

"이정 선생은 어제 몸이 춥지 않았나요?"

"네 맞습니다. 으슬으슬 추웠습니다."

예심은 자기가 어제 잔칫집을 간 것을 알아맞힌 화타 의원이 이정에게도 맞히니 그는 속으로 생각했다.

'그래 족집게네……어찌 그리 알지?'

"예심 선생의 맥은 오른손의 관맥(關脈) 부위에 활맥(滑脈)이 나오고 이정 선생의 맥은 촌맥(寸脈)에 긴삭(緊數) 맥이 나와서 알게 되었습니다."

"아니, 어찌 맥으로만 아시는지?"

두 사람 모두가 화타 의원이 병을 꿰뚫어보는 눈에 감탄하였다.

화타는 웃으면서 병의 원인을 설명하였다.

"두 분 다 똑같은 증상이지만, 예심 선생의 병은 본래 음식을 과식하여 생겨서 병이 내부에 있으므로 당연히 적체(積滯)를 없애는 설사약을 써야만 병이 좋아질 것입니다. 그리고 이정 선생은 병이 찬 기운이 몸 안에 들어와 감기로 기인된 것이므로 병은 몸의 외부에 있어 당연히 해표약(解表藥)을 복용하여 풍한(風寒)의 나쁜 사기(邪氣)를 땀으로 없애면 두통이 바로 치료될 수 있었던 것입니다."

그들이 돌아간 다음에 화타는 오보와 번아에게 설명을 한다.

"그래서, 한방의 특성은 대증(對症)요법으로 병의 이름을 몰라도 나타난 증상만으로 치료하는 것을 대증치료라고 한다."

오보와 번아는 그제야 납득이 간 듯 고개를 끄덕이며 비범한 스승의 처방에 탄복하지 않을 수가 없었다.

"제아무리 증상이 흡사하다 한들 그 병의 원인마저 똑같을 수는 없단다. 바로 그 병의 원인을 찾아내는 것이 우리의 소임이 아니더냐. 이럴 경우엔 각별히 신경을 써서 혼동되지 않도록 조심해야 하느니라."

"예, 명심하겠습니다."

오보와 번아의 고개는 절로 숙여졌다.

이처럼 위대한 스승의 의술을 어찌 따라가며 능가할 수 있단 말인가.

오보와 번아의 너무나 멀고 높은 곳에 우뚝 선 스승 앞에서 그저 두려움을 느낄 뿐이었다.

화타의 설명에 그제야 두 사람은 이해를 하고 집으로 돌아가 약을 달여서 복용하니 과연 다음날 아침 쾌유하였다.

한의에서는 병의 증상은 비록 같지만, 질병의 원인이 다르기 때문에 치료 방법이 똑같지 않아 '대증하약(對症下藥)'이라는 성어(成語)가 생겨났다. 대증하약은 "병의 증세를 파악하여 거기에 맞추어 약을 짓는다"라는 뜻이다. 이것은 똑같은 상황이지만, 똑같지 않은 방법으로 문제를 처리할 때를 비유하여 '대증하약'이란 말을 쓰기 시작한 것이다. 한의학 특성은 병의 이름을 몰라도 나타난 증상만으로 치료하는 것이다.

어느 날, 화타(華陀)가 산에 약초 채집을 하러 갔다. 산을 오르고 있는데 사람소리가 들리며 두 명의 건장한 남자가 18, 9세 되는 여자를 쫓아가는 것이었다. 화타는 그것을 보며 여자가 잡힐 것에 대해 근심을 하였지만, 여자는 빠른 속도로 도망을 가는데 두 남자가 그를 따라잡지 못하고 주저앉아서 가쁜 숨을 내쉬고 있었다.

"왜 그 여자를 잡으려 합니까?"

화타가 두 명의 남자에게 다가가서 물었다.

"그 여자는 우리 주인의 여종입니다. 3년 전 그 여자는 주인의 말을 안 들어 작은방에 갇혀 있었는데 집안 식구들의 감시가 소홀한 틈을 타서 몰래 도망을 쳐서 지금까지 어디로 갔는지 몰랐는데, 어떤 사람이 이 산에서 발견하였다고 하여서 주인께서 우리 보고 잡아오라고 하셨어요. 그래서 우리가 그 여자를 잡으려 하였는데 야생동물과 같이 너무 빠르기에 우리가 따라잡을 수가 없네요."

그들 말을 들은 화타는 마음속으로,

'일개 여자가 깊은 산 속에서 3년을 지냈다니……죽지도 않고, 힘도 활력이 넘쳐 남자들이 쫓아가지도 못할 정도니 필경 어떤 약초를 먹고 지냈을 거야! 무슨 이유가 있을 거야. 후에 기회를 봐서 알아봐야겠군.'

그 후 화타는 산속에서 약초를 캐면서 그 여자를 만나기를 고대하였지만 그 여자는 사람을 두려워하여 사람만 보면 도망을 가서 도저히 만날 수가 없었다. 화타는 시간만 나면 그 여자의 행적을 찾으러 다녔다. 마침내 그 여자가 북쪽에 있는 산벼랑에 자주 나타나는 것을 알게 되었다.

"이제는 그를 만나는 게 쉽겠군!"

화타는 맛있는 음식물을 준비하여 그 여자가 잘 나타나는 곳에 갖다 놓고 이틀이 지난 후 보니 과연 음식물을 모두 먹어치웠다.

'이것은 그 여자가 먹은 걸 거야.'

화타는 잠시 생각을 하고 며칠 뒤 그가 음식물을 그곳에 갖다 놓고 그는 암벽 뒤에 숨어 그 여자가 나타나기를 기다렸다. 얼마 지난 후 그 여자는 나타났다. 그 여자는 조심스럽게 사방을 둘러보고 사람이 없는 것을 확인하고 난 뒤에 음식물을 집어 들었다. 바로 그때 화타가 나타나서 한손으로 그 여자의 손목을 꽉 잡았다. 그 여자는 놀래며 발로 차고 입으로 물고 손톱으로 할퀴어서 화타의 몸에 상처가 여러 곳 났지만 그 여자의 손목은 더욱 꽉 잡고 있었다.

"가만있게나. 나는 의원이라네 나쁜 사람이 아냐! 말 좀 물어보고 난 후에는 자네를 놓아 줄 걸세."

그 여자는 화타의 눈을 본 후에 눈에 비친 사람은 악의가 없는 사람으로 생각이 들었다.

"들으니 부잣집에서 도망을 하였다지? 붙들리면 죽음을 면치 못하지. 그렇다고 매일 산속에서만 도망을 다니겠느냐? 내가 양녀로 삼을 테니 생각을 해보렴."

그 여자는 생각을 하더니 화타 앞에 무릎을 꿇고,

"정말입니까? 저 같은 년을 양녀로 삼아주신다니 정말 고맙습니다."

화타는 그 여자를 집으로 데리고 가서 친딸처럼 보살펴 주었다. 양녀가 생활이 안정되었을 때 조용히 물었다.

"네가 산속에 있을 때 도대체 무엇을 먹고 지냈니?"

"예, 황계(黃鷄)를 먹었어요."

"황계라면 노란 닭?"

"노란 닭은 아니고 노란 닭같이 생긴 나무뿌리입니다. 그래서 제가 황계라고 불렀죠."

"어디 있는데? 나랑 같이 가서 캐자."

양녀와 같이 산에 올라 일종의 약간 녹색을 띤 꽃의 야생풀 뿌리를 캐었다. 캐어보니 노란색으로 둥그스름한 것과 표면에는 비늘같이 있어 꼭 닭같이 생겼다.

화타는 그것을 캐어와 환자들에게 주었더니 과연 몸을 보하는데 효과가 있었다. 게다가 폐병에는 상당히 좋고 보정(補精), 보기(補氣)하는 작용이 있었다. 그 후에 이 약재를 '황계(黃鷄)'에서 '황정(黃精)'이라고 바꾸어 불렀다. 황정(黃精)은 "노란색의 정력(精力)을 튼튼히 하는 약'이란 뜻이다.

황정은 보중익기(補中益氣)하며 심장과 폐를 윤택하게 하고 근육과 뼈를 강하게 하며 풍습(風濕 : 신경통)을 치료한다. 《일화자본초(日華子本草)》에는 "오로칠상(五勞七傷)을 보하며 뼈와 근육을 튼튼하게 만들며 배고픔을 잊게 하여준다. 비장과 위를 보하여 주고 심장과 폐를 윤택하게 해준다."라고 기재되어 있고, 《별록(別錄)》에는 "몸을 보하고 기를 좋게 하며 풍습(風濕)을 없애고 오장(五臟)을 튼튼히 한다." 라고 기재되어 있다. 황정의 약리작용은 항균(抗菌)작용이 있으며 강압(降壓)작용이 있어 고혈압에도 좋은 효과를 나타낸다.

화타의 집 주위에는 온통 약초나무가 심겨져 있었다. 그는 모든 약초를 맛을 본 다음에 약의 성질을 파악하고 환자에게 사용을 하여 한 사람 한 사람 효과를 보았으며, 결코 약을 잘못 쓴 일이 없었다.

어느 날, 어떤 사람이 화타에게 한 그루의 백작(白芍)을 보내왔습니다.

"화타 의원님, 혹시 백작이 약으로도 쓸 수 있는지 해서 가지고 왔습니다."

"글쎄요, 아직 백작이 관상용으로 쓰지 한약재로는 안 쓰는데……"

화타는 백작을 집 앞에 심었다. 그는 백작의 잎을 뜯어 맛을 보았고, 가지도 맛을 보았고, 꽃도 맛을 보았는데, 맛이 평범하고 약의 성질을 찾아볼 수가 없었다. 그는 약초로 쓸 수가 없다고 생각하고 별로 백작에 대해 관리를 않고 신경도 쓰지 않았다.

어느 날, 깊은 밤에 화타는 등잔불 아래서 책을 보고 있는데 돌연히 여자의 울음소리가 들렸다. 그는 창문 밖을 내다보니 달빛에 아름다운 여인이 있었는데 마치 안타까워하는 눈치였다.

"할 얘기가 있으면 말할 것이지. 왜 울지?"

화타가 방문을 열고 밖으로 나가니 사람의 그림자는 보이지 않았다. 창문에서 본 여자가 서 있는 곳에 백작나무가 있었다. 화타는 마음속이 흔들렸다.

"도대체 백작나무가 그 여자란 말인가?"

머리를 흔들며 웃으며 백작나무를 향하여,

'백작을 가져다 준 사람이 약초로 쓰라고 하는데, 약초로 사용 안하니까 우는가?'

그는 다시 방안으로 들어와 책을 보려고 막 앉았는데 여자의 울음소리가 또 났다. 밖으로 나가보니 백작나무만 서 있을 뿐이었다. 이렇게 몇 번 반복하다 보니 화타에게 어떤 느낌이 느껴졌다.

"무슨 까닭이 있나?"

그는 옆에서 자는 부인을 깨워 처음부터 끝까지 자세하게 설명을 하였다.

부인은 창 밖에 있는 백작나무를 보면서,

"이곳에 있는 한 그루 풀과 나무가 당신의 수중에서는 좋은 약이 되지 않습니까? 잘 조사해 보면 효과를 찾아내어 많은 환자의 생명을 구할 거예요. 단 한 그루의 백작만 쌀쌀하게 대하지 말고 당신이 잘 생각하여 백작나무의 용도를 찾아보셔요. 안타깝네요."

백 작

화타는 웃으며,

“나는 많은 약초의 맛을 보며 약의 성질을 파악하여 어떤 용도에 사용하고 어떤 때 사용하는가를 확실히 하여 조금도 착오가 없어야 하는데 백작나무의 꽃, 잎, 줄기를 맛을 봤지만 약으로 쓸 수가 없는데 어찌 그 나무를 사용하지 않는다고 안타까운 일인가?”

“여보, 꽃, 잎, 줄기는 밖에서 자라지만 땅속에는 뿌리가 있지 않아요. 다시 한 번 조사하여 파악하여 보셔요.”

화타는 귀찮다는 듯 말을 않고 드러누워 잠을 잤다. 부인은 남편의 의술이 높지만 조그만 일도 듣지 않으니 어떻게 세심한 것을 주의 깊게 볼 수 있나 근심을 하며 눈을 붙이지 못하고 온

밤을 새우며 방법을 생각해 냈다.

그 다음날 아침, 그녀는 마음을 크게 먹고 부엌에 가서 칼을 가지고 와 허벅지 살을 도려냈다. 그러자 선홍색의 피가 흘렀으며 화타가 그것을 보고 각종 약초를 가져다 상처에 붙였지만 피는 계속 나왔다. 그는 손으로 귀를 잡고 생각했다. 그러나 어떤 방법이 좋을지 몰랐다. 그때 부인이 그에게 말했다.

"백작의 뿌리를 캐서 시험하여 봅시다."

병이 급하면 의사를 혼란하게 한다는 말과 같이 화타는 이런 지경에 빠져 그것을 시험하려고 말대로 백작의 뿌리를 상처에 붙이니 즉시 피가 멎었고 통증도 멎었다. 며칠이 안 되어 상처가 아물고 이제껏 이렇게 효과가 있는 것을 보지 못했다. 이리하여 화타는 백작의 효능을 똑똑하게 보게 되었다.

백작약은 항균작용을 하고, 지통작용을 하며, 땀이 나는 것을 막아주고 설사로 인한 복통과 월경불순과 자궁출혈과 대하와 간(肝)을 튼튼하게 하며, 옆구리가 아플 때와 월경통에도 작약을 사용한다.

백작약은 3천여 년 전부터 재배한 역사를 가지고 있었지만, 호현(毫縣)에서 약용으로 재배한 것은 명나라 때부터였다. 그러나 화타는 이미 백작약으로 질병을 치료하기 시작하였다.

화타는 세심한 것까지도 소홀히 하지 않고 관찰하여 발견하였고 어떤 것에도 고집하지 않고 옛 고인의 치료법과 경험에도 제한하지 않았다. 이렇듯 대담히 탐구하는 태도는 본받을 만하였다.

일상생활 중에 조그만 일까지도 항상 적극적이었다. 그는 난민 자신들이 아플 때 약초를 먹고 혼자 치료할 때 어떤 약초로 사용하였는지 물어보지 못한 것을 후회하였다. 그는 생활하는 중에 민간에서 많은 단방(單方)이나 경험방(經驗方) 또는 민간요법이 숨어 있어 왕왕 좋은 효과를 얻는 것을 보았다.

지역적으로 광활한 국토, 풍부한 천연 약초들이 있어 서적에서 얻어지는 것도 중요하지만 그것은 시작에 불과하였다. 화타는 민간 속에 자기 몸을 두고, 민간 속에서 실천하며 부단히 정진하였다.

7. 발명마비(發明麻沸)

화 타

동한(東漢)의 암울한 시대와 연이어 계속되는 자연재해로 백성들은 생활이 점점 어려워 살아가기 힘들었다. 184년인 광화(光和) 7년 2월 기세가 드높은 황건적이 폭발하였다. 봉기의 대열은 「창천기사(蒼天已死) 황천당립(黃天當立)」이라는 신념을 내세워 도시를 점령하고 관리를 죽였으며 돈 많은 부호들을 공격하였다.

蒼天已死 黃天當立　창천기사 황천당립

　　푸른 하늘(현재 왕조)은 이미 죽었고

누런 하늘(黃天)이 열릴 것이다.

장각(張角)은 전국 각지의 신도들을 만 명 단위로 조직해서 무장시켰다.

"때가 오면 우리의 누른 세상이 되지! 184년 3월 5일이라네! 한실은 이미 죽었다. 누런 천지가 열린다. 갑자년 벽두부터 천하대길 터진다!"

장각은 두 동생 장보, 장량과 같이 184년 2월 장각이 이끄는 황건적(黃巾賊)[5]이 봉기했다. 황건적이 낙양 거록에서 궐기하여 기세가 대단했다. 많은 곤궁한 농민과 유랑민들이 부호들의 밑에서 겨우 풀칠하거나 노동을 하는 종들이 모두 남녀노소가 다 대오에 참가하여 그 위세는 매우 컸다. 그들은 정규군과 싸워 이기며 밀고나갔다. 많은 고을과 군현을 점령하고 수도 낙양(洛陽)에도 반군들이 포위를 하며 쳐들어갔다.

한영제(漢靈帝)는 놀라서 어찌할 바를 몰랐다. 백성들도 호응해서 처음 그들을 황건군이라 부르며 환영하였는데, 차츰 폭도로 변하고 약탈과 방화, 살인을 자행하면서 사람들은 황건적으로 여겼다.

---

5) 황건적(黃巾賊) : 후한(後漢) 때, 장각(張角)을 우두머리로 하여 일어났던, 머리에 누른 수건을 두른 유적(流賊).

조정에서는 황보숭(皇甫嵩), 노식(盧植) 등을 파견해서 토벌작전을 펴게 했다.

"아무리 세월이 뒤숭숭하다지만 별 놈이 다 나타나 난장판을 벌이는구먼!"

"세다, 크다 하지만 무지렁이 농민들이오. 훈련받은 군인들을 당해 내겠소?"

관군의 작전으로 황건적 무리들은 떼죽음을 당한다. 이리하여 이곳저곳 군부세력들도 궐기하여 황건적을 물리치는데 그들 가운데는 원소, 공손찬, 동탁, 손견이 있었다. 그러나 조정의 환관들은 황건적과 싸우는 중에도 토색질을 일삼고 있었다.

노식 장군이 황건적과 싸우고 있는데 조정에서 내려온 환관 감찰관이 전쟁터에서까지 뇌물을 밝히고 있었다. 충의와 우직한 토벌대장 노식 장군은 뇌물을 주지 않자 마침내 대장 직에서 파면을 당하고 그 자리에 동탁을 임명했다.

동탁은 본시 농서 임조 사람인데 하동태수로 있으며 재산을 긁어모았던 탐관오리였다. 가만히 눈치를 살피다가 중랑장(中郎將)으로 발탁되어 황건적 토벌대장의 지위를 얻었다.

유비는 장비와 관우와 같이 이끄는 의병군과 기도위(騎都尉) 조조는 황건적 토벌싸움에서 만나기도 하였다. 황건적의 세력은 점차 약해지고 괴수 장각도 병이 들어 죽고 말았다. 사기가 떨어진 황건적은 마침내 동생 장량(張梁)도 3만 졸개와 함께 전사한다. 어느 전투에서는 5만이 되는 황건적이 강물에 빠져죽는 일도 있었다.

황건적(黃巾賊)의 난

황보숭이 광종에 연승하더니 장각의 무덤을 파헤치고 장각의 목을 꺼내어 낙양의 황제께 올려보내고, 남쪽 오군에서도 손견(孫堅)이 올라와 싸웠으며 북쪽에서 원소(袁紹)도 싸웠다. 원소는 북쪽 장군가의 아들이며 재벌의 후예였다.

2월에 궐기해 기세가 등등하던 황건적은 11월에 장보의 목이 달아나는 것으로 9개월간의 소용돌이는 막을 내리게 된다. 황건적 잔당이 남아있어 관군과의 싸움이 있어 백성들은 지칠 대로 지쳐 있었다. 쇠퇴한 한나라는 곳곳에 일어난 군웅(群雄)들이 천하의 패권을 놓고 다시 격변을 일으키게 된다. 이 시대가 삼국(三國)시대이다.

화타는 분주하게 여기저기 돌아다니며 치료하다가 잔혹한 전쟁을 눈으로 보았다. 선량한 백성의 참혹한 상황이 사람 눈으로 볼 수 없을 만큼 되고 전쟁터에서 상처를 당한 환자들을 만나게 되었다. 화타는 더욱 자기 살을 베는 듯한 아픔을 경험하였다. 비록 백성들을 위한 의원을 한 지 어언 10년 동안 풍부한 의료 경험을 쌓았으며, 그는 난치병과 외상으로 오는 증상을 치료하는 과정에 담력과 식견이 더욱 더 풍부하여졌다.

청년시절 그는 의서를 탐독할 때 인체의 복잡한 구조를 전문적으로 연구하였다. 그러나 그가 수술하는 방법으로 외상 환자들의 고통을 덜어 줄 수 없었다. 더욱이 자지러지는 소리로 몸을 비틀 때 그는 매우 불안하였다. 그는 제자들을 데리고 고향으로 내려가서 고향사람들의 병을 치료하여 주며 한편으로는 외과를 연구하기로 결정하였다.

화타가 소화장(小華庄)에 돌아오자, 그의 집 대나무 울타리는 더욱 크게 자라 있었다.

사람들은 화타가 병을 보던 병사(病舍)를 '익수헌(益壽軒)'이라고 불렀고 약제를 포제(炮制)하는 곳을 '존진재(存珍齋)'라고 하였다. 또 화타가 집 뜰에 정자를 만들어 진료하다가 시간이 있으면 휴식하던 곳을 '자이정(自怡亭)'이라고 불렀다. 치료할 수 있는 약재를 구입하기 편리하게 그의 부인과 생각하였다.

"여보, 초성(譙城) 안으로 이사합시다."

"왜요?"

"아무래도 약재 구입이 이곳보다 그곳이 좋고 환자들 치료하기도 좋을 것 같소."

"이곳의 환자들은 어떻게 하고 이사를 가나요?"

결국 한 환자라도 불편한 것을 원치 않았기에 이사를 못 가는 화타였다.

한번은, 화타가 패현(沛縣)에서 술이 취한 사나이를 수술하였는데, 칼로 살을 가르고 많은 피를 흘렸지만 환자는 아무런 신음소리도 없었으며 아주 평안하게 호흡을 하며 수술이 순조롭게 진행되었다.

이에 제자인 오보(吳普)와 번아(樊阿)가 이상하게 생각하였다. 그러나 화타는 이때 심중히 생각하였다.

'그래! 술이 사람을 흥분시키고 또 흥분을 억제하는구나.'

환자는 술에 취한 후 지각이 둔하여져 어떤 고통을 느끼지 못하였다. 화타는 계속 머릿속에서 떠나지 않았다.

'마취작용이 있는 약초를 술에 타 복용하면 이런 작용이 더 강해질 수 있겠군.'

춘추전국시대 이전 사람들은 약물에는 독성과 부작용이 있다는 것을 알았다. 그리고 마취작용의 약물은 있었다. 《상서(尙

書)》와 《맹자(孟子)》에도 모두 기재되어 있었다.

若藥弗瞑眩 厥疾弗瘳　약약불명현 궐질불추
바로 그런 약물은 사람을 혼미하게 하지 않으면
병을 치료하는 목적에 도달하지 못한다.

사람으로 하여금 혼미하게 하는 약물은 실제로는 마취작용의 표본이다. 지금 보존하고 있는 최고 오래된 의서인 《오십이병방(五十二病方)》은 각종의 원인으로 생긴 동통에 이미 오두(烏頭) 약초로 치료하였다는 것이 기재되어 있었다. 《신농본초경(神農本草經)》에는 오두(烏頭), 천웅(天雄), 양척촉(羊躑躅), 마궤(麻蕢) 등의 마취작용이 있는 약물이 기재되어 있다. 이런 것들은 모두가 화타가 마비산(麻沸散)을 발명하는 데 참고가 되었다.

기원전 73~49년 서한(西漢) 선제(宣帝) 때 대사마(大司馬) 대장군(大將軍)인 곽광(霍光)의 부인 현(顯)은 자기 딸을 황후를 만들기 위해 임신한 황후가 병에 걸렸을 때 여자 의원인 순우연(淳于衍)과 밀모하여 독약으로 그를 죽이려 하였다. 순우연은 평상시 황궁으로 입궁하는 것을 이용하여 황후의 병을 보는 기회를 잡았다. 그는 부자(附子) 가루를 가지고 황궁에 들어가 '태의대환(太醫大丸)'에다 부자가루를 넣어 황후에게 복용시켰다. 허(許)황후는 약을 먹은 직후 말하였다.

"어째서 머리가 혼미한가, 약 속에 독이 있는가?"

그는 마침내 세상을 떠났다. 이로써 당시 의원은 부자가 사람을 혼미하게 만든다는 것을 알게 되었다. 또한 사람을 죽게 하는 분량도 알게 되었다.

비록 천여 년 전 한의학은 외과 질병 종양(腫瘍), 궤양(潰瘍), 칼이나 창으로 창상을 입은 금양(金瘍), 골절인 절상(折傷) 등으로 구별을 하였다. 몸의 썩어가는 것을 괄살(刮殺)의 방법으로 치료하였다. 의학사에는 마취작용의 약물은 기재되어 있지 않았지만 외과 환자 수술에 사용하고 또한 외과 수술도 몸의 외부에 국한되었다.

화타는 때때로 생각하였다.

'외과는 단지 여기에서 머문단 말인가? 새로운 통증 없애는 지통약 제조를 못한다는 말인가? 외과수술을 발전시켜 체내로 한다면……. 외과수술을 체내에 응용하면 얼마나 환자들의 고통을 제거할 수 있을까?'

그는 새로운 길을 개척하기로 결심하였다. 바로 환자들에게 고통 없이 수술하는 방법을 연구하기로 하였다.

어느 날 저녁 화타가 뜰에서 화목에 물을 주고 있었는데, 아주 크게 자란 월계수(月桂樹)를 발견하였다. 나뭇가지에 한 줄의 테를 두른 것이 마치 끊어져 이어진 것 같았다. 그는 이런 테는 생기를 뿜어내는 것 같다고 생각하였다. 이 월계수는 그 해 부친이 접목시켰던 나무이다. 그가 접목한 나무는 죽어갔다.

월계나무의 접목시킨 곳을 보고 화타는 별안간 생각이 떠올랐다.

'나무도 능히 접목할 수 있는데 사람의 손과 발이 절단되면 어째서 이어지지 않는 것일까?'

그는 흥분되어 집 뜰안에서 급히 걷다가 한 그루 뽕나무에 걸려 넘어졌다. 그는 아픔을 참으면서 뽕나무를 잡고 일어나면서 뽕나무를 살펴보았다. 마치 뽕나무의 꺾여 있는 가지가 자라나고 마치 꺾인 후 또 저절로 자라난 것과 같았다. 절단된 곳에 확실한 돌출된 흔적이 있었다. 화타는 흥분되었다.

그는 이 꺾여 자라나는 나뭇가지를 어루만지며 만약 막대기 혹은 널빤지로 절단된 가지를 고정시키기로 생각하고 그렇다면 이 구부러진 가지는 반드시 굽어져 자라지는 않을 것이다. 그래서 그는 뽕나무가지에 실험을 하였다.

여러 번 중복하여 실험하여 마침내 효과를 얻었다. 그는 한 그루 한 그루 접목한 뽕나무가지를 볼 때에 기쁨을 형용할 길이 없었다. 그는 제자를 데리고 도끼와 톱을 가지고 와서 굵고 가늘고 길고 짧은 뽕나무 가지를 변형시켰다. 한 개 한 개를 널빤지와 막대기로 수정하며 생각하였다.

'뼈가 골절된 환자에게 고정시키면 되겠구나!'

며칠 후 화타는 이런 방법으로 골절환자를 치료를 하였다. 치료 경험으로 그는 확실한 효과를 얻어냈다. 일반적으로 말하면 몇 개월 후 환자의 골절부위가 고정시키니까 회복되는 것을 보았다. 지금의 골절환자를 널빤지로 고정하는 방법이 2000년 전 이미 화타가 시작한 방법이었다. 화타는 이미 40여 명의 골절환자를 치료하여 효과를 보았다.

또한 화타는 수술환자의 고통을 경감시키기 위해 백방으로 마취약을 찾으려 했다.

뜻이 있는 곳에 길이 있다고, 화타가 한 늙은 뱃사공과 이야기를 나누다 우연히 빨간 과실에 대한 이야기를 듣는다.

"나보다 나이 많은 동료가 산에서 어떤 과실을 먹고 혼미상태로 하루를 지나 잠에서 깨어났어요."

"어떤 과실이에요?"

"나도 모르겠어요."

사람들이 상처를 입어 수술을 할 때에 마취약이 없어 환자의 손발을 묶거나 혹은 곤봉으로 두들기거나, 피를 빼는 방법 등을 사용하여 환자를 혼미시킨 후 수술을 시행하였다. 이런 방법은 환자에게 상당히 고통을 주었다. 화타는 수술환자의 고통을 경감시키기 위해 백방으로 마취약을 찾으려 하던 때에 마침내 뜻이 있는 곳에 길이 있었다.

하루는 약초를 캐러 산으로 올라갔다가 산에서 중상을 입은 나무꾼을 만났다. 쓰러진 나무꾼을 보고 화타가 물었다.

"얼마나 아픕니까?"

"괜찮습니다."

"괜찮다니요?"

"이 근처에 통증 없애는 나무가 있습니다."

화타는 그의 말을 듣고 귀가 번쩍하였다. 오랫동안 통증을 없애는 마취약을 찾아 헤맸기 때문이다.

"어떤 나무입니까?"

그 나무꾼은 천천히 몸을 움직이더니 한 나무를 발견하였다.

"바로 이 나무입니다."

그 나무꾼은 그 나뭇잎을 뜯어서 손으로 비비더니 상처에 발랐다.

"괜찮소?"

"점점 통증이 없어집니다."

상처의 통증이 없어지는 것을 보고 화타는 놀라기도 하고 기쁘기도 하였다.

"무슨 나뭇잎이요?"

"만타라(曼陀羅)라는 나뭇잎이죠."

화타는 만타라의 잎을 따서 집으로 가지고 왔다.

"여보, 그 잎사귀는 무엇입니까?"

만타라꽃

“이것이 마취하는 데 쓸 약재를 만드는 원료라오.”

“마취가 가능해요?”

“글쎄 해봐야겠지……”

화타와 그의 제자들은 몇 가지 마취작용이 있는 약초를 캐가지고 돌아왔다.

그날부터 화타는 연구하였다.

그리고는 만타라꽃과 생초오(生草烏), 당귀(當歸), 향백지(香白

芷), 천궁(川芎), 초남성(炒南星)을 가루로 만들었다.

"그런데 생초오는 독성이 심한데……그래도 이것이 들어가야 하는데……"

그는 생초오가 독성이 심하고 또 만타라꽃도 독성이 있어서 화타가 마취약을 만들었지만 고민 중이었다. 그렇다고 아무에게나 사용할 수는 없었다. 자칫하면 생명을 잃을 수가 있기 때문이다.

"생초오는 국부 피부점막의 감각마비로 지각을 상실시켜 진통작용은 있지만 독성이 강한데……"

그는 마비산을 만들었지만 누구에게도 맘대로 시술해 볼 수가 없었다.

그는 고민하였다. 만타라꽃이 지통작용이 있지만 잘못 복용하면 입안이 건조하거나 피부가 거칠해지고 눈의 동공이 커지고, 맥박이 빨라지며 안면이 홍조를 띠며 잘못하면 죽기까지 하는 독성이 있는 약초이기에 그는 쉽사리 사용하기가 힘들었다.

화타가 고민하는 것을 보고 보다 못한 부인이 부엌에서 칼로 자신의 팔을 찔렀다.

부인의 비명소리가 들렸다.

"악!!!"

오보와 번아가 뛰어왔다.

"사모님!"

"어서 스승님을 불러야겠다."

화타를 모셔왔다.

"여보!"

"의원님, 의원님이 만들었던 마취약을 저에게 사용하셔요."

"아니……그것은 한 번도 사용을 안하였는데……만약에 무슨 일이라도 일어나면……"

"아니 그것을 저에게 사용해 주셔요."

"여보!"

"여보, 저에게……"

피를 흘리며 애절하게 말하는 부인은,

"이것이 성공하면 많은 사람의 고통을 줄여 줄 수 있지 않겠어요?"

화타는 주저하고 있었다.

"……"

"저를 생각하지 말고 어서!"

결국 화타는 마비산을 부인에게 사용하였다.

부인은 눈을 감고 정신이 몽롱해지며 마취상태가 되었다.

화타는 만타라를 이용하여 마비산을 만들었지만, 이 마비산을 아내에게 사용하여 결과는 어떻게 나올지가 궁금하였다. 궁금하였다기보다는 두려웠다. 왜냐하면 사랑하는 아내가 목숨을 잃을 수도 있기 때문이었다.

"여보, 부인!"

눈만 감고 있는 아내는 흔들어도 정신을 잃고 있었다.

흔들어도 대답을 못하는 아내를 보고 화타는 눈물을 흘렸다.

한 식경쯤 지난 다음 아내가 눈을 뜨면서 입을 열었다.

"아……"

"부인, 괜찮소?"

"저는 괜찮습니다."

그는 결국 마비산을 만드는 데 성공한 것이다. 이것은 오직 환자들의 고통소리를 없애고자 그의 굳은 신념이 마취약을 만들게 되었다. 화타는 만타라를 이용 가공하고 또한 다른 약초를 가지고 마비산의 제조 연구에 성공하였다.

오직 환자들의 고통소리를 없애고자 그의 굳은 신념이 마취약을 만들게 하였다. 또 상처 부분을 빨리 아물게 하고 새로운 살이 나오게 하는 고약을 제조하였다. 마비산을 제조하기 시작부터 화타는 더욱 바빠졌다. 과거에는 고치지 못한다는 외과 환자들이 끊임없이 찾아왔다.

그는 어찌나 바쁜지 약초를 캐거나 다른 도시로 왕진을 갈 겨를이 없었다. 그래서 주로 약초를 캐고 수집하는 데 제자 이당지를 시켰다.

마비산을 제조하기 시작부터 화타는 더욱 바빴다. 외과 환자들이 끊임없이 찾아왔다. 그는 어찌나 바쁜지 약초를 캐거나 다른 도시로 왕진을 갈 시간도 없었다. 또한 상처부분을 빨리 아물게 하고 새로운 살이 나오게 하는 고약을 제조하였다. 이것을 신고(神膏)라고 하였다.

하루는 매우 위급한 환자가 찾아왔다. 화타는 그의 얼굴색을 보니 창백하고 호흡이 빠르며 두 다리가 굽어 있으며 손으로 배를 잡고 아프다고 소리를 쳤다.

"아이구 배야!"

화타는 오보에게 말했다.

"이 환자는 장옹(腸癰)이다. 침과 약으로는 이미 소용이 없고 반드시 복부를 열어 치료하여야겠구나."

환자의 가족들은 그 소리를 듣고 매우 두려워하였다.

"아니 어떻게 배를 가릅니까?

화타는 그들에게 위로하며 말했다.

"복부를 칼로 짼다고 하여 통증이 있지 않고 그리 위험한 것이 아니오."

"그럼 생명은?"

"만약 수술을 하지 않는다면 생명이 위험합니다."

"수술을 한다면 생명은……?"

"지금 곧 수술을 하지 않는다면 장담 못합니다."

"의원님, 그럼 살릴 수 있습니까?"

"최선을 다하겠습니다."

"그럼 의원님만 믿겠습니다."

화타는 가족을 안심시키고 오보와 번아를 불렀다.

"빨리 수술준비를 하여라. 칼과 가위도 준비하고."

화타는 환자에게 마비산을 술과 함께 마시도록 하였다.

오래지 않아 환자는 점점 기억이 희미하여졌다.

제자 셋이서 분주하게 움직이며 화타는 환자의 배를 칼로 가르고 썩어가는 장(腸)을 절제하고 깨끗이 한약 달인 물로 씻은 다음 다시 이어서 배에 넣고 봉합을 하였다. 봉합한 자리는 새살이 빨리 나오고 아물게 고약을 붙였다. 장옹은 현대에 와서는 충수돌기염(蟲垂炎 : 맹장염)이라 했다.

한식경 후, 환자는 아무런 고통 없이 깨어났다.

"깨어났네, 괜찮아요?"

"아무 통증도 없이 그냥 자고 난 기분이야."

그의 가족과 치료받으러 왔던 환자들이 모두가 놀라서 탄성을 지른다. 이제껏 배를 가른다는 것은 생각도 할 수 없었기 때문이다. 이것은 세계 최초의 복부수술이었다.

한 달 후에 장을 절제한 환자는 신기하게도 빨리 회복되어 건강을 되찾았다.

이 사실이 소화장을 떠들썩하게 하였을 뿐만 아니라 온 초현(譙縣)에 소문이 나서 떠들썩하였다.

"화타의원이 마취약을 발명하였다네!"

"그 마취약을 복용하면 마치 잠을 자는 것 같아서 전혀 통증을 모른다고 하더라."

전란 중에 많은 외상을 입은 사람들, 돌로 맞은 사람, 칼과 창으로 상처 난 사람들을 화타는 그의 제자들과 함께 치료하였다. 어느 곳에서 전란이 있다는 소식을 들으면 그곳으로 제자들과 달려가 적지 않은 생명을 구했다. 어떤 환자는 팔 다리를 잃고 평생 불구가 되는 사람을 볼 때 화타는 마음속 깊이 불안을 느꼈다.

그의 의술은 날로 높아져 사람들의 존경과 환영받는 의원이 되었다. 멀리 경성(京城)의 태위(太尉) 황완(黃琬)은 화타의 재질과 의술에 감탄하였다. 그는 예주목(豫州牧)을 지냈고, 화타의 고향인 초현(譙縣)을 다스린 사람이다.

그는 백성들이 화타의 소문을 듣고 화타에게 벼슬을 준다는 한 통의 서찰을 보냈다. 태위(太尉)는 당시 사도(司徒), 사공(司空)과 삼공(三公)의 중앙 최고 군사장관 중 한 사람이었다. 태위는 직접 나서서 화타에게 벼슬을 주려고 하였다. 이것은 영광스러운 일이었다.

벼슬에 응하여 수도(首都)로 가면 오사모(烏紗帽)를 쓸 수 있고 태위의 막료(幕僚)가 되며 심지어 매우 빠른 출세로 정부의 정식 관리가 되는 좋은 기회였다. 화타보다 10세가 적은 고향사람 조조는 이때 번성(樊城)의 전군(典軍) 교위(校尉)로 임명 받았으며 일찍이 출세를 하였다.

"의원님! 경성에서 서찰 한 통이 왔습니다."

"그래?"

화타는 서찰을 읽어본 후 답장을 썼다. 그 서찰을 읽어본 태위 황완은 놀랐다.

모든 사람들이 출세를 하기 위하여 안달을 하고 금은보화를 뇌물로 써서 감투를 쓰려고 하고 출세를 하면 재물은 넘쳐나며 살아가는 데 풍족하게 살 수가 있는데, 화타의 답신을 본 그는 화타의 성품을 짐작하였다.

화타는 이런 좋은 기회를 포기하고 계속 고향사람들과 같이 생활하며 치료하는 데 전념하였다. 화타의 학문으로 충분히 관리가 될 수 있는 실력이었지만 그는 오로지 백성들을 생각하였다.

하루는 오보가 60대의 남자 환자를 받아 예진을 했다.

"어디가 어떻게 편찮으십니까?"

"별것 아닌 것 같은데, 엄지발가락 끝이 몹시 아파 견딜 수가 없어 이렇게 찾아 왔습니다. 잘 좀 봐 주십시오."

오보는 그 환자의 발가락 끝을 유심히 살펴봤다. 약간 벌겋게 익은 발가락 끝이 그렇게 대수로워 보이진 않았다. 진맥을 한 다음 오보는 화타의 진찰실로 들어가 이렇게 보고했다.

"발가락 끝이 몹시 아프다는 환자를 제가 예진했습니다만, 아마도 염증인 듯싶습니다."

화타는 조용히 고개를 내저었다.

"아니다. 단순한 발가락의 염증이 아니라 그것은 통풍(痛風)의 시작이니라. 통풍이란 관절의 마디마디가 붓고 아픈 관절염이니라. 피 속에 많은 요산(尿酸)이 생겨 그것이 이상 침착으로 인하여 관절이나 그 밖의 장기에 염증을 일으키게 되느니라. 통풍에도 급성과 만성 두 가지가 있으니. 다시 잘 진맥하고 통풍을 막아 주며 치료가 되는 약을 지어 주도록 하여라."

"……"

"상공치미병(上工治未病)의 뜻을 아느냐?"

"모릅니다."

"'명의는 병이 오기 전에 치료하는 사람'이란 뜻이다. 대나무가루를 태워서 태운 가루를 먹이도록 하거라. 아침저녁으로 복용하면 통풍 예방이 될 것이다."

"마음에 깊이 새기겠습니다."

"오보야!"

"네."

"그래, 그리하면 몸 안에 있는 요산(尿酸)이 배출되어 부은 곳도 가라앉고 통증도 없애며 치료가 된단다."

오보는 자신의 얕은 의술에 부끄러움을 느껴 그저 고개를 숙일 수밖에 없었다.

광능(廣陵) 출신인 오보(吳普)와 팽성(彭城 : 강소성 서주시) 출신인 번아(樊阿)는 함께 화타 밑에서 의술을 배운 의원이며 수제자들이었다. 오보와 번아는 스승인 화타의 놀라운 의술에 매료돼서 고향을 뛰쳐나와 수소문 끝에 화타가 있는 곳을 알아내어 입문한 향학심에 불타는 의학도들이었다.

오보와 번아는 여태껏 배워왔던 의술과는 판이하며 탁월한 화타의 의술에 번번이 놀라며 그저 탄복할 뿐이었다.

화타가 노남낭야(魯南瑯琊)에 가게 되었다. 화타는 의원을 한 지 10여 년이 되어서 강소성(江蘇省), 안휘성(安徽省), 산동성(山東省), 하남성(河南省)의 산수(山水)에 발자취를 남겼으며 각종의 환자를 만나 그의 기특(奇特)한 치료효과는 여러 가지 고사를 남겼다.

그는 세상의 온갖 고생을 다 겪은 백성을 위한 의원으로 한 가지 신비한 후광이 있었다. 명예와 부귀를 원하여 돈 많은 사람과 지위가 높은 사람을 치료하며 팔자를 고치려는 의원들이 많았지만 화타는 돈 없고 나약한 사람들의 병을 정성스럽게 치료하였다.

노남낭야 군수가 중병에 걸렸다. 여러 의원으로부터 각종 처방으로 치료하였지만 효과를 못 보았다. 그 때 마침 군수는 화타의 명성을 듣게 되었다.

"화타 의원이 이곳에 머무르고 있다고 합니다."

"어서 빨리 이곳으로 모셔오너라. 그리고 재물도 보내거라. 급하다 급해."

화타는 군수가 보낸 사람에게 자세히 병의 상태를 물었다.

그러고 나서는 보낸 재물을 받고 편지 서찰을 써주고는 그 자리에서 떠났다.

"군수께 이 서찰을 전달하시오."

편지를 받아본 군수는 손을 부르르 떨더니,

"아니 화타가 떠났다고?"

"예."

"보낸 선물만 받고 떠났다고?"

"여기 서찰 한 통을 남겨두고 갔습니다."

군수는 그 서찰을 보고 크게 화를 내어 부하에게 명령하였다.

"지금 즉시 쫓아가서 잡아오거라!"

수하에 있는 부하들이 쫓아갔지만 그를 찾지 못하였다.

"화타를 잡아왔느냐?"

"화타는 벌써 어디로 갔는지 모르겠습니다."

화타 의원을 못 잡았다는 소식을 듣고 그는 매우 화가 났다.

못 잡았다는 말에 불에 기름을 붓는 격으로 군수는 검은 피를 토하였다. 토한 피가 한두 사발이나 되었다. 피를 토하고 나니 몸이 많이 편해지더니 병이 나았다.

화타는 산허리를 둘러 다른 마을로 들어가고 있었다. 번아가 화타에게 묻는다.

"스승님! 선물을 받고서도 왜 치료를 안 하셨습니까?"

"치료는 벌써 했단다."

"치료를 하다니요?"

"군수가 보낸 사람에게 병의 상태를 듣지 않았느냐?"

"예?"

"그때 이미 치료 처방을 내렸단다."

"아니 약도 안 주었는데요?"

"아무 글도 안 쓴 편지를 전달했단다. 그것이 처방이란다."

"한의학에서는 기쁨(喜), 화냄(怒), 근심(憂), 생각함(思), 슬픔(悲), 무서움(恐), 놀램(驚) 등 마음의 감정을 가지고 치료할 수가 있단다."

"네?"

"이 마음의 감정이 모두 일곱 가지인데, 이것을 칠정(七情)이라 한다. 이런 감정이 너무 심하여지면(太過) 병이 되고 이것을 이용하였던 것이란다."

"……"

"말하자면 마음의 감정을 이용하여 치료하는 것이지. 군수를 화가 나게 만든 것이었다. 크게 화가 나야 분노가 일어나서 분노로 몸을 치료하게 한 거란다."

바로 화타가 이 군수를 치료할 적에 한의학의 희(喜) · 노(怒) · 우(憂) · 사(思) · 비(悲) · 공(恐) · 경(驚), 즉 칠정(七情)이 태과(太過)가 되어 병이 되어 이것을 이용하여 치료한 것이다. 마음의 감정으로 치료한 것은 화타가 처음 시도하였던 것이다.

화타는 종종 정신요법으로 환자를 치료하였다.

그 중에 가장 재미있는 것이 있었다. 초성(譙城) 동고장(東高莊)에 고월(高月)이라는 젊은이가 있었다. 고월은 보리를 베다가 한 마리 도마뱀이 돌연히 바지 안으로 기어들어갔다.

"아이쿠!"

그는 놀라서 밭에서 뒹굴었다.

그 후부터는 그는 언제나 도마뱀이 뱃속에 들어갔다고 생각하여 온종일 불안하고 음식 생각도 없었다.

"의원님, 저는 늘 뱃속이 이상하게 꿈틀거리는 것 같아요."

"언제부터 그랬는가?"

"보리를 베다가 도마뱀이 바지 안으로 들어와서부터입니다."

"그래 알았네."

조용히 번아를 불러 환자가 눈치 채지 못하게 지시하였다.

"번아야!"

"네."

"너는 밭에 나가서 도마뱀을 잡아 오너라?"

번아가 잡아온 도마뱀을 약탕기에 넣어서 약을 끓였다. 끓인 약탕기를 식히고 난 다음에 고월을 불렀다.

"이 약탕기에 앉으셔요."

고월은 약탕기에 앉아 있으니 항문이 간지러운 느낌이 들면서 변을 보았다.

화타는 그를 시켜서 약탕기를 땅에 쏟아내라고 하였다.

그의 눈에 큰 도마뱀과 작은 도마뱀이 들어왔다. 그러고 나서 병이 나았다.

바로 설사약을 복용하게 하고 약탕기에 죽은 도마뱀을 넣은 다음 그 약탕기에 변을 보게 한 것이었다. 화타는 기묘한 치료법을 이용하여 정신요법으로 병을 치료하는 선례를 남긴 창시자로 후세에 많은 영향을 주었다. 특히 금원(金元)시대 명의 장자화(張子和)는 정신요법의 이치를 깨달아 적지 않은 환자를 정신요법으로 치료하였다. 한의에서 심리요법 혹은 정신요법도 여기서부터 발전하였다.

호족 왕씨가(王氏家)의 딸인 정비(靖妃)가 별안간 쓰러졌다. 왕씨는 부호였다. 왕씨는 나라의 전의(典醫)를 청하였다.

"전의(典醫) 웅립(熊立) 의원께서 오셨습니다."

웅립 의원은 부호의 딸이기에 매우 신중히 진단을 하였다.

'그래 이번에 재물을 얻게 되는 기회인가 보다.'

진맥을 하는 웅립은 자신감 있게 말했다.

"어의님! 윗배가 아프더니 지금은 오른쪽 아랫배가 아픕니다."

"조금만 참으셔요, 아가씨"

"우리 딸을 살릴 수가 있나요?"

"걱정하지 마십시오."

"제발 살려만 준다면 원하는 대로 해드리겠습니다."

"어서 빨리 한약을 끓여서 오도록 하라."

웅립은 한약을 달여 정비에게 복용시켰다.

"조금만 기다리면 통증이 사라질 것입니다."

"……"

시간이 지났는데도 통증은 계속되었다.

"아버님, 계속 아파요!"

"조금만 더 있어 보셔요. 아가씨."

"그러나……그러나 너무 아파서……"

정신이 오락가락할 정도로 아파서 몸을 뒤척거리고 온몸에 땀 투성이였다. 이때 하인 중에 한 사람이 말하였다.

"지금 이 마을에 화타 의원이 왕진 왔다고 합니다."

"그럼 빨리 화타 의원을 모시게……"

왕부호는 왕진을 청하러 하인에게 분부하였다. 웅립은 자존심이 상하였지만 정비의 침대에서 떠날 수가 없었다. 혹시나 자기가 쓴 한약으로 치료가 될까 하며 안타깝게 바라보고 있었다.

그는 조조의 진영에서 전의로서 높은 의술로 많은 환자를 보아왔지만, 환자를 바라보는 그의 이마에는 땀방울이 맺혀 있었다.

"화타 의원이 오셨습니다."

왕부호는 평소에 익히 소문 들었던 화타 의원이 왔다는 소식에 버선발로 맞이하러 나갔다.

왕부호는 화타를 맞이하여 딸 정비가 누워있는 방으로 안내하였다.

"여기 이분은 웅립 의원입니다."

"처음 뵙겠습니다. 저는 화타입니다."

"……"

웅립의원은 화타가 온 것을 못 마땅히 여겼다.

"제가 진맥을 하여도 될까요?"

웅립은 딸 정비 옆에 있다가 비켜 앉으며 말했다.

"그래 해보게나."

'내가 잘 하면 이름도 나고 돈도 챙길 텐데, 이놈이 오는 바람에……'

화타는 정비의 진맥을 하더니 왕부호를 걱정스런 얼굴로 바라보았다.

"왜 뭐가 잘못되었나요?"

"……"

"무슨 병인가요?"

"왕대인, 이 병은 장옹(腸癰)입니다."

"장옹이라니요?"

화타는 옆에 있는 웅립 의원에게 머리를 돌리며 말했다.

"혹시 웅립 의원님께서는 무슨 처방을 쓰셨습니까?"

웅립은 매우 불쾌하였다. 새파란 의원이 어의인 웅립이 내린 처방 명을 묻는다는 것이 자존심이 상했다.

"그래 내가 대황목단피탕(大黃牧丹皮湯)을 썼네."

"……"

"뭐 잘못됐는가?"

웅립은 자신있게 대답하였다. 장옹에는 대황목단피탕을 쓰는 것이 매우 적합하였기 때문이다.

"처방은 장옹에 쓰는 것이지만, 병명으로만 보면 대황목단피탕이 맞지만……"

"맞지만 이라니?"

"웅립 의원님은 증(證)을 보지 않고 병명만 보고 처방을 하였군요."

"뭐라?"

"……"

"자네가 어의인 나를 우습게 여기는구먼."

"아닙니다. 저는 단지 증세로 보면 대황목단피탕이 맞지 않았다고……"

"자네가 나를 능멸하는가!"

"……"

"자네 같으면 어떤 처방을 내리겠는가?"

"한약으로는 치료하기가 늦었습니다."

"늦었다니?"

"맞습니다."

"그러면 치료가 안 된다는 것인가?"

옆에 있던 왕부호는 치료가 안 된다는 화타의 말에 놀라서 앞으로 나와 화타를 보고 매달렸다.

"아니 내 딸을 살리지 못한다는 말이요?"

"한약으로 치료하기에는 늦었다는 이야기입니다."

"그러면?"

"아닙니다. 위급하지만 살릴 수 있습니다."

웅립이 못마땅한 눈으로 왕부호를 보았다.

'언제는 나에게 딸을 치료하여 달라고 하더니……'

웅립은 매우 심기가 불편했다.

'요즘 돌팔이들은 꼭 치료가 안 된다고 하다가 살릴 수 있다고 하여 자기의 명예를 높이려고 하지.'

"자네 같으면 대황목단피탕으로 치료를 안 하고 어떻게 치료를 하겠나?"

"……"

"말해 보게나."

"이미 화농이 심해서 복부를 열고 농이 찬 장(腸)을 깨끗이 닦아 다시 넣어야 합니다."

"허 허……이 사람이! 그럼 개복(開腹)한다는 게야?"

"예 그렇습니다."

"이 친구가 명성 좀 있다고 말을 마구 하는구먼."

"……"

"화타 의원님, 어떻게든 내 딸을 살려주십시오."

"에잇!"

웅립은 자신의 입장이 거북해지자 도리어 화타에게 으름장을 놓고는 자리를 박차고 나가 버렸다.

왕부호는 화타에게 매달렸다.

"이제껏 의원이 개복한다는 것을 듣지 못했습니다. 어디 의서(醫書)에 장옹에 개복한다고 있습니까?"

"아닙니다. 이제까지의 의서에는 나와 있지가 않습니다."

"옛!?"

"그렇소. 제 의견으로 말하는 것입니다."

"의원님, 만의 하나 우리 딸이……"

"만약에 지금 개복을 안 하고 치료를 못한다면 위급한 상황이 올 수 있습니다."

"그럼 죽을 수도 있다는 것입니까?"

"……"

"우리 딸을 살려만 주십시오."

"제가 최선을 다해 보겠습니다. 제가 필요한 도구만 준비하여 주십시오."

"의원님만 믿겠습니다."

"오보야! 번아야!"

"예 스승님."

"수술 준비를 하거라."

그로부터 약 반 시각이 지났을 무렵, 병자는 커다란 유지(油紙 : 기름종이) 위에 반듯하게 뉘어졌다.

화타의 제자 오보는 수술용의 침을 갈고 있었고, 다른 제자 번아는 여러 개의 통 속에 물을 넣고 약을 붓고 있었다.

화타는 양 소매를 걷어붙이고 신중하게 마비산(痲沸散)을 바리때에 넣어 조제하고 있었다. 옆에 목대(木臺)에는 봉합용의 침에 약사(藥絲)가 꿰어져 있고 솜과 면포(綿布)도 준비되어 있었다.

"준비 됐지?"

풀어진 정비의 복부를 번아가 끓여서 식힌 약초 물로 소독하였다.

"마비산을 바리에서 종이에 옮기고 환자에게 술을 마시게 하라."

"예."

화타는 두 제자로부터 준비 완료의 눈신호를 받자 자신도 끄덕여 보이고 수술 개시 신호를 보내자 제자들은 정비의 입에다 마비산을 술과 함께 넣었다.

"으음……"

조금 지나니 정비는 눈을 감고 팔이 축 늘어지며 잠에 빠져 들었다.

"아가씨!"

화타가 부르는 말에 대답이 없자, 눈꺼풀을 열어보았는데 이미 정비는 눈을 감고 잠을 자고 있었다.

"개복용 칼을 이리 주거라."

개복용의 칼을 한쪽 손에 쥔 화타의 눈은 무섭도록 번쩍이며 그의 눈길은 환자의 복부에 뚫어지게 쏠리고 있었다.

환자의 배꼽과 골반 앞부분이 튀어나온 장골을 연결한 일직선에서 바깥쪽 1/3 지점인(현대에서는 McBurny's Point) 복부를 가르고 장을 끄집어내는 화타의 손에는 피가 흥건히 젖어갔다. 장을 끄집어내어 이미 화농된 부분을 칼로 잘라내고 약사(藥絲)로 꿰매고 장을 일일이 한약물로 씻어 다시 장을 복부에 넣었다. 이윽고 그의 신기(神技)는 일사불란하게 제자들의 시중으로 거침없이 진행되어 마침내 봉합이 끝났다.

한 시각이 지나서 환자는 눈을 떴다.

"으음……"

처음부터 딸의 얼굴을 살피고 있었던 양친은 금방 눈물을 글썽이며 딸의 얼굴 가까이 다가앉으며 어쩔 줄을 몰랐다. 정비는 어머니를 바라보자 어머니는 걱정스레 묻는다.

"얘야 깨어났구나. 그래 어떠냐? 아프지 않느냐?"

"네 어머니. 아무렇지도 않아요. 하나도 아프지 않아요. 그런데 선생님은 어디 가셨나요?"

"그래. 정말 고마운 일이다. 선생님은 조금 전에 가셨단다. 그러면서 방귀가 나오나 보라고 하셨단다. 방귀가 나오면 걱정하지 말라고 하였단다."

왕대인도 옆에서 정비가 깨어난 것을 보고 말한다.

"이제는 안심이구나. 화타 의원이 이미 약을 쓸 수 없다고 말씀하실 때에 내 딸이 죽는가 보다 하는 절망감이 들어 내심 얼마나 당황하고 슬펐는지 모른단다."

"아버님……"

"정말 불쌍해서 내가 너 대신 저승에 갈 수만 있다면……그렇게라도 했으면 했는데……"

"……"

"그렇지만, 참 놀랄 만한 수술이었다. 나는 이마에 식은땀이 흐르고 눈이 흐려지면서 금방이라도 쓰러질 것만 같더구나. 그러나 내 딸이 죽느냐 사느냐 하는 찰나가 계속되는데, 내가 어찌 쓰러질 수가 있겠는가 생각하니 정신이 들더구나. 그래서 의원님의 얼굴을 지켜볼 수 있었지. 그때의 화타 의원의 긴장된 얼굴은 근엄하기 그지없더구나. 수술을 할 때의 손놀림은 인간의 재주가 아니라 차라리 신이 아니면 못할 것만 같은 그런 솜씨였어."

정비는 자기의 복부를 절개하고 수술하는 내용을 마치 남의 이야기를 듣는 듯 너무나 흥분되었다.

"그래서……아버지……"

"배를 크게 십자로 절개해서 화농한 부분을 잘라내어 커다란 장의 덩어리를 통(桶) 속으로 옮겨 약탕으로 말끔히 씻고는 다시 뱃속으로 넣어 곧 봉합하더구나. 그 재빠른 솜씨는 정말 신기(神技)였었다. 웅립 어의는 황제기백(黃帝岐伯)의 서적에도 쓰여 있지 않다고 하였지만, 참으로 전대미문(前代未聞)의 명의란 바로 화타 의원을 두고 하는 말일 것이다. 틀림없이 화타 의원님은 그 옛날, 편작(扁鵲)이라는 명의가 쓴 《난경(難經)》인가 하는 책으로 연구하신 모양인데 어쨌든 훌륭한 의원님이시구나."

"저는 그런 대수술인지도 모르고 그저 취한 기분으로 잠들어 있었어요."

"그래 이제는 걱정할 것 없단다. 앞으로 약 열흘간은 매일 오셔서 상처 자리를 소독하고 고약을 바꾸어 발라주신다고 하시더라."

"참 고맙군요."

"자, 이제는 피곤할 테니 조용히 누웠거라. 잠을 좀 더 자는 게 좋겠구나."

왕부호가 돌아간 다음 그녀는 눈을 감았으나 화타 의원의 거룩하리만큼 믿음직한 모습이 너무나도 선명하게 비쳤다. 그러나 마취약 기운이 아직 남아 있고, 피곤하기도 하였으므로 그 유영(幼影)도 차츰 사라지고 나른한 기분 속에 빨려들 듯 잠들어 버렸다.

한창 싱싱한 젊은 처녀의 몸이라서 그런지 상처의 유착(癒着)도 순조로워서 그 후 열흘 만에 봉합했던 실을 뽑았다. 식욕도 차츰 나기 시작했다.

생사의 경지를 헤매던 사람으로는 보이지 않을 정도로 쇠약했던 몸도 회복한 어느 날, 화타는 누워 있는 그녀에게 미소를 띠면서 말했다.

"자! 이제는 탕약(煎藥)도 고약(膏藥)도 필요 없게 되었습니다."

"예, 의원님"

어쩐지 그녀는 입이 굳어진 것만 같이 다음 말을 잇지 못했다. 그저 가슴 속에 꽉 차오르는 그 무엇인가의 감개(感慨)로 인해서 양 눈에는 눈물만이 가득 고이고 있었다. 그것을 보자 아버지는 말을 보태어 주었다.

"애야, 고맙다는 인사 말씀을 드리지 않고……아……의원님, 애가 너무 고마워서 말도 나오지 않는 모양이군요."

그러자 그녀의 마음은 부모가 상상도 못할 정도로 앞쪽으로 치닫고 있었다.

어느덧 초여름 밤이었다.

딸 정비(靖妃)의 완쾌를 축복하는 회연(會宴)이 일족전원(一族全員)이 모인 가운데 벌어지고 있었다. 이 자리에서 화타는 주빈(主賓)임은 두 말할 것도 없다.

웅립 어의에게도 초대장을 냈으나 참석치 않았다. 약이 맞지도 않았고 또 그 때문에 증상을 악화시킨 의사의 위기일발에서 대수술을 하여 완쾌시킨 의원을 한 자리에 모신다는 것이 어쩐지 꺼림칙하던 왕대인의 입장으로는 오히려 다행이었다.

또한 웅립 자신으로서도 이 자리에 나타날 면목도 없었다.

왕대인은 인사말을 통하여 화타의원의 의술을 칭송하였다.

"이런 대수술, 더구나 무통(無痛)으로 하는 대수술은 아직 들어 본 적도 없을 뿐더러 보지도 못했습니다. 이것은 아마도 의원님의 일대창기(一代創技)이며 역사 이래에 처음 있는 일일 것입니다. 더구나 이 엄청나고 역사적인 일을 내 딸아이의 병에 기원(起源)하였으니 내 딸이야말로 역사 이래의 행운아(幸運兒)라고 하겠습니다."

일족들도 그의 뛰어난 의술을 칭찬하기에 바빴으며, 거기에다 화타와 정비와의 은근한 인연을 수군거리기도 했다.

호화진미의 재료들이 잔칫상을 가득 채웠고 술잔에는 미주(美酒)가 쉴 새 없이 부어졌다. 몇 순배가 돌자 좌흥(座興)은 무르익었고, 여기저기에서 웃음소리가 그치지 않았다. 노랫소리마저 들리고 있을 때 누군가가 정중히 간청했다.

"화타의원님에게 노래를 청합니다. 화타의원님께서 한 차례

해하지전

들려주신다면 이 자리가 더욱 빛날 줄로 압니다.”

일동은 찬성의 소리와 박수로 환영하였는데 화타는 주저하다가 마다 할 수 없어서 천천히 자리에서 일어섰다.

그는 호흡을 크게 들여 마신 다음에 근엄한 표정과 다소곳한 자세로 낭랑하게 노래를 부르기 시작했다.

力拔山兮氣蓋世	역발산혜기개세
時不利兮騅不逝	시불리혜추불서
騅不逝兮可奈何	추불서혜가내하
虞兮虞兮奈若何	우혜우혜내약하

힘은 산을 뽑고, 기상은 세상을 덮었는데,
때가 불리하니 추(騅)마저 가지 않는구나.
추(騅)가 가지 않으니 난들 어찌하리오.
우(虞)야, 우야 너를 어찌하리.

노랫소리는 너무나도 맑고 고왔다.

이 시는 바로 항우(項羽)의 시(詩)였다. 명장 항우가 기원전 202년 한고조(漢高祖) 유방(劉邦)과 해하(垓下) 싸움에서 패해 적군의 포위 속에 있었다. 그런 가운데 항우는 장사들을 모이게 하여 최후의 주연(酒宴)을 열어 애인이던 우미인(虞美人)으로 하여금 춤을 추게 하고 자신은 눈물을 흘리며 노래한 슬픈 시(詩)였다.

일당(一堂)의 사람들은 숨을 죽이듯이 조용히 화타의 미성(美聲)과 가시(歌詩)의 뜻에 몰입되고 있었다. 이때 정비의 아버지가 딸에게 귓속말로 몇 마디 하였다. 정비는 잠시 주저하다가 조용히 일어서서 마루 한가운데로 들어서더니 화타의 노래에 맞추어 춤을 추기 시작했다.

일당에 모인 사람들은 화타의 노래와 정비의 춤에 매료되어 모두가 넋을 잃고 있었다. 그의 노래와 그녀의 춤의 의미는 이러하다

'강동(江東)의 제자(弟子) 팔천여 인을 거느리고 나서서 그 동안 팔년, 칠십여전(七十餘戰) 싸우면서도 한 번도 패한 일이 없었도다. 그러나 오늘 나와 더불어 돌아갈 자 하나도 없으니, 이제 이 비운을 당하는 것도 오직 천명(天命)이로구나.' 라고 비분강개(悲憤慷慨)하면서 서른한 살로 스스로 목숨을 끊은 용장(勇

將)의 마지막 가는 날의 시(詩)였다.

화타의 노래에 맞추어 정비의 춤은 마치 화답하는 듯하였다.

"선생은 의술에도 유명하시지만 노래도 여간한 솜씨가 아니시군요."

화타의 노래에 모두가 감탄했다.

"아닙니다, 나는 일절(一節)만 노래하려고 하였는데 정비 아가씨의 춤이 너무나 아름답기에 나도 모르게 끌려 노래를 계속했을 따름입니다. 정비 아가씨의 춤이야말로 여러분들의 칭찬을 받아야 옳겠지요."

이마에 맺힌 땀을 닦으면서 겸손해 하였다.

초여름의 밤은 깊어 가는데, 연회는 끝날 줄을 모르고 계속되고 있었다. 화타는 술로 인해 화끈해진 얼굴을 식히려고 자리에서 일어나 뜰에 내려섰다. 달은 중천에 떠서 너무나도 밝았고, 달빛은 정원의 석등이니 나무들, 그리고 연못에 걸친 둥근 다리하며 모든 것이 영화(影畵)처럼 돋아나 보였다.

연못의 수면은 달빛을 반사하면서 은가루가 튀듯 반짝이고, 간혹 붕어가 수면으로 치며 뛰어오르는 소리만이 이 밤의 정적을 깨고 있을 뿐 가슴을 펴고, 세 번 크게 숨을 들이쉬었더니 머릿속이 한결 맑아졌다.

징검다리를 디뎌 연못 쪽으로 걷기 시작했을 때, 갑자기 옆에 인기척이 나서 돌아보니 어느 사이에 정비가 다가오고 있었다.

"아, 정비 아가씨, 깜짝 놀랐습니다."

"혹시 기분이라도 좋지 못하시나 해서요."

"아니오, 아무렇지도 않습니다. 술이 약간 취해 오기에 신선한 바람이라도 쐬려고 나왔습니다."

"아, 정말 달이 밝군요!"

그녀는 낭만적인 기분에 젖어들었다.

"그렇군요."

정비는 화타의 멋쩍은 대답에 잠시 동안 침묵하다가 입을 열었다.

"선생님, 좀 별소리 같겠지만 하나만 여쭈어 보겠어요. 선생님께서는 부인이 계시겠지요?"

그렇게 말한 다음 그녀는 스스로 너무 당돌한 말을 건넨 것이 부끄러웠다.

"나의 연배(年輩)로서 없을 리가 없겠지요."

"참, 그렇겠군요."

그녀는 물어서는 안 될 것을 물은 자신을 후회하며 낙담했다.

화타는 정비의 말에 대답을 하기가 힘들었다. 화타는 오로지 의학에 몸을 바쳐 백성들의 고통을 덜어주고 싶은 마음뿐 사사로이 여인과의 정담을 나눌 처지가 안 되었다. 이 귀여운 소녀의 마음을 흩뜨려 놓는다는 것은 너무도 가혹하다 생각되어 낭만적 이야기나 또는 그런 분위기를 무르익힌다는 것을 스스로 피하고 있었던 화타였다. 그런데도 그녀는 오히려 더 간절한 마음으로 화타의 마음을 헤쳐 들려고 하였다.

"저의 죽을 고비를 건져주셔서 이렇게 되살아난 저는 더욱 즐겁게 세상을 살아가게 되었으니 이 모두가 의원님의 덕분이에요. 어찌 그 은혜를 잊을 수가 있겠습니까. 의원님, 그리고 어떻게 해서라도 제 자신이 그 은혜를 꼭 갚겠어요."

"아니올시다. 정비 아가씨, 나는 의자(醫者)로서 당연히 할 바를 했을 따름입니다. 그런 기분을 일일이 받아들이고 있다가는 이 몸이 몇 개가 있어도 감당 못할 것입니다. 그런 이야기는 아예 빼시고……"

화타는 건성으로 웃어넘겼다.

그녀는 수술 후에 치료를 해주기 위해 오던 화타의 모습을 보는 것이 기다려지던 심정이었고, 그러한 심정은 어느 새 흠모의 정으로 바뀌어 가고 있었다. 그것은 단지 자신의 위독했던 생명을 건져주었다는 그 자체보다는 화타의 인격에 끌리어, 그러한 존경이 애정으로 바뀌어져 가고 있었던 것이다.

수술 후 보름이 지나서 치료가 일단 끝나게 되자 흘린 눈물도 그러한 마음에서 솟아난 슬픔이었던 것이다. 그 후 그녀는 이러한 기회가 있게 되기를 상천(上天)에 빌어 왔는데 그 보람이 있어 오늘 이처럼 둘만의 세계가 주어졌는데도 왜 이렇게도 두 사람의 마음은 엇갈리고만 있는지, 그녀는 자꾸만 조급해졌다. 그러나 드디어는 자기의 결심을 털어놓고 말았다.

"의원님, 저 같은 것도 좋으시다면, 의원님 곁에 두어 종비로도 좋으니 부려주십시오. 저는 어떤 괴로움이라도 견디면서 선생님 곁에서 일생을 바치겠습니다. 이것이 저로서 선생님의 은혜에 보답하는 일이라고 생각하고 있습니다."

화타는 이러한 말이 나올까 꺼려하고 있었는데 드디어 닥치고 말았다.

"하지만, 아가씨와 같이 좋은 가문의 아름답고 젊은 아가씨는 나와 같은 신분이 얕은 의자(醫者)에게는 과분한 말씀입니다. 훌륭한 가문의 청년과 결혼할 수 있는 입장이신데……"

"……"

"자, 정비 아가씨, 생각을 고치십시오. 연못 쪽으로나 가보실까요?"

화타가 앞서서 걷기 시작했다. 그녀는 금방 폭발할 것만 같은 괴로운 마음을 속으로 불사르며 그를 따라 걸었다. 징검돌을 건너 얼마 안 가서 연못으로 흘러들어가는 작은 내가 있었다. 그는 무의식중에 훌쩍 뛰어 넘었다. 그리고는 생각나서 뒤돌아보니, 그녀는 머리를 떨군 채 건너에 서 있었다. 화타에게 마음을 품은 정비였지만 화타는 어쩔 수가 없었다.

군리(軍吏)인 이성(李成)은 매우 위급한 해수(咳嗽)로 매일 밤 편안히 잠을 잘 수 없었다.

"화타 의원님, 저는 해수로 고생합니다."

"진맥을 해 보죠."

"어떻습니까?"

"군리께서는 지금 장옹(腸癰)입니다."

"해수는?"

"해수는 장옹을 치료하면 곧 나아질 것입니다."

"……?"

"여기 이 산약(散藥 : 가루약) 두 돈(錢)을 먹으면 나아질 것입니다."

이성은 약을 먹자 조금 있더니 몇 사발의 피를 토하였다.

"아니? 낳는다더니 피를 토합니다."

"피를 토하면 나은 것입니다."

"……?"

"이 병이 18년 후에 재발하면 이 약을 꼭 드십시오. 그 때 복용을 못하면 치료가 되지 않습니다."

화타는 그의 병이 장옹(腸癰)이라고 하여 두 돈(錢)의 가루약을 주었다. 이성은 약을 먹고 곧 몇 사발의 진한 피를 토하였다. 이로부터 병은 곧 나았다. 그러나 화타는 그에게 말하였다. 그러면서 한 봉지의 약을 주었다.

한번은 현부(縣府) 관원(官員)이 사지가 마르고 입도 마르고 마음이 답답하고 조금이라도 사람의 소리를 듣기 싫어하였다. 소변도 잘 통하지 않았다. 화타가 그의 집사람에게 말하였다.

"매우 심각한 병세입니다."

"치료를 하여주십시오."

"약과 침으로 고치기는 힘들지만 3일 후에야 치료가 가능한지 알 수가 있습니다."

"어떻게 해야 하나요."

"그에게 따뜻한 음식을 먹여야 하고, 먹은 다음 만약 땀이 나오면 병이 곧 나을 것이고, 만약에 땀이 나오지 않으면 치료 방법이 없어 2, 3일 내에 곧 죽고 맙니다."

집 사람들이 화타의 말대로 따뜻한 음식을 먹였다. 환자는 땀이 나지 않아 3일 후에 과연 세상을 떠났다.

어느 날 밤, 수레를 끄는 인부가 한밤중에 화타를 찾아와 진찰해 주기를 원했다.

"어디가 어떻게 아파 찾아왔소?"

"3일 전부터 복통이 심해 견딜 수가 없습니다."

"그럼 3일 동안 그냥 집에서 앓고 있었단 말이오?"

"아닙니다. 너무 배가 아파 할 수 없이 이웃 의원을 찾아가 진찰을 받고 약을 받아다 달여 복용해 봤지만 이렇다 할 효과가 없어 이렇게 의원님을 찾아온 것입니다."

인부는 양쪽 발을 구부리고 엎드려 배를 움켜잡고 신음하고 있었다.

화타는 환자를 침대에 눕혀 격통의 부위를 확인한 다음에,

"이는 장옹이라는 질병이오. 침도 미치지 않고 약으로도 다스릴 수 없는 병이지요."

"그럼 어떤 방법으로 치료해야 합니까?"

"개복해서 병의 근원을 절제하는 수밖에 별 치료방법이 없어요."

"예? 개복이라면 배를 가른단 말씀이십니까?"

"두려워 말아요. 병을 고치기 위해선 그 방법밖에 없으니, 어서 가족들을 부르시오."

화타는 환자 가족들의 승낙을 받은 다음 개복수술 준비를 시작했다. 우선 마취제 마비산을 술에 섞어 환자에게 마시게 한 다음 의식을 잃자 곧 개복수술을 시작했다. 장의 병소를 절제한 다음 피부를 봉합하고 고약을 발랐다. 환자는 경과가 매우 좋아 수술 후 7, 8일 만에 움직일 수 있게 됐으며 한 달이 지나자 다시 수레를 끌게 됐다.

하루는 목이 막히는 병에 걸려 몹시 고통을 당하고 있는 환자를 만났다.

"의원님, 살려주십시오! 목이 확확 막히고 때로는 매스껍고 복통도 심한데 이게 무슨 병입니까? 제발 진찰을 좀 해주십시오."

화타는 환자의 증상을 더 자세히 물은 다음에 이렇게 일러줬

다.

"내 시키는 대로만 해보시오. 우선 부평초(개구리밥)를 아주 시게 식초를 쳐서 석 되 먹도록 하시오. 그러면 병은 곧 나아질 것이오."

"아니, 그것이 무슨 약이 되겠습니까? 그러지 마시고 값은 비싸도 좋으니 약을 지어 주십시오. 제발 부탁입니다, 의원님!"

"약은 필요 없어요. 내 시키는 대로만 해보시구려."

환자는 불만스러웠으나 시키는 대로 아주 시게 식초를 쳐서 먹었다. 그러자 목이 더욱 막혀 답답해서 신음을 하고 있는데 난데없이 한 마리의 긴 기생충을 토해냈다. 놀란 환자는 그 긴 기생충을 마차 머리에 달고 화타의 집을 찾아갔다.

"의원님, 의원님! 이것 좀 보십시오! 그것을 먹자마자 이렇게 긴 기생충이 목으로 튀어나와 이젠 목이 시원해졌습니다."

"거보시오. 오래 묵은 기생충이 여태껏 당신을 괴롭혀 왔었던 겁니다. 이제는 괜찮을 것이오. 그리고 앞으로 채소는 깨끗이 씻어 먹거나 끓여먹고 고기나 생선 같은 것은 되도록 날것으로 먹지 말고 끓여 먹도록 하시오."

그 환자는 화타 방으로 안내돼 차 대접을 받았다. 향기로운 찻잔을 기울이면서 북측 벽을 바라보니 긴 기생충이 몇 십 마리나 실에 묶여 달려 있었다.

"오! 과연 의원님의 의술은 신기합니다. 저 많은 기생충을 환자 몸에서 몰아냈으니 참으로 놀랍습니다!"

환자는 화타의 의술이 절묘하다는 것을 새삼 알게 되어 탄복하지 않을 수 없었다.

화타의 이름은 사람들의 입과 입을 통해 전해져 그를 찾아오는 환자는 끊이질 않았다. 요즈음 종합병원이나 개인병원 의사라면 자신의 전공과목에만 집중적으로 연구해서 시술하면 되겠지만, 이 시대만 해도 질병이라는 이름이 붙어있는 병은 모조리 취급을 해야만 됐을 테니 그 어려움이란 보통이 아니었으리라.

그러나 화타는 한 군데에 멈추질 않고 또 새로운 미지의 신천지를 찾아 고행의 길을 떠나는 것이었다. 좀 더 새롭고, 보다 더 어려운 새 질병과 만나기 위해서였다. 이름 모를 질병에 시달리며 죽음의 문턱에 놓여 있던 환자들에게 화타 의원은 엄청난 존재였다. 화타가 여행길을 나서면 그의 이름자와 탁월한 의술을 찾아 뒤따르는 환자의 수도 부지기수였다.

화타가 염독(鹽瀆)을 지나갈 때였다. 염독은 지금의 강소성 염성(鹽城)이며 그 고장의 토후가 화타를 환영하는 뜻에서 성대한 환영연을 베풀고 그 고장의 유지들이 앞을 다투어 이 자리에 얼굴을 내밀었다. 화타는 연회석상에서 엄흔이라는 사내를 만나게 되었다. 화타는 엄혼의 안색을 살피더니 넌지시 이렇게 물어봤다.

“엄공께선 어떠십니까? 몸에 이상은 없으신지요?”

엄혼은 술잔을 기울이다 의아스럽다는 듯이 대답했다.

"별로 아픈데도 없고 건강엔 자신이 있습니다만, 의원님께선 보시기에는 제가 어디 아파 보이십니까?"

화타는 결례가 되지 않게 정중히 덧붙여 말했다.

"실례입니다만, 엄공의 몸엔 이미 질병이 깃들어 있습니다. 본인도 모르는 사이에 질병이 몸 안에 침투해 있는 경우는 얼마든지 있습니다. 벌써 안색에 나타나 있으니 제발 술은 금하시고 더 늦기 전에 약을 쓰며 편안히 쉬셔야 할 겁니다."

"아니 멀쩡한 사람에게 그게 무슨 말씀이오? 오늘날까지 난 신체 건강하며 술을 즐겨 왔는데 터무니없는 말씀을 하시는군요?"

"엄공은 자신의 몸에 질병이 도사리고 있다는 사실을 모르고 지내셨을 뿐이오."

"난 그 말을 믿을 수가 없소."

"내 말을 믿으셔야 합니다. 술은 이제 그만 드시고 어서 댁으로 돌아가 안정을 취하십시오. 내가 내일 댁으로 왕진을 하러 가서 적절한 약을 지어 드리겠소."

화타의 확신에 가득 찬 충고에 엄혼은 기분이 몹시 상했다.

"난 그렇게 위독한 중환자가 아니오! 말을 삼가시구려!"

엄혼은 불쾌한 나머지 술자리를 박차고 일어나 수레를 타고 귀갓길을 재촉했다. 훈풍이 거나히 취한 엄혼의 두 뺨을 스치고 지나갔다.

“빌어먹을…제가 의원이면 의원이지 공연히 멀쩡한 사람을 붙들고 중환자인 양 시비를 걸어! 약값을 바가지 씌우고 싶은 게로군……어림도 없다. 이 돌팔이 날강도야!”

엄혼은 이를 뿌드득 갈며 화타를 저주했다. 한데 이게 어찌된 노릇인가. 마차를 타고 귀가 중이던 엄혼은 갑자기 현기증이 생겨 어지러워지더니 마침내 수레에서 땅으로 굴러 떨어지고 말았다.

“나으리! 나으로! 이게 어찌 된 노릇입니까? 정신 좀 차리십시오!”

마부가 기겁을 하며 엄혼을 끌어안았으나 엄혼은 이미 혼수상태에 빠져 있었다. 마부는 혼비백산하여 주인을 마차에 올려 눕히고 급히 마차를 몰아 집으로 돌아갔다. 엄혼의 집안은 온통 난리가 났다. 멀쩡하게 연회에 참석했던 엄혼이 의식불명이 되어 돌아왔으니 이게 무슨 날벼락인가.

사색이 짙은 엄혼을 침대에 눕히자 의식이 약간 돌아왔다. 엄혼은 빈사상태에서 입을 움직였다. 무슨 말을 하고 있는 것일까?

엄혼의 말을 가족들은 알아들을 수가 없었다. 그러나 엄혼은 필사적으로 이렇게 외치고 있었다.

“날 살릴 자는 오직 화타밖에 없어! 의원 화타를 어서 불러라!”

소리 없는 비명은 허공에 메아리쳤다. 고통에 신음하며 엄혼은 그제야 화타의 놀라운 의술과 혜안에 탄복하며 회한에 빠져 있었다. 엄혼은 그날 밤에 약 한 첩 써보지도 못한 채 목숨을 잃고 말았다.

백성들 사이에 전해지는 노래는 화타로 하여금 죽음 문턱에서 몸부림치는 사람들의 절규이기에 천하가 한 차례 큰 폭동이 일어날 것을 느꼈다.

화타가 염독(鹽瀆)에 며칠 머무르다가 광릉(廣陵)에 가려고 하였다. 광릉은 지금의 양주(揚州)이다. 화타가 여기 오기 전에 사람들로 하여금 신의(神醫)라 불리며 그가 생명도 연장하고 능히 죽은 사람도 살리며 심지어 어떤 사람은 신선이라고까지 하였다.

터무니없는 과대평가였지만, 그러나 화타는 확실한 망진(望診), 절맥(切脈)으로 정확한 진단을 내렸다.

화타의 의술이 널리 퍼지면서 그의 의술은 죽은 사람도 살린다는 말까지도 나오게 되었고, 그의 진단은 어떤 상황에서도 알 수 있는 명쾌한 진단이라고 하였다.

"화타는 정말로 신(神)과 같대!"

"정말로?"

"그럼 전번에 엄혼 선생이 주점에서 술을 먹는데……"

"그 죽은 엄혼 선생?"

"그래."

"그분을?"

"바로 화타 의원이 그분에게 죽기 직전에 얼굴만 보고 말하였다는군."

"어떤 말을?"

"위험하니까 집에 가서 안정을 취하라고."

"무슨? 얼굴만 보고 어떻게?"

"그럼 우리가 한번 화타의원이 진정 신과 같이 잘 맞히나 볼까?"

"응?"

"그래 우리가 한번 시험해보지 뭐."

포목점의 견습원이 화타의 의술을 믿지를 않았다. 화타가 신의(神醫)라는 미명(美名)을 남기게 되었지만, 그는 그다지 믿지 못하였다. 그 견습원은 다른 견습원들에게 말하였다.

"오늘 내가 화타를 시험해 보겠다. 화타 의원이 이곳에 있다 하니 그를 모셔 오셔요. 내가 꾀병을 부릴게요."

그는 말이 끝나자 계산대에 올라가더니 두 손을 배를 움켜잡고 뒹굴면서 신음소리를 냈다.

"빨리 화타 의원을 모셔와, 어서!"

"그래 알았어. 그러지 않아도 화타의원이 가까운 곳에 계시대."

화타가 도착하였다. 화타가 계산대 앞으로 걸어가 그 견습원의 맥을 짚어 보았다. 화타는 다른 사람들에게 말하였다.

"이 사람은 치료할 방법이 없습니다. 빨리 장례 준비를 하십시오.”

화타의 말에 모두가 웃었다. 견습공이 꾀병을 부리는데 화타가 죽는다고 하니 모두가 미소만 지을 뿐이었다.

“아니 이 사람이 죽어요?”

“참 안됐군요.”

“안되다니요?”

“손을 쓸 겨를이 없네요.”

“아니……”

“나는 이만 다른 환자가 있어 가보겠습니다.”

화타가 돌아가자 사람들이 말하였다.

“화타가 무슨 신의(神醫)인가! 참으로 소문에 불과하구나.”

그래서 모두들 계산대에 올라간 견습원에게 말하였다.

“이제 그만 내려오거라.”

그러나 그 견습원은 아무 대답이 없었다. 몸을 구부리고 신음하며 온 몸에 땀이 흘러내렸다. 원래 그 청년이 계산대 힘을 주어 올라갈 적에 밥을 포식한 후이기에 몸을 날려 올라가는 순간에 창자가 끊어졌다. 그는 그날 저녁에 사망했다.

전직 독우(督郵 : 군수의 보좌역)였던 돈자헌은 병석에서 일어난 지 얼마 되지 않았다.

“듣자하니 명의 화타가 근방에 와서 머무르고 있다는데 혹시 다시 병이 덧날지도 모르니 한번 진찰해 보시는 게 어떻겠어요?"

돈자헌의 아내가 소문을 듣고 와서 명의 화타에게 진찰을 받아보도록 간곡히 권했다.

"내 병은 씻은 듯이 말끔히 쾌유됐소. 화타가 어떤 의원인지는 모르나 진찰받을 필요는 없겠소."

"하지만 정말로 완쾌되신 건지 확인해 보실 필요가 있지 않겠어요. 화타라는 의원은 보기 드문 명의로 소문이 자자하답니다. 그런 의원을 만날 수 있다는 게 큰 다행이라고 생각해요."

아내의 집요한 권고에 돈자헌은 마지못해 진맥을 받아보기로 했다.

화타는 돈자헌의 안색을 살핀 다음 신중히 진맥을 했다. 긴장한 돈자헌은 화타의 눈치를 살피기에 급급했다. 화타가 무슨 말을 할까……?

질병은 이미 다 나았으니 별 말이야 있으려고?

그러나 진맥을 하던 화타는 고개를 갸웃거렸다. 그리고 진맥을 끝마쳤다.

"어떻습니까? 이제 내 몸엔 질병 따위는 머물러 있지 않은 거죠?"

"아닙니다. 돈공의 몸은 아직 완전히 회복되지 않았으니 결코 과격한 운동을 해서는 안될 것이오."

"뭐라고요? 내 몸은 내가 누구보다도 더 잘 아는데, 아직도 회복되지 않았다니 그게 무슨 망발이오? 다시 한 번 자세히 진맥을 해보시오. 틀림없이 오진일 것이야."

돈자헌은 몹시 기분이 상해 화타의 진단을 믿으려 들지 않았다.

"제 진단을 믿으셔야 합니다. 오늘부터 절대 안정을 취해야 하며 심한 운동이나 과격한 행동을 삼가십시오."

돈자헌은 와락 역정을 냈다.

"아니 그래 내가 과격한 운동을 하면 어떻게 된다는 거요?"

"위험하죠."

"뭐야? 위험해? 이거 사람을 농락하는 건가? 내게 겁을 주는 건가?"

"진정하십시오. 특히 방사는 삼가셔야 합니다."

"아니 그래 내가 아내와 잠자리를 같이하면 어떻게 된다는 게야?"

"목숨을 잃을 겁니다."

"뭐라고? 아니 이 자가 못하는 소리가 없어!"

성미가 급한 돈자헌은 삿대질을 하며 화타에게 호통을 쳤다.

"이런 돌팔이가 무슨 의원이란 말인가! 신체 건강하고 멀쩡한 사람더러 방사를 하면 죽는다니……이런 악담이 있나! 당장 그 말 취소하지 못하겠어!"

"난 만인의 목숨을 보전하고 질병을 퇴치하는 의원이외다. 헛되이 악담이나 겁주는 진단을 내린 적이 없어요. 내 진단을 지키면 살 것이요, 지키지 아니하면 목숨을 잃을 것이니, 잘 생각해서 행동하시고 더 늦기 전에 약을 드시도록 하십시오."

"알겠다! 이제 보니 값비싼 약이나 팔아먹겠다는 속셈인가 본데, 그 수작엔 넘어가지 않아! 다리몽둥이가 부러지기 전에 냉큼 내 앞에서 꺼져버려!"

돈자헌은 고래고래 고함을 치며 격분한 채 화타를 내쫓았다. 문지방을 넘으면서 화타는 마지막 한 마디를 남겼다.

"특히 방사(房事)만은 삼가시오. 혀가 튀어나와 죽게 될 테니 말이오. 흥분이 가라앉고 이성을 되찾거든 내 말을 되새겨 신중히 행동을 하시오."

"저 방자한 자가 그래도 쫑알거리고 있어! 당장 내 집에서 나가지 못하겠느냐! 네 이놈!"

돈자헌의 욕설에 화타는 쓴 웃음을 지었다. 어찌 세인들은 자신의 질병에 대해서 저처럼 무지한 것일까? 질병을 지적해주고 사후 조치까지 일러주어도 절반 이상의 환자들은 곧이 믿으려들지 않아 구할 수도 있는 귀중한 생명을 잃지 않았던가.

화타의 안타까움은 바로 그 점이었다. 건강을 과신하는 사람, 진단을 무시하는 사람, 그리고 때마다 기름진 음식으로 포식하며 몸을 움직이기 싫어하는 사람들이 상류사회에 얼마나 많은지 모른다. 그 사람들은 스스로 자기 생명을 줄이고 있는 것이 아니겠는가.

채식과 잡곡밥으로 겨우 끼니를 때우는 천민보다 호의호식, 호색으로 몸을 망치는 상류사회의 병폐가 많다는 게 안타까울 따름이었다.

술이 거나히 취한 돈자헌은 아내와 잠자리를 같이하려 했다. 아내는 화타의 진단이 마음에 걸려 한사코 말리며 말했다.

"화타는 명의로 소문난 의원이며, 그가 남긴 행적이나 가지가지의 일화는 전설처럼 널리 전해지고 있답니다. 설상 오진이었다 하더라도 그 진단이 몹시 마음에 걸리니 방사는 삼가셔야 될 줄 압니다."

"제깟 놈이 뭘 안다고 남의 방사까지 일일이 간섭하고 나서는 거요. 돼먹지 않은 녀석 같으니, 제 놈이나 고꾸라져 죽지 않게 조심하라고!"

돈자헌은 우격다짐 끝에 마침내 방사를 치르고 말았다.

날이 새자 돈자헌은 침대에서 발딱 일어나며,

"보시오 부인, 내가 어디가 어떻다는 거요? 멀쩡하지 않소."

돈자헌은 호언장담하며 껄껄거리고 웃어댔다.

"내 그놈의 화타인지 낙타인지 하는 의원 놈을 불러다 왜 내가 죽지 않고 멀쩡한지 한 번 따져 물을 것이요!"

돈자헌의 기세는 등등했다.

그러나 3일 후 돈자헌은 다시 병이 났다. 병석에 누운 돈자헌은 그래도 화타의 진단이 믿기지 않았다.

"이건 다른 병이야, 전에 앓았던 질병이 재발한 게 아닐 거야……"

그러나 병세가 위급해지자 돈자헌은 파랗게 질리며 화타의 위대한 의술에 탄복하지 않을 수 없었다.

"여보, 어서 화타를 불러 치료토록 하십시다. 병이 이 지경에 이르렀으니 어쩌겠습니까?"

"으음! 자존심 상하지만……화타를, 화타를! 어서 어서 부르시오!"

집사가 쏜살같이 화타의 숙소를 찾아갔다.

"대사출이요! 화급하옵니다! 어서 돈자헌 어른의 질병을 치료해 주십시오!"

"돈공은 내가 시킨 대로 하질 않았던 게로군. 이미 늦었소. 내가 돈공 댁에 당도하기 전에 그분은 이미 이 세상 사람이 아닐 것이오."

잠시 후 돈자헌은 화타가 말한 대로 급사하고 말았다.

명의 화타의 갖가지 일화와 놀라운 의술은 소문으로 전국에 퍼져 나갔다.

중병에 신음하며 목숨을 부지하기 어려운 환자들은 마지막 희망으로 화타의 진찰을 단 한 번만이라도 받아보기를 소원했었다.

그러나 거리가 너무 멀거나 거처를 자주 옮기기 때문에 화타의 진찰을 받아본다는 것은 하늘의 별 따기였다.

8. 시지불투(矢志不渝)

화 타

황건적의 봉기는 진압이 되었다. 그러나 농민들의 왕조에 대한 불만은 식어지지 않았고 계속 반항하였다. 민요는 계속 이어져 불리어졌다.

發如韭 剪復生　　발여구 전복생
頭如鷄 割復鳴　　두여계 할복명
吏不必可畏　　이불필가외

小民從來不可輕　　소민종래불가경

머리카락이 부추처럼 자라서 되살아나다.
머리가 닭처럼 잘리고 다시 운다.
관리는 두려워할 필요가 없다.
백성은 결코 가벼워서는 안 된다.

농민들은 더욱 굴복하지 않고 각처 의병군과 계속 싸움을 하였다. 어떤 지방에서는 30여 년이나 계속 싸웠다. 이런 의병군의 봉기로 심한 타격을 받은 동한(東漢) 왕권은 이미 멸망으로 기울어졌다.

황건적을 진압하는 과정에서 동한왕조의 지방관리들은 군대를 모집하고 군력을 확대하였으며 많은 지주들도 이 기회를 타서 그들에게 붙었다. 이리하여 적지 않은 군사세력이 출현하게 되었다. 그들은 지반을 구축하고 세력을 쟁탈하기 위하여 부단히 혼전에 혼전이 계속되었다.

장기적인 전쟁 중에 양식에 막대한 파괴를 가져오고 인구도 엄청나게 줄어들어 곡창지대인 관동(關東), 관중(關中)평야가 황량하게 되었다.

빈번한 전쟁으로 화타는 더욱 가슴이 탔다. 이 기간에 화타의 생활 중 큰 사건이 발생하였다. 황완(黃琬)이 화타를 중용하여 패현(沛縣)의 재상인 진규(陳珪)가 또 화타를 추천하여 효렴(孝廉)으로 천거하였다. 효렴에 추천되는 것은 당시 그곳 사람에게는 가장 좋은 출셋길이었다.

추천된 효렴은 조정에서 오직 시험에 합격만 되면 곧 관리로 되었으며, 그 중에 적지 않은 사람들이 벼슬길에 순조롭게 올라 출세 가도에 오르게 된다. 그러나 관리 중에는 부패한 모습을 보여 동한(東漢) 때 민간에서 유전된 동요(童謠)가 있었는데 그것이 그 당시 천거된 수재(秀才)와 효렴에 대한 풍자인 것이다.

擧秀才　不知書　　거수재　부지서
擧孝廉　父別居　　거효렴　부별거
寒素淸白濁如泥　　한소청백탁여니
高第良將怯如鷄　　고제양장겁여계

수재를 추천하나 글을 모르고
효렴을 추천하며 부모와 떨어져 살기에
청빈하고 맑고 순수한 사람도 마치 진흙같이 탁하며
높고 우수한 장수도 닭과 같이 겁에 질리다.

추천받은 사람들이 모두가 이러하였다. 화타는 어떻게 그들과 같은 사람으로 되길 원하겠는가! 그는 의학에 헌신할 것과 민간 의원이 되기를 결심하였다. 그러므로 그는 아무런 동요 없이 당연히 진규가 추천하는 것을 거절하였다.

화타의 이런 모습은 초현(譙縣) 사람으로 하여금 더욱 존경하게 하였다. 화타는 계속 환자들을 치료하였고 매일 그의 제자 오보와 번아와 같이 각처로부터 오는 환자를 치료하고 시간만 있으면 시골마을을 돌며 산에 가서 약초를 채집하였다.

오보, 번아, 이당지

그의 제자로 또 한 사람이 더 문하에 들어왔다. 그의 이름은 이당지(李當之)이다. 그는 먼 장안(長安)에서 와서 화타의 제자가 되었다.

이날 화타가 왕진으로 출타하여 돌아왔다. 그의 처가 한 통의 편지를 화타에게 내밀었다. 그것은 광릉태수(廣陵太守) 진등(陳登)이 화타에게 보내는 편지였다. 편지를 뜯어보니 그의 병에 대한 고통이 적혀 있었다. 그리고는 화타에게 왕진을 청하였다. 자기의 병을 치료해 달라고 하였던 것이다.

진등은 패(沛)의 재상 진규의 아들이다. 일찍이 아버지께서 화타가 의술이 고명하다는 것을 듣고 그에 대하여 매우 감복하였다. 그동안 진등이 병을 얻어 여러 유명하다는 의원을 청하여 치료를 받았지만 효과를 보지 못했다. 나중에 아버지 진규에게 화타의 의술을 듣게 되었던 것이다.

광능 출신인 제자 오보는 화타가 편지를 보고 생각에 잠겨있는 것을 보고 말했다.

"진등은 진규의 아들입니다. 스승님 빨리 그를 위해 치료하러 가시죠!"

화타는 그 말이 탐탁지 않았다. 진규는 전에 화타를 효렴으로 추천한 적이 있고 이 때문에 진규의 은혜가 있지만 그렇다고 꼭 치료한다는 것은 그것과 다른 일이라고 생각하였다. 그리하여 그는 번아와 이당지에게 분부하였다.

"진찰과 치료를 보통 때와 같이 계속하고 정기적으로 수술환자에게 약을 주거라."

이튿날 일찍 오보를 데리고 길에 올랐다. 오보는 광릉 일대는 손바닥을 보는 것같이 길을 알았다. 그들은 걸어서 광릉으로 갔다. 광릉에서 약 200리 떨어진 지방에서 오보는 화타에게 말하였다.

"스승님, 제 친척 집이 이 근방에 있어 잠깐 만나 뵐 수 있을까요?"

"그러렴."

"스승님, 다점(茶店)에서 잠시 휴식을 취하십시오."

"그래, 그럼 갔다 오너라."

오보는 친척집으로 갔다. 친척은 매평(梅平)이라는 사람으로 그곳의 하급관리였다. 그도 광릉 사람이었는데 난치병에 걸려 직책을 사퇴하고 고향으로 돌아가다 친척이 있는 조그만 동네에서 쉬고 있었다. 오보는 그가 있는 집에서 만나게 되었다.

"그래 그 동안 어디에 있었느냐?"

"저는 화타 의원을 스승님으로 모시고 의학을 배우고 있습니다."

"얼마 동안이나?"

"벌써 몇 년이 되는군요."

"그런데 어떻게 이곳에 오게 됐는가?"

"스승님을 모시고 광릉 태수님이 병에 걸려 가는 길에 들렀습니다."

"그래?"

매평은 화타가 멀지 않은 곳에 머무르고 있다는 소식을 듣고 매우 기뻐하였다.

"빨리 스승님을 모셔 오거라."

화타를 모셔온 후 매평은 허리를 굽혀 인사를 하였다. 마치 자기 병을 고쳐주는 구원의 신을 만난 것 같았다.

화타는 매평의 신색(神色)과 설상(舌象)을 본 후 맥박을 짚어 보았다.

"집을 떠난 지 몇 년이 됐지요?"

또 집에는 어떤 사람이 있는지, 고향은 어떤지 등등을 물어보았다. 화타는 치료나 처방을 말하지 않았다. 매평의 친척들이 종이와 붓을 가져왔지만 화타는 아랑곳하지 않고 몸의 상태만 물어보고 매평에게 권했다.

"빨리 집으로 돌아가서 친척들을 만나보십시오."

매평은 매우 이상하게 생각했다. 매평이 화타에게 물었다.

"왜 빨리 집에 가야 하나요?"

화타는 한숨을 쉬며 설명하였다.

"나는 모든 병을 치료하는 신의가 아닙니다. 병이 매우 중하며 만약 일찍 치료하였다면 희망이 있지만, 지금은 이미 늦었습니다."

그가 매평을 빨리 집으로 돌아가라는 것은 만약 늦으면 가족들을 만나보지 못하게 된다는 것이었다.

매평과 같이 온 매평의 친척들은 그 소리를 듣고 매우 놀랐다. 그리고 화타의 말대로 매평을 독촉하여 바삐 집으로 돌려보냈다.

화타는 길에 올라 걸어가며 매평의 신색(神色)과 맥설(脈舌)

등을 오보에게 물어보며 병의 상태를 분석하였다. 그는 편작의 《찰성색요결(察聲色要訣)》 요령(要領)을 말하였다. 또 오보에게 편작이 제환공(齊桓公)을 진찰한 이야기를 하였다. 그것은 찰신색(察神色), 성음(聲音)을 듣고 설상(舌象)을 관찰하고 맥박(脈搏)을 절진하여 질병을 진찰하고 길흉을 예언하는 것이 의학에서는 필수적으로 장악할 본령이었다.

과연 매평은 화타의 말대로 집으로 돌아간 지 닷새 만에 세상을 떠났다. 만약 화타가 고향으로 급히 가라고 하지 않았으면 고향의 가족과 친지를 못 보고 세상을 떠났을 것이다.

광릉(廣陵 : 지금의 양주) 태수 진등(陳登)은 가슴이 답답하고 토기(吐氣)를 자주 느끼고 안면이 홍조되어 식사도 제대로 하지 못하였다. 마침 명의 화타가 이 지방에 들렀다는 소문을 들은 진등은 정중히 화타를 모셨다.

화타는 광릉 태수 관청에 도달하였다. 진등은 화타와 오보를 영접하였다.

"어서 안으로 드시죠."

진등은 화타에게 말하였다.

"제 병을 고쳐주시면 후한 예물로 보답하겠습니다."

화타는 요즘 가난한 생활 속에서도 편한 마음으로 도를 지키는 즐거움을 누리고 있다. 재물에 욕심이 없는 그는 진등의 말에 미소만 지을 뿐이었다. 그는 하인이 가져온 차도 마시지 않고 진등의 병을 보았다. 진등이 말하였다.

“병이 든 지 며칠 됩니다. 하루 종일 가슴이 답답하고 낮에는 얼굴이 열에 달아오르며 아무것도 먹고 싶은 생각이 없으며 배에 통증이 있습니다.”

“……”

“웬일인지 가슴이 콱콱 막히고 메스껍고 식욕이 전혀 없으니 이게 무슨 병인지 모르겠소이다. 진맥을 좀 해주십시오.”

태수 진등은 공손히 고개를 숙였다. 화타는 신중한 태도로 진등을 진맥했다. 호흡을 가다듬어 재차 진맥을 한 화타는 매우 난처한 표정을 지으며 이렇게 진단을 내렸다.

“진 태수! 위에 이상이 생겼습니다.”

“이상이라니요? 고칠 수 있는 병입니까? 불치의 병입니까? 솔직히 좀 더 구체적으로 말씀해 주십시오.”

“진 태수님의 배에 많은 벌레가 있습니다. 만약 치료하지 않으면 벌레가 더욱 커지고 많아져 나중에는 심한 위장궤양이나 종란(腫爛)이 생기게 됩니다.”

진등은 매우 놀랐다.

“아니 위 속에 벌레가 있다니요? 그게 어떤 벌레이며 왜 그런 벌레가 위 속으로 침입했을까요?”

광릉 태수 진등은 몹시 불안한 표정으로 화타에게 반문했다.

“그럴 리 없소이다. 오진이오. 내 뱃속에 어떻게 벌레가 침입했다는 거요? 난 도저히 믿을 수가 없소이다.”

말을 한 태수는 궁금하여 묻는다.

"아니 무슨 원인으로 그런 병이 생기나요?"

화타가 말했다.

"음식을 끓여 먹지 않고 날것으로 먹었기 때문이오. 벌레는 야채나 생선 그리고 고기에 묻어 몸 안으로 들어갈 수 있습니다. 익히지 않은 물고기나 육류고기로 인한 것입니다"

"나 원 참, 별소리를 다 들어 보겠구려. 그런 말은 내 평생 처음 들어보는 소리외다. 어떻게 벌레(蟲)가 야채나 생선 그리고 고기에 묻어 몸 안으로 들어간단 말이오?"

진등은 화타의 말에 전적으로 부인했다.

"혹시 고기를 날로 먹지 않습니까?"

"맞습니다. 저는 평상시 날로 먹는 것을 좋아합니다."

진등은 평상시 음식 먹는 것을 생각하여 보니 확실히 그런 것을 좋아하는 습관이 있었다. 마음속으로 참으로 놀랬다.

'아니 그것을 어떻게 알지!'

그래도 진등은 화타의 말을 인정하기 싫었다. 그래서 그의 의술마저도 의심하는 표정을 지었다.

"벌레는 눈에 잘 보이지 않는 아주 작은 것입니다. 그러나 그 벌레(蟲)는 몸 안에 들어가 차차로 자라나서 위나 장을 상처를 내며 마침내 염증까지도 일으킬 수가 있습니다."

화타는 알기 쉽게 증상을 설명해 주었다.

"믿을 수 없소이다. 내 눈으로 직접 확인하기 전에는……"

"내가 곧 약을 조제해 드릴 테니 속는 셈치고 복용토록 하시오."

화타는 첩약 두 봉지를 만들었다.

"이 약을 두 번에 나누어 복용하도록 하시오."

"만약 이 약을 복용해도 아무런 효과가 없을 땐 어쩔 거요? 장담할 수 있겠소?"

"의원은 오직 최선을 다 할 뿐……병이 낫고 안 낫고를 다짐하진 않소."

"그렇다면 환자가 어찌 의원을 믿는단 말이오? 소신도 없고 자신도 없는 의원의 말을……"

"자신과 소신이 없어서가 아니오. 다만 이 약이 환자의 체질에 맞고 안 맞고는 복용해 본 후에야 알게 될 것이요."

"좋소! 말을 따르리다. 두 번으로 나눠 마셔 무슨 효험이 있으련만 일단 지시에 따르리다. 그 대신 조건이 있소이다."

"조건이라니요?"

"아무런 차도가 없을 때 내 앞에 엎드려 큰 절을 하시오. 그리고 '화타는 돌팔이 의원이다' 라고 세 번 크게 외치시오."

"의술은 내기의 대상이 아니오. 사람의 질병을 치유시키고 생명을 도맡아 돌보는 고귀한 직책이오. 그런 식으로 내기를 할 수는 없소이다."

"흥! 이제 보니 자신이 없으신 게로군. 꽁무니부터 빼는 것을 보니 이 약도 순전히 실험용이 아니고 뭣이요?"

"내 정성을 다해 지은 약이외다. 어서 복용토록 하시오."

"약속을 하시오."

"어서 드셔요. 약을 복용하지 않는다면 더 이상 건강을 유지할 수 없을 것이오."

문 밖에는 가족들과 부하들이 몰려와 지켜보고 있었다. 염려와 호기심에 가득 찬 눈초리로 이 광경을 보고 있었다.

탁자 위에 약사발을 놓은 채 화타는 잠시 눈을 지그시 감았다.

'방치해 두고 이대로 돌아가 버리면 될 일이지만……'

그러나 태수 진등의 증상은 매우 위독한 실정이었다. 의원의 긍지와 자존심을 세우느냐, 환자를 살리느냐!

화타는 회오리치는 갈등 속에서 참된 의원이 해야 할 일을 곰곰이 생각해 보았다. 수치와 굴욕은 일시적인 것이지만 사람의 생명이야 잃고 나면 어찌 두 번 다시 찾을 수 있겠는가.

"좋소! 효험이 없을 때는 내 진태수 앞에 무릎을 꿇고 큰 절을 하리다."

"그리고 '화타는 돌팔이 의원이다'라고 세 번 외쳐야지."

"그렇게 하리다."

태수 진등은 조소와 교만으로 가득 차 있었다. 가족들과 부하들은 숨을 죽이며 일이 돌아가는 상황을 응시할 뿐이었다. 과연 화타는 자신이 있어 쾌히 승낙한 것일까? 아니면 진퇴양난의 막다른 벼랑 끝에서 마지못해 약속을 한 것일까? 바로 이것이 흥미의 초점이었다. 이 점이 바로 관심이고 화타의 의중은 생각하지 않았다.

“드시오.”

“마시리다.”

마침내 진등이 약사발을 들고 마셨다. 무거운 침묵이 한동안 흘렀다.

“아무런 기별이 없소이다. 여전히 가슴이 답답하고 메스꺼운 것은 있지만……”

진등은 내뱉듯이 말했다.

“아닙니다. 조급하지 마십시오. 아직도 한 사발이 남아 있질 않소이까?”

“……”

오후 늦게야 진중에게 두 번째의 약사발을 권했다.

마지못해 진등은 마셨다. 조금 있더니 별안간 진등은 침상에서 벌떡 일어나 앉았다.

너무나 갑자기 일어나니 가족들과 부하들이 놀라서 진등을 바라보았다.

진등은 침상에서 곤두박질치듯이 방바닥으로 굴러 뒹굴며 괴로워하였다.

“저 화타를 감옥에 집어넣어라!”

계속 괴로워하였다. 화타는 사병들에게 붙잡힌 채 감옥으로 끌려가고 있었다.

“웩!”

진등은 별안간 입에서 충을 토해냈다. 석자나 되는 충은 붉은

색을 나타내며 꿈틀꿈틀 움직였다.

그러나 계속해서 고통이 심해지더니 온 몸을 비틀면서 괴로워했다.

"웩!"

계속 충들을 토해냈다. 잠시 후 토해내던 진태수는 고통이 점점 가라앉더니 토학질을 멈추었다.

그 모습을 본 가족들과 부하들은 너무나 놀랬다. 설마 진태수의 몸 안에서 저렇게 많은 충들이 나올 줄이야 누가 알았겠는가.

진등은 충들을 보기만 하여도 무섭고 메스꺼웠다.

통증이 없어지고 안정되더니 얼굴의 땀을 씻으면서,

'아니 이런 벌레가 내 뱃속에 있었다니!'

진등은 속이 많이 편해졌다. 진등은 옆에 있었던 화타를 찾았다.

"화타 의원을 모셔오너라."

화타가 감옥에 들어가자마자 다시 모셔오게 되었다.

"의원의 말을 믿지 않아 죄송합니다. 진짜로 몸 안에서 충들이 나왔습니다. 의원이야말로 신의(神醫)이십니다."

"……"

"저의 무례함을 용서하십시오."

"이제 당분간은 괜찮을 것입니다."

"아니 그럼 완쾌된 것이 아니란 말씀입니까?"

"그 질병은 3년 후에 재발할 것입니다. 그때 명의를 만나면 살 것이외다. 허허 이제 내가 무릎을 꿇지 않아도 되겠지요?"

"무슨 말씀을……죄송합니다."

"3년 후입니다. 꼭 기억하셔요."

"그, 그럴 리가……몸 안에 많은 충을 토해냈는데 재발이라니……음식을 조심하여 날것을 안 먹으면 되지 않겠나요?"

"내 말을 믿던 안 믿던 3년 후에 알게 될 것입니다. 부디 훌륭한 의원을 만나시기 바랍니다."

"제가 화타 의원을 도울 일이 없습니까?"

"아닙니다."

"의원님은 의술뿐만 아니라 학문도 높다고 들었습니다. 제가 조정에 효렴(孝廉)에 추천하겠습니다."

"……"

"여기 예물을……"

"아닙니다. 예물은 필요 없고 이 벌레 몇 마리만 가지고 가겠습니다."

화타는 그가 토한 벌레 몇 마리를 가지고 떠나가며 진태수에게 부탁하였다.

"이런 병이 3년 후에 또 발작하니 그때는 꼭 좋은 의원을 만나야 생명을 보존할 수 있습니다."

진등은 질병에 대한 무지로 폭언을 내뱉었던 무례를 천 배 만 배 사죄하고 많은 진료비를 내놓았으나 화타는 받지 않고 오직 몇 마리 토한 벌레만 가지고 그곳을 떠났다.

진등은 아버지 진규에게 화타를 추천하였다.

진규는 지식 있는 국상(國相)으로 그 당시 고급행정 장관이었다. 국상의 추천은 당시 지식이 박식한 화타에게 순조롭게 출세하는 지름길이었다.

그런 진규는 화타를 여러 차례 조정에 효렴직을 추천하였다.

그 때마다 화타는 거절하였다.

또한 한나라의 최고 군사(軍事) 장관인 태위(太尉) 황완(黃琬)이 두 차례나 그에게 관리가 될 것을 요청하였으나 화타는 거절 사양하였다.

"그럼 시의(侍醫)로 천거하지요."

"아닙니다. 나는 평범한 의원으로 백성을 위해 병을 치료하여야 합니다."

진등에게 경고한 화타의 예언은 적중하였다.

3년 지난 후 진등은 과연 같은 병이 재발되었다. 통증은 전보다 더 심했다. 팔방으로 화타를 수소문해 봤지만 그때 화타가 광릉에 있지 않았고 화타의 거처를 찾아낼 수가 없었다. 진등은 여러 의원을 청하였지만 치료를 하지 못하여 과연 죽고 말았다.

진등은 심한 회충증으로 회충이 장을 막아서 세상을 떠났다. 당시에는 화타가 산채수(酸菜水)가 회충을 잠잠하게 하고 한약으로 일반적인 회충증에 대하여 치료할 수 있었다. 산채수는 신

나물을 끓여서 나온 국물이다.

동오(東吳) 손책의 아우 손권은 주태와 함께 선성(宣城)을 지키는데, 하루는 산적 떼가 사방팔방으로 몰려들었다. 마침 깊은 밤중이었다. 모두들 곤히 잠들어 창졸에 도둑의 떼를 저항할 수가 없었다.

기습 공격하는 소리에 놀라 주태는 손권을 깨워 급히 말에 오르게 한 후에, 자기는 발가벗은 몸으로 칼 한 자루를 들고 손권을 보호하여 도둑의 떼를 뚫고 나갔다. 산적의 떼는 앞뒤에서 고함을 치며 달려든다.

"야잇!"

주태는 칼을 휘둘러 덤비는 놈들을 모조리 후려치니 죽고 쓰러지는 자가 수십 명이 되었다.

주태가 포위망을 뚫고 나섰을 때, 뒤에서 한 놈이 말을 타고 창을 들어 쫓아오면서 주태의 등판을 강하게 찔렀다.

"윽"

주태는 자기 몸보다 손권을 보호해야만 할 책임이 더욱 중했다.

주태는 아픔을 참고 왼손으로 등에 꽂힌 적의 창을 빼어 잡고 오른손으로 칼을 들어 적의 허리를 힘껏 찔렀다. 도적도 용맹이 대단했다. 허리를 찔린 채 주태가 잡은 창을 다시 빼앗아 주태의 넓적다리를 찔렀다. 주태는 칼을 들어 도둑의 얼굴을 찔렀으나, 얼굴을 스쳐 상처를 냈다.

알몸뚱이 주태와 말을 탄 도적의 괴수는 찌르고 치고 갈기고 비틀어 치열한 격투를 벌였다.

도적의 힘은 점점 약해지기 시작했다. 주태는 기회를 잃지 않고 도적이 내리지르는 창을 휘어잡아 다시 뺏은 후에 장검을 번쩍 들어 도적의 어깨와 등판을 내리쳤다.

"악!"

도둑은 고래 같은 아픈 소리를 지르며 말 아래로 떨어진다.

주태는 도적이 탔던 말을 빼앗아 타고 손권을 보호하여 손책에게로 돌아갔다. 이때 주태는 손권을 보호하느라고 몸에 열 두 곳이나 창상(創傷)을 입었다. 말이 열두 곳이지 몸이 창상으로 말미암아 온통 피투성이였다.

창상 입은 곳에 금창이 터져 목숨이 경각에 달려 있게 되었다.

손택은 깜짝 놀라 모든 사람과 의논했다.

"주태가 열두 곳이나 창에 찔려 금창이 발했으니 어찌하면 좋은가?"

"큰일이로구나. 목숨이 경각에 달려군."

아우 손권이 자기를 구해준 은인의 생명을 걱정한다.

이때 동습(董襲)이 말한다.

"제가 전에 해적과 싸워서 몸이 여러 곳 상한 일이 있었습니다. 회계군리(會稽郡吏) 우번(虞翻)이 좋은 의원을 천거해 주셔서

반 달만에 완쾌된 일이 있습니다. 한번 우번을 청하여 물어보십시오."

"우번? 우번이라면 우중상(虞仲翔)을 말하는가?"

"예, 그러합니다."

"우번은 참 현사(賢士)지. 내가 청하겠소. 그렇다면 장소(張昭)와 함께 가서 우번을 청해 오시오."

장소와 동습은 손택의 명을 받아 우번을 청해 왔다.

손택은 우번을 예로써 대접한 후에 공조(功曹)의 책임을 맡기고 우번한테 묻는다.

공조(功曹)는 제사(祭司)와 예악(禮樂)과 교육, 학교, 선거, 의무(醫巫), 상장(喪葬)을 맡은 주(州)와 군(郡)의 관리(官吏)이다.

"전에 동습이 창에 찔려 독이 발했을 때 명의를 천거하셨다 하니 그 명의가 지금은 어디 있소?"

"예, 그 사람은 패국 초현의 화타라는 사람이올시다. 조조와 동향이지요. 자를 원화라고 부르는데 당세의 신의(神醫)입니다."

손책은 무릎을 바싹 당겨 말한다.

"한번 그 사람을 만나 볼 수 없으리까? 내 장수에 주태라는 사람이 있는데 적과 싸우다가 몸에 열두 곳이나 창상을 입어서 지금 목숨이 경각에 달려 있소. 사람의 귀한 목숨을 하나 구해 주도록 하시오."

"어려운 일은 아니올시다. 제가 청하면 꼭 올 것입니다."

"그렇다면 폐백을 좀 가지고 가시오."

손책은 높은 선비를 대접하는 술과 육포(肉脯)에 종이와 필묵(筆墨)과 향다(香茶)를 받들고 가게 했다.

우번은 떠난 지 하루가 못 되어 화타를 동반해 왔고 손책은 당에서 내려와 화타를 맞이한 후에 상좌에 앉히고 인사를 했다. 손책은 화타의 모습을 살펴보니 동안학발(童顔鶴髮)에 표연히 현세 사람이 아닌 신선의 풍도가 있었다.

"어서 오십시오. 화타 선생!"

손책은 화타를 경대하여 상빈을 삼은 후에 주태의 병 상태를 진찰시켰다.

화타는 주태의 상처를 두루 살핀 후에 미소를 입가에 띠고는 손책에게 말한다.

"결코 죽지 않게 하리다."

손책은 기뻐서 화타의 두 손을 잡았다.

"그저 살려만 주십시오."

화타는 곧 처방을 내어 먹는 약을 짓게 하고, 바르는 고약을 만들어 한편으로는 내복을 시키고 한편으로는 금창에 바르게 하였다.

화타의 약은 어찌나 효험이 빠른지 약을 바른 지 얼마 아니되어 독한 기운이 순식간에 쭉 빠지면서 아픈 증상이 없어지고 열두 군데 상처에서 올라오던 독기와 화기가 단번에 가라앉아서 한 달이 못되어 치료가 되었다.

손책은 천하 명의를 얻은 것이 기뻤다. 화타를 상빈으로 대접하고 후한 예물을 바쳐서 감사한 뜻을 표했다.

손책은 주태를 구한 후에 다시 군사를 내어 산적들을 몰아내어 강남 일대를 평정을 하였다.

촉나라 관우(關羽)가 번성을 바라보니 양강(襄江)은 띠같이 둘러 있고 수세(水勢)가 심히 급했다

관우는 우금이 이끄는 조조의 군을 쫓아 이곳으로 왔다. 관우는 길을 지도하는 향도관(嚮導官)한테 물었다.

"번성 북편 둘레 산곡의 지명이 무엇인가?"

"증구천(罾口川)이옵니다."

관우는 크게 기뻐하면서 혼자 말한다.

"우금은 반드시 나한테 잡히고 마는구나!"

옆에 모시고 있던 장수들이 관공의 혼자 말하는 소리를 들었다.

"장군께서 어떻게 우금이 잡힐 것을 짐작하십니까?"

"증구라는 것은 고기를 잡는 그물 주둥이다. 제 놈이 그물 주둥이 속에 들었으니 잡히지 않고 베기겠는가?"

관우는 크게 껄껄 웃으며 헤어진다. 그때가 음력으로 팔월이었다. 가을장마로 연일 비가 내렸다. 관우는 장졸들에게 영을 내린다.

"나무를 베어 배와 떼를 많이 만들어 준비하거라."

아들 관평은 묻는다.

"육지에서 싸우시는데 배와 떼를 준비해서 무엇 하십니까?"

"너는 알 바가 아니다."

"용렬한 자식이오나 알고자 합니다."

"우금이 큰 군사를 넓고 평범한 땅에 두지 아니하고 증구천인 이곳에 두었다. 이곳은 험하고 좁고 저습한 곳이다. 이것이 패하는 주된 원인이다. 지금 가을장마가 져서 양양 강물이 창일하기 시작했다. 나는 지금을 이용해서 둑을 쌓고 있다. 한참 저수를 해두었다가 홍수가 져서 강물이 범람할 때 둑을 무너뜨리고 수문을 열어 놓는다면 번성과 증구천에 있는 군사들은 모두 다 물고기 밥이 될 것이다. 이때 가서 우리는 배와 떼가 필요하게 된다. 그러기에 배에 떼와 수구(水具)를 준비하는 것이다."

관평은 아버지 관우의 말을 듣고 물러간다. 가을장마는 연일 그치지 아니했고 증구천에 있는 우금의 진터는 차차 물이 들기 시작했다.

독장성하(督將成夏)는 우금을 찾아 간한다.

"대군이 천구에 진을 치고 있는데 지세가 저습하여 군사들이 괴로워합니다. 그리고 소문에 듣자니 관운장이 이끄는 형주군사는 진터를 높은 산악지대로 옮겼다 하고 또 한강 어귀에는 전선과 떼를 많이 준비했다 합니다. 만약 양양의 강이 범람한다면 우리 군사가 위태롭겠습니다. 미리 준비를 하셔야 하겠습니다."

우금은 독장의 말을 듣자 말했다.

"필부가 뭘을 안다고 마구 지껄이느냐? 군심을 어지럽게 하지 말거라. 다시 말을 하는 자가 있으면 참하리라."

이날밤 비는 억수같이 쏟아졌다. 바람까지 높아서 전후좌우를 분별할 수 없게 되었다. 이때 큰소리가 나며 팔방에서 쏟아져 들어오는 홍수는 칠군의 대본영을 그대로 바다로 만들었다. 수천 명 군사들은 길길이 넘는 흙탕물 속에 휩쓸려 빠져 죽고 떠내려 가는 자가 부지기수였다.

관우는 모든 장수를 거느리고 준비했던 큰 배와 작은 배 위로 올라 기를 흔들며 북을 울려 쳐들어갔다. 이 싸움에서 우금이 거느린 조조의 칠군은 거의 반 물귀신이 되고 나머지 군사들은 관우의 장막 아래 나가 항복을 했다.

후세 사람들은 물로 조조의 칠군(七軍)을 무찌르는 관우의 무예를 시로 짓는다.

夜半征鼓響震天　야반정고향진천
襄樊平地作深淵　양번평지작심연
關公神算誰能及　관공신산수능급
華夏威名萬古傳　화하위명만고전

한방중 울리는 북소리 두리둥둥 하늘을 흔들더니,
삽시간에 양양과 번성 깊은 바다로 변했네.
관공의 높으신 능력을 누가 능히 당해 내랴,

위대한 이름이 중원에 떨쳐 만고에 전하네.

이때 수세(水勢)는 아직도 줄어들지 아니하였다. 관우는 군사들과 다시 배에 올라 번성을 공격하러 들어갔다.

조조의 장수들은 다 벌벌 떨면서 조조의 조카 조인(曹仁)한테 고한다. 조인도 달아나려고 생각하고 배를 준비하는데 만총(滿寵)이 간한다.

“산골물이란 오래 가지 아니합니다. 열흘 안에 깨끗해질 것입니다. 잠깐 참는 것이 좋을 것입니다. 만약 성을 버리고 달아난다면 황하 이남은 다시 우리 땅이 되지 못합니다. 장군께서 이 땅을 굳게 지키셔야 합니다. 관우가 친히 성을 치러 나오지 아니하고 별장을 협하(陝下)에 보내어 경솔하게 나오지 않는 것은 우리 군사가 뒤에서 습격을 할까 두려워하여 신중한 태도를 취하는 것입니다.”

만총의 말을 듣자 조인은 손을 모아 사례한다.

“만총의 가르치심이 아니었던들 차마 큰일을 그르칠 뻔했소이다.”

조인은 백마를 타고 성에 올라 장수를 모아 놓고 맹세한다.

“나는 위왕의 명을 받들어 이 성을 지킬 따름이다. 누구나 성을 버리고 가는 자는 참하리라!”

성 위에 궁노수 수백 명을 배치해 놓고 주야로 방호를 게을리

하지 않았다. 성안에 있는 남녀노소 할 것 없이 흙을 메고 돌을 날라서 위험한 성곽을 바로잡았다.

한편 관우는 아들 관흥을 성도(成都)로 보내서 한중왕(유비)을 뵙고 공을 세운 장수들에게 벼슬을 올리도록 아뢰라고 보내고 군사를 나머지 반은 협하로 보내고 반은 스스로 거느려 번성을 치러 나간다.

관우는 북문에 당도하자, 말을 세우고 채찍을 번쩍 들어 성위를 바라보고 꾸짖는다.

"너희들은 빨리 나와 항복하라!"

이때 조인은 마침 성 위에 있다가 관우가 단지 엄심갑(掩心甲)만 입고 청포(靑袍)를 걸친 것을 보고 급히 궁노수 5백 명에게 눈짓을 하여 관우를 향해 쏘라 했다.

5백 명의 궁노수들은 관우를 향하여 일제히 활과 쇠뇌를 쏘았다. 강한 쇠뇌는 관우의 오른쪽 팔뚝을 맞혔다. 관우는 외마디 소리를 치며 말 아래로 떨어진다.

水裏七軍方袭膽　수리칠군방구담
城中一箭忽傷身　성중일전홀상신

물속에 칠군은 담이 떨어졌는데,
성중의 한 대 화살이 관공의 몸을 상했네.

천하 명장 관우가 조인의 오백 궁노수의 비오듯 쏘는 화살에 바른 팔을 맞아 말 아래로 떨어지는 것을 보고 조인은 성문을 열고 군사를 거느려 쫓아 나온다. 이때 아들 관평이 급히 구하여 본진으로 돌아갔다.

급히 팔에 박힌 화살을 뽑아냈다. 화살촉에는 오두의 독약을 발라서 독이 퍼졌다. 띵띵하게 부어서 꼼짝달싹 움직일 수 없게 되었다. 관평은 어찌할지 몰라 급히 모든 장수를 청하여 의논한다.

관평은 여러 장수와 상의한 후에 관우가 누운 처소로 들어가 뵈었다. 관우가 상한 팔을 동여매 누웠다가 모든 장수가 들어오는 것을 보고 묻는다.

"어찌해 왔느냐?"

"장군께서 상한 팔을 가지고 적과 대결하실 수 없습니다. 잠깐 형주(荊州)로 회군하시어 조리하신 후에 다시 번성을 공격하는 것이 가한 줄 아뢰오."

관우는 크게 노하여 꾸짖는다.

"지금 번성을 취하는 일은 눈 깜짝할 사이에 달려 있다. 나는 번성을 취한 후 곧 군사를 거느리고 허도로 향하여 역적 조조를 소멸한 후에 한실을 편안케 할 작정이다. 지금 조그마한 상처로 인하여 큰일을 그르친단 말이냐? 너희들은 어찌하여 군심을 태만케 하느냐?"

모든 장수들이 관평(關平)과 함께 고개를 숙여 물러난다.

각처로 사람을 보내어 명의를 수소문했다.

하루는 한 사람이 강동에서 배를 타고 와서 관평에게 뵙기를 청한다. 군사는 곧 관평한테 보고하니 관평은 배 타고 온 사람을 맞아들였다.

관평이 보니 머리에는 방건(方巾)을 쓰고, 넓은 활옷을 입고 팔에는 푸른 행낭(靑囊)을 걸어매고 있었다. 관평은 인사를 청했다.

"당신은 누구신데 나를 찾아오셨소?"

푸른 행낭을 어깨에 둘러멘 도사는 미소를 지어 대답했다.

"나는 패국 초현군 사람인데 성명은 화타라 하고 자는 원화입니다. 관공께서는 천하의 영웅이신데 요사이 독화살을 맞으셨다는 소문을 듣고 특별히 치료해 드리러 온 길입니다."

"혹시 전에 동오(東吳)의 주태(周泰)의 병을 고쳐 주신 그 의원이십니까?"

"그렇소이다."

관평은 반가움을 참지 못해 말하였다.

"매우 반갑습니다."

어깨에 푸른 배낭(靑囊)을 메고 온 의원이 관우의 처소로 들어갔다.

이때 관우는 팔이 몹시 아팠다. 그러나 군이 태만해질까 하여 아픔을 참고 마량(馬良)과 함께 바둑을 두고 있었다.

관우는 의원이 왔다는 말을 듣고 들어오라 한 후에 차를 내어 대접했다.

화타는 즉시 관운장의 상한 팔을 보여달라 청한다.

"다치신 팔을 좀 보겠습니다."

관우는 소매를 걷고 팔을 내놓는다. 화타는 한동안 상처를 진찰한 후에 관공께 아뢴다.

"이 상처는 보통 화살에 상한 상처가 아닙니다. 활촉에 독한 약 오두(烏頭)를 발라서 독이 뼛속까지 스며들어 갔습니다. 빨리 치료하지 아니하시면 팔을 영영 쓰지 못하게 되십니다."

화타의 말을 듣자, 관우는 묻는다.

"그렇다면 무슨 약을 쓰면 좋겠소?"

"치료할 방법이 있습니다만, 군후께서 견뎌내실까 두렵습니다."

관우는 화타의 말을 듣자 빙긋 웃고 대답한다.

"내가 설마 겁을 내겠소. 내 나이 육십에 시사여귀(視死如歸 : 죽는 것을 고향에 돌아가는 것과 같이 여기다)인데, 무엇이 두렵겠소. 무슨 방법으로 치료를 하면 좋겠소?"

화타가 대답한다.

"조용한 곳에 큰 기둥을 세우고 고리를 기둥에 튼튼하게 박은 후에 군후의 팔을 고리에 끼워 밧줄로 묶어 놓고 뾰족한 칼로 살을 벗겨 냅니다. 그러한 후에 뼛속에 스며든 독을 마지막으로 긁어내야 합니다. 그러한 연후에 약을 바르고 상처를 꿰매서 치

화타와 관운장

료하셔야 합니다. 이렇게 해야만 뒤끝이 깨끗합니다. 다만 군후께서 아픔을 견뎌내실지 걱정됩니다."

관우는 화타의 말을 듣자 껄껄 웃으며 대답한다.

"팔쯤 긁어내는 데 기둥과 고리를 써서 무엇하는가……그대로 치료해 보시오."

"칼로 도려낼 때 너무나도 통증이 심해서 마비산을 드셔야 합니다."

“무슨……마비산은 필요 없소이다. 그 따위 통증이야 두려워할 내가 아니요.”

관우는 말을 마치자 영을 내린다.

“술상을 차려 오너라.”

관우는 화타와 마량을 상대하여 술을 서너 잔 마신 후에 마량과 바둑을 계속 두면서 팔을 들어 화타한테 내맡긴다.

화타는 오보를 불러 큰 동이를 관우의 팔 아래 받들게 한 후에 새파란 칼을 주머니 속에서 꺼냈다.

“곧 착수하겠습니다. 군후께서는 놀라지 마십시오.”

관우는 바둑을 두면서 태연히 대답했다.

“이미 그대한테 맡겨서 치료를 해달라 아니했소? 내 어찌 세간의 속된 무리처럼 아픈 것을 두려워하겠소.”

그러면서 바둑을 두기 시작했다.

바둑판에서는 돌 떨어지는 소리가 쩡쩡 울리고 있었다. 화타는 뾰쪽한 칼끝으로 관운장의 팔의 껍질을 벗기고 살을 헤치며 뼛속까지 칼이 헤집고 들어갔다. 이미 독이 뼛속으로 스며들어 있었으며 푸르뎅뎅했다. 화타의 날카로운 칼끝이 뼈를 박박 긁어낸다.

뼈를 긁어내는 소리가 사각사각 들려온다.

독을 제거하는 수술을 하는 화타의 이마에선 땀방울이 뚝뚝 떨어졌다. 적막은 흐르고 수술 칼로 뼈를 깎아내는 소리만 들렸다.

"사각 사각……"

관우는 수술통증이 심하여 몇 차례 정신을 잃을 뻔하였지만 입을 꾹 다물고 신음만 내며 아픔을 이겨내고 바둑을 두었다.

"음……음……!"

"관공, 괜찮으십니까?"

마량이 바둑을 두다가 관운장에게 묻는다.

"허! 허……윽……음……!"

바둑을 같이 두는 마량도 수술하는 모습을 보면서 바둑을 두지만 너무나 끔찍하여 신음만 낼 뿐이다.

옆에 있는 장수들은 칼로 긁어내는 소리에 소름이 끼치며 모두 얼굴을 가리고 외면을 하는데 관우는 태연했다.

"…………"

술 마시고 바둑을 두는 모습은 평상시 바둑을 두는 모습이었다. 몸의 흔들림도 없이 바둑을 두었다.

관우는 조금도 아픈 빛을 나타내지 아니한다.

관우는 통증을 참느라 얼굴에 땀투성일 뿐, 화타 역시 온 힘을 다해 팔의 독을 없애느라 얼굴에 땀투성이였다.

그의 팔에서는 독기를 머금은 피가 한 동이나 쏟아졌다.

화타는 칼로 뼈를 긁어 독한 기운을 말짱하게 뽑아 낸 후에 제독안신생육고(除毒安身生肉膏)를 바르고 다시 실로 꿰맸다.

"관공, 이제 다 되었습니다."

화타는 미소를 띠며 말한다.

관우도 껄껄 웃고, 자리에서 일어나 모든 장수에게 말한다.

"화타의원이 참말 용하군! 이제 팔은 전과 같이 맘대로 굴신할 수 있고, 조금도 아프지 않은 것 같군, 하하하……!"

"이제 다 되었습니다. 이제껏 치료하였지만 장군처럼 고통을 잘 참는 환자는 처음입니다."

"고마웠소, 선생은 참 신의(神醫)외다!"

"장군이야말로 명환자이십니다."

관우는 화타의 손을 덥석 잡는다.

"제가 의원 노릇을 한 지 수십 년에 군후같이 정중하신 분은 처음 뵈었습니다. 군후께서는 실로 천신(天神)이십니다."

관공은 자리를 베풀어 화타를 간곡하게 대접한다.

화타는 관우에게 아뢴다.

"군후께서는 비록 살 맞은 창독이 나으셨다고 하나, 앞으로 몸을 삼가셔야 합니다. 절대로 노기를 띠어 역정을 내지 마십시오. 앞으로 백 일이 지난 후에야 비로소 전과 같이 마음을 놓으셔도 좋습니다."

명의(名醫)와 명환자(名患者)의 잔잔한 대화는 주위에 있는 사람들의 감동을 주었다. 위험한 싸움터에도 주저하지 않고 관우를 찾아가서 치료하는 화타는 누구도 비교할 수 없는 긍휼한 마음을 가지고 있다.

관우는 화타의 수고를 갚으려 하여 황금 백량을 예물로 보냈다. 그러나 화타는 사양하고 받지 않았다.

“저는 군후의 높으신 의기에 감동되어 특별히 찾아온 것입니다. 어찌 사례를 받겠습니까?”

군이 사양하고 받지 아니하면서 수술한 자리에 한 번 더 바르라고 가루약을 전한 후에 작별하고 떠나간다.

후에 화타와 관우 사건이 한 수(一首)의 시로 씌어졌다.

치료받는 관운장

治病須分內外科　치병수분내외과

世間妙藝苦無多　세간묘예고무다

神威罕及惟關將　신위한급유관장

聖手能醫說華陀　　성수능의설화타

치료함에 있어 내외과로 나눠야 하지만
세상 어디 신묘한 의술 가진 이 있으랴.
신적인 명장으론 관운장이 유일하고
신비한 의술로는 화타가 꼽힌다네.

9. 결거허창(决去許昌)

비법을 저술하는 화타

화타는 처방약은 면밀하고 처방을 내릴 때는 약 종류가 많지도 않으며 약의 양도 사람마다 맞게끔 정확하게 하였다. 환자에게 약을 줄 때는 거의 저울을 사용하지 않을 만큼 정확한 손대중으로 조절하였다. 또한 침과 뜸도 가히 일색이어서 침구술(鍼

灸術)은 누구도 따라올 수 없을 정도였다.

그는 진단에 있어서도 망진(望診) . 문진(問診) . 문진(聞診) . 절진(切診), 즉 사진(四診)에도 정확하여 병의 상태와 병자의 상황을 근거하여 다양한 치료방법을 가려 사용하였다. 병의 상태에 따라 탕약(湯藥)을 쓰거나 수술을 하거나 침과 뜸을 사용하든지 또는 다른 방법으로 사용하였다. 이러한 방법은 특별히 간편하여 어떤 병에 대하여서는 단 한 번 침으로도 효과를 보아 고통을 없게 하였다.

그가 침을 놓을 때는 두세 가지 경혈자리를 선택하였으며 뜸도 사용하였다. 뜸을 놓을 때는 매번 7~9장(壯)을 떴다. 뜸을 한번 놓을 때를 한 장(壯)이라고 한다. 그것은 몸을 튼튼하게 한다는 장(壯)을 사용하였다. 오직 침과 뜸이나 탕약으로 안될 때는 그가 직접 수술을 시행하였다.

어느 사대부(士大夫)가 언제나 복통이 있어 약을 먹고 침을 맞아도 아무런 효과를 볼 수 없었다. 그는 자기가 내장에 병이 있다고 생각하고 근심하였다. 그는 사람을 보내 화타를 청하였다. 화타는 환자 집에서 환자를 진단한 후에 침을 놓았더니 통증은 없어졌다.

그의 가족들은 사람들에게서 들은 소리로서 수술을 하며 병의 뿌리마저 뽑아낼 수 있게 화타에게 철저히 치료했으면 좋겠다고 하였다. 그러나 화타는 생각하며 말을 하였다.

"이 병은 일반적인 외과 병과 달리 수술하여도 10년밖에 못 삽니다. 그러기에 칼을 대는 고통이 없어도 됩니다."

환자는 화타에게 매달렸다.

"의원님, 저는 고통은 상관 안하셔도 됩니다. 병의 고통만 제거하면 되기에 일 년을 살아도 괜찮으니 수술을 해주셔요."

화타는 할 수 없이 환자에게 복부 수술을 하였다.

수술 후, 환자는 반복적으로 발작하였던 복통은 없어졌다. 그 후 화타가 말한 대로 10년 후에 그는 세상을 떠났다.

화타의 제자는 열심히 스승의 의술과 의덕(醫德)을 배워나갔다. 제자들 각기가 서로 다른 기술과 지혜가 있었다. 번아(樊阿)는 침구술을 좋아하였다. 스승이 환자에게 침을 놓을 때 그는 언제나 조수로 있어 화타의 침구술을 배웠다.

그는 스승의 침구술인 제(提)법 . 전(轉)법 . 염(捻)법 . 삽(揷)법 등의 다양한 수법(手法)을 관찰하였다. 어떤 때는 스승의 가르침으로 신속히 침을 꼽으며 침으로 통하는 기를 느끼게 되었다. 침으로 느끼는 기는 마(痲) . 산(酸) . 창(脹) 등의 침의 감각을 느낄 수가 있었다. 화타는 그에게 말하였다.

"이것이 득기(得氣)라고 한다. 《내경(內經)》에는 '자지요(刺之要), 기지이유효(氣至而有效)'라고 기재되었다."

이어서 화타는 그에게 말하였다.

"이것은 침을 찌를 때 중요한 것은 기가 통해야 만이 효과를 볼 수 있다는 것이다."

만약 침을 놓아도 환자가 감각이 없으면 그는 곧 침을 다시 위치를 바꾸어 놓아야 되며 반드시 득기(得氣)를 얻어야 한다고 강조하였다. 화타는 번아에게는 침구술(鍼灸術)을 엄격하게 가르쳤다.

"인체에는 음과 양이 있는데 항상 음과 양이 같이 조화를 이루어야 한다. 이것을 음양평비(陰陽平秘)라고 한다. 이때가 인체가 가장 건강할 때이다."

화타는 재삼 타일렀다.

"만에 하나 인체에 침을 잘못 놔서 해치는 용의(庸醫)가 되어서는 안 된다."

번아에게 침구의 의학이론을 철저하게 가르쳐 치료하는 데 잘 쓰게 하였다. 화타는 재삼 제자들에게 강조하여 돌팔이 의원이 되지 말기를 다짐했다.

번아에게는 아주 엄격하게 사람의 몸을 음양평비(陰陽平秘)하여야 한다고 하였다. 만약 음양을 조절하지 못하면 치료가 안된 것이다, 라고 말하였다.

번아는 화타가 준 인술에 큰 감명을 받았다.

독우(督郵) 관직을 담당하는 서의(徐毅)라는 사람이 있었다. 독우는 향현(鄕縣)을 감찰하는 대표 태수로 명령을 전달하고 죄수를 감옥에 잡아넣거나 압송하는 등의 일을 하는 대표 태수이다. 서의는 해수(咳嗽)가 있다고 병의 상태를 화타에게 설명하였다.

"어제는 유(劉) 의관(醫官)에게 치료를 받았습니다. 그가 침을 놓으니 가슴이 답답하고 기침이 멎지 않고 잠을 통 못 이루었습니다……"

화타는 그의 옷을 벗기고 어제 유의관에게 침을 맞은 부위를 살펴보았다. 다시 환자를 눕히고 자세히 검사하였다. 또 환자의 반응을 관찰한 후에 화타는 침을 놓지 않고 약 처방도 적지 않았다. 그는 자리를 뜨면서 환자 가족에게 낮은 목소리로 말을 하였다.

"어제 침을 놓을 때 침이 간(肝)을 찔러 가슴이 답답하고 기침이 나며 만약 심하여 대변에 하혈을 한다면 생명이 아주 위험합니다."

그는 집으로 돌아오는 동안 마음이 매우 침울하였다. 그 의관은 옛적 방법으로 척추골(脊椎骨) 정중앙에서 옆으로(傍開) 혈자리를 잡아 침을 깊게 넣어 간장을 상하게 하였다.

"그래 《내경(內經)》 극금론(棘禁論)에 '간장을 찌르면 5일 내에 죽으며, 폐를 찌르면 3일 내에 죽으며, 심장을 찌르면 하루 만에 죽는다' 라고 하였는데……"

이것은 내장을 상하게 하지 말라는 것을 강조하였는데, 내장을 상하면 예후가 안 좋다는 것이다.

5일 후에 서의는 가슴이 답답한 흉민(胸悶)이 심하여지더니 결국에는 세상을 떠났다. 화타는 간장을 찌르면 생명이 위급하여진다는 것을 확인하게 되어 의학의 이치와 완전히 일치가 되었다. 그러므로 침으로 간장을 놓을 때는 비록 작은 혈자리라도 침을 꽂을 때 근육에 고정이 되어 있고 간이 횡격막에 따라 올라갔다 내려왔다 하여 침이 간장을 찢어놓아 출혈이 생기며 사망에 이르는 것이다.

화타는 몇 환자의 취혈(取穴) 방법을 번아에게 주의를 주었다. 그는 몇 차례의 취혈(取穴) 방법이 아주 중요하다는 것을 발견하였다. 비록 다른 병을 치료하더라도 취혈 시에는 같은 규칙이 있다는 것이다. 사실은 기침환자를 치료할 적에 번아는 이런 문제를 발견하였다.

어느 날, 이장군(李將軍)의 부인이 항상 복부와 허리에 동통(疼痛)이 있으며 온몸이 맥이 없었다. 장군은 여러 의원들에게 치료를 받았지만 효과를 보지 못하였다. 뿐만 아니라 병의 원인조차 알지 못하고 있었다.

이리하여 소문을 듣고 이장군은 화타를 청하였다.

화타는 진맥 후 말하였다. 그는 숨을 죽이며 맥을 보았다.

"어디가 아픈가요?"

"아랫배가 아파요."

"부인의 맥을 보니 태아가 뱃속에 있습니다."

“예?”

“태아가 뱃속에서 나오지 않아서 오는 통증입니다.”

“무슨 소리 하는 거요?”

이 장군은 이상하게 생각하였다. 부인이 몸이 아픈 것은 맞지만 태아가 있다는 화타의 말에는 도무지 이해가 가지 않았다.

‘이거 소문과 달리 돌팔이 아냐!’

그는 화타를 깔보기 시작하였다.

“말도 안 됩니다. 내가 의원을 잘못 봤군요. 소문에는 부인병을 잘 본다기에 청하였는데, 다른 의원보다도 형편없구먼.”

이제는 이장군이 화타에게 말을 놓기 시작한다.

“그만두시오……분명 의원은 태아가……”

“맞습니다, 장군님.”

“요즘은 아무나 다 의원이래서……”

“아니 무슨 말씀을 하십니까, 장군님?”

이장군은 화타를 깔보는 것 외에 하대까지 하였다.

“의원, 우기지 말게나.”

“장군님, 무슨 말씀이온지?”

“아내가 임신하였던 것은 사실이네.”

“맞습니다, 장군님.”

“그러나 요 며칠 전에 층계에서 넘어져 심하게 배에 충격을 받아 며칠 전에 유산한 상태요.”

“다시 한 번 맥을 보겠습니다.”

화타는 이장군의 말에 다시 맥을 잡았다. 모든 신경을 한 군데 모아 세심하게 맥을 보았다. 화타는 고개를 갸웃거렸다.

화타의 얼굴에 석연치 않은 빛이 역력했다. 화타는 잠시 팔짱을 끼고 눈을 감으며 깊은 사색에 잠겼다.

"진맥을 했다면 무슨 말이 있어야 될 게 아니오. 부인의 용태는 어떤가?"

이장군은 기다리다 못해 답답해하며 독촉을 했다.

"왜 가만히 계시오. 무슨 큰 병이 있는 거요?"

가만히 있는 화타에게 채근하였다.

"……"

화타가 말을 안 할수록 이장군은 점점 성질이 나 있었다.

"틀림없이 태아가 나오지 않았습니다."

화타는 의연히 자기 의견을 말하고 있었다.

그 이유는 맥을 보니 척맥(尺脈)의 맥이 활맥(滑脈)으로 태아가 아직 나오지가 않았다고 말했다.

"확실한가?"

"그렇습니다."

"자네, 놀리는 건가?"

"아닙니다. 확실합니다."

"며칠 전 유산될 때 내 이 두 눈으로 분명히 확인했는데?"

"……"

"이 사람이 누굴 능멸하려고 드는가? 장담할 수 있는가?"

"그러합니다."

"태아가 뱃속에서 나오지 않았다니, 오진도 터무니없는 오진이 아니겠는가!"

"분명합니다. 내 진단은 틀림없습니다."

화타가 자신 있으면 자신 있을수록 이장군은 더욱 더 발끈하였다.

"유산되어 매우 속상한데, 말도 되지 않는 소리를 하는군. 내 눈으로 똑똑히 보았다니까?"

소리를 버럭 지르는 이장군의 얼굴은 상기되었다.

"의원 말을 믿으셔야 합니다."

"점점……그따위 돌팔이 소리 작작해. 하인들도 웃겠구먼, 나 참. 말이 되는 소리를 해야지. 요즘 의원이라는 작자들은 자기 명예를 내세우려고 허무맹랑한 소리를 하고 있구먼."

화타는 대놓고 무시하며 소리치는 언행을 하는 이장군을 바라보았다.

"내 원 참 별소리를 다 들어보겠네."

이장군은 전적으로 오진이라 생각했으며 화타의 의술을 의심했다. 화타는 자신의 소신을 확실하게 말하였다.

"딴 데 가서 그따위 진맥을 했다간 맞아죽기 십상이네. 도대체 말이 되지도 않을 뿐만 아니라 뚱딴지같은 소리를 하다니. 게다가 며칠 전에 유산되었다는 이야기도 했는데, 한심한 의원이구먼."

“……”

갖은 모욕적인 말에도 화타는 입술을 꾹 다물고 있었다.

“진짜 실망했네, 실망했어. 명의니 신의니 하는 소문이 자자한 화타 의원이기에 일부러 불렀더니 이거야 원 동네 돌팔이 의원만도 못하지 않는가!”

이장군은 화타에게 모욕적인 언사를 서슴지 않았다.

이장군이 더 큰소리를 치니 이제는 옆에 있던 장모도 거들었다.

“여보시오, 화타 의원, 내 딸이 유산하여 손자를 못 보는 것도 분통 터지는데 그따위 진단으로 가슴에 왜 불을 지르시오. 지르긴……”

“저는 진맥에 나타난 것을 말할 뿐입니다.”

“아니 이 사람이 도대체……무슨 말을 하는가. 내 이 두 눈으로 유산된 죽은 태아를 보고 또 내가 처리했는데……?”

“……”

“그래도 우기시겠소?”

장모가 열을 올려 화타의 진단을 오진이라고 나무라는 것을 본 이장군은 더 화가 나서 말하였다.

“실력이 없다면 실력 없다고 말하시오. 실수는 있을 수 있는 법. 원숭이도 나무에 떨어질 때가 있는 것이오. 괜히 자꾸 그렇게 우기다간 내가 소문을 낼 것이요, 화타는 돌팔이라고.”

점점 더 화타에게 반복하여 잘못을 시인하도록 하였다. 치밀어 오르는 화를 가까스로 억누르면서 화타를 쏘아보았다.

"내가 전번 온 의원에게 매달릴 것을 괜히 명의다 신의다 하는 당신을 모셨으니 참 내가 안타깝소, 이제 솔직히 시인하시오. 자신이 없다고……"

화타는 장군의 말에 몸을 안정하고 통증을 없애는 한약을 처방해 주고 그 자리를 떠나갔다.

"내 말 안 듣고 치료 안하면 열흘 후에도 크게 아플 것이오."

화타가 떠난 후에 부인은 화타의 처방한 약을 달여 복용하였다.

"아니 그 돌팔이 처방을 왜?"

"그래도 그분은 이름이 난 의원이 아니요?"

"무슨, 이름이 나면 뭘 해, 돌팔인걸."

부인은 한약을 복용하고 통증이 점점 없어졌다.

이장군 아내의 용태는 차차로 호전돼 건강을 되찾은 듯 통증이 없어져 이장군은 화타의 오진을 확신하기에 이르렀다.

"그래도 처방한 한약이 듣나보군. 이렇게 좋아지는데, 무슨 허튼 진단을. 무슨 태아가 자궁에 있나? 이렇게 약만 먹어도 통증 없고 편해졌는데..."

이장군은 통증이 없어졌다는 부인의 말을 듣고 치료가 된 것으로 믿었다.

그 후 열흘쯤 지나자 이장군의 부인은 복부와 허리에 통증이 나타났다. 통증은 전보다 더 심하였다.

“여보, 허리가 끊어질 것 같고 아랫배가 너무 아파요, 못 참겠어요.”

“잠깐, 전에 화타 의원이 분명 열흘쯤 지나면 아플 것이라고 했지?”

“맞아요. 그러네요.”

“그러면 오늘이 열흘이 되는데……”

“그럼, 화타 의원을 부르세요.”

“그런데……”

“여보, 또 통증이 심해져요, 여보!”

화타에게 하대하며 돌팔이 의원이라고 매도했던 이장군도 부인이 아프다고 하니 은근히 마음이 쓰였다.

“그런데……”

“여보!”

부인이 소리를 치자 할 수 없이 부랴부랴 화타를 부르게 되었다.

화타는 조금도 싫은 기색을 보이지 않은 채 이장군 댁에 가서 이장군에게 인사하였다.

“부인이 다시 복통을 하네요.”

“우선 진맥부터 해봅시다.”

화타는 이장군 부인을 진맥을 하였다.

“……”

진맥하는 순간이 매우 긴장된 나머지 이장군은 숨소리마저도 내지 않고 있었다.

"어떻습니까, 의원님?"

이장군은 지난번과 다르게 공손한 말씨로 질문하고 있다.

"전번 유산과 관계가 됩니까?"

화타는 조용히 부인을 진찰하며 눈을 감고 있었다. 이장군이 묻는다.

"왜 아프다고 하죠?"

화타는 그저 묵묵히 맥을 잡고 있었다.

'아니 무슨 말이라도 해줘야지, 이거야 답답해서 견딜 수가 있나.'

이장군은 화가 치미는 것을 꾹 참고 있었다.

'아니, 이 자가……'

화타는 말이 없었다. 그저 묵묵히 이장군의 아내를 조용히 진찰하고 있었다.

"제발 무슨 말을 좀 해보시오. 이거야 답답해서 원……"

이장군은 점점 의심이 가기 시작하며 심기가 불편해진다.

"아니 말씀해 보셔요. 왜 통증이 시작하는지……"

화타는 조용히 말했다.

"부인의 맥은 그전과 변함이 없습니다."

"뭐라고요. 전번과 똑같은 이야길 하다니……"

"예, 맞습니다."

"전에 분명히 말했잖아요. 내 눈으로 확인하였다고."

"내가 말씀을 드리지 않았습니까?"

"글쎄. 내가 유산된 태아를 봤다고 했잖아요."

언성이 높아지며 말하였다.

"내 진맥엔 틀림이 없습니다."

"아니 이제 보니 순 엉터리구먼. 전번에는 오진이 돼도……이번에는 잘하리라 믿고 불렀는데 도대체 믿을 수가 없구먼."

"지금 태아가 죽어 자궁에 있습니다."

이제는 분노로 입술이 흔들리고 안면에 경련이 일고 있었다.

"이 자를 끌어내라."

"이장군, 부인이 위급하오. 잠깐 기다리시오."

"무슨 짓을 하려고?"

"침을 놓아야 합니다. 위급합니다."

"침을 놓다니?"

"지금 안 놓으면 부인은 위태로워집니다."

"……"

화타는 침통을 꺼내 침을 합곡혈(合谷穴)과 삼은교혈(三阴交穴)에 놓았다. 그 어려운 혈을 찾아 온갖 신경을 집중시키고 있었다. 모체에 유착해 있는 죽은 태아를 몸 밖으로 내보내기 위해서였다.

오래지 않아 부인은 더욱 더 아랫배가 아팠다.

"이거 봐, 더 아프다잖아!"

"이장군! 부인 뱃속에 아직도 태아가 남아 있습니다. 잠깐 기다려 주셔요."

"아니 또 헛된 말을?"

"여보, 여보!"

"왜?"

"아니 나는 아픈데 왜 그리 소리를 지르고 있어요. 화타 의원 말대로 하셔요."

부인은 또다시 출산할 것 같았으나 출산을 못하고 있었다.

"부인은 쌍태(雙胎)였습니다."

"뭐라……!?"

"쌍둥이였습니다."

"멋이 어쩌고 어째? 이 자가 변명이 궁해지니까 이제 쌍태까지 들고 나와!"

"진정하고 내 말을 차근차근 들어보시오, 이장군."

"말이 말 같아야……"

"그래도 들으셔야 합니다."

"그래 말해보시오."

"죽은 태아는 복중에 있는 시간이 오래되어 빨리 출산이 안 된 것이요. 먼저 유산된 태아가 사산한 다음 출혈이 너무 심해 따라 나와야 할 태아가 나오지 못한 것이요."

"그만하시오. 진찰이 잘못된 것이라고 실토하고 사과하시오."

"사과라니요?"

"사과하면 너그럽게 용서할 것이지만, 끝까지 우기면 나도 가

만있지 않겠소."

"지금 침을 놓았으니 조금 기다려 봅시다. 왜 이리 과격하시오."

"아니 이제는 나보고 과격하다고? 정말 이 사람이!"

이장군은 완전히 이성을 잃은 상태였다. 부인은 소리를 지르다가 기진맥진되어 있었다.

"여보, 여보!"

화타는 미리 지어온 첩약을 달이게 하였다.

"이번에는 첩약이요?"

이장군이 분노에 치를 떨며 삿대질을 해가며 악을 써댔다.

"감정으로 치료를 늦추어서야 되겠습니까? 마음껏 나를 욕하시오. 그러나 나는 오직 치료만 하면 돌아갈 것이요."

"만약 치료가 안 되면 어쩔 것이요."

"의원은 환자를 놓고 장담은 안합니다. 오직 성심껏 치료할 뿐입니다."

"점점, 이제는 발뺌까지 하고……"

"지금 부인이 위급합니다."

"아니 부인이 위급하다며 나에게 공갈을 치는가?"

"장군 그리도 화가 납니까? 나는 치료하는 의원이요. 어찌 환자가 잘못되길 바라겠소."

"만약 당신이 오진으로 내 처가 시간을 놓쳐 죽는다면 어쩔 것인가?"

"환자를 놓고 내기를 안 합니다."

"어라!"

"정 그렇다면 만약 오진이라면 장군 맘대로 하시오."

"분명히 내 맘대로라 하였겠다."

"그렇소!"

"좋다! 오진일 때 곤장을 칠 것이다. 그리고 내 다리 사이로 걸어가거라. 그래도 좋으냐?"

"좋도록 하십시오."

이장군의 직성이 풀리도록 벌하십시오."

"좋다! 오진이었을 경우엔 곤장 백 대를 때려 내칠 것이다. 그래도 좋으냐?"

"곤장 백대가 무서워 위급한 환자를 버려두고 달아난 데서야 의원의 체통이 뭐가 되겠습니까? 좋도록 하십시오."

"후에 군말하지 말라!"

"나에게만 벌을 주는 것은 공평치 못합니다."

"그럼, 어떻게?"

"내 진단이 맞는다면 어떻게 할 것입니까?"

"좋다! 당신의 진맥이 옳고 태아가 나온다면 금을 천금을 주고 그대를 업고 성내를 돌며 '화타는 명의다'라고 소리 높여 외치겠소."

"분명합니까?"

"남아 일언 중천금이니라."

"좋습니다. 우선 천금을 준비하고 계십시오."

"이때 하인이 정성껏 달인 약사발을 은쟁반에 받혀 엉금엉금 기다시피 들고 들어왔다."

"약! 약을 다 달였으면 갖고 오시오."

화타는 약의 농도를 눈짐작으로 확인한 후 이장군 부인에게 복용토록 했다.

이장군의 하인과 부하들이 이러한 광경을 보고 앞으로 어떻게 될 것인지 숨을 죽이고 있었다.

이장군은 화타를 지켜보며 씩씩거리고 있었다.

화타는 침착히 삼음교혈과 합곡혈에서 침을 뺐다. 한 치의 오차도 없이 정확한 혈자리는 어느덧 환자가 통증이 적어졌다.

"정말 쌍태였을까?"

이장군의 장모는 너무나 당당하게 말하는 화타의 말에 의구심을 갖게 되었다.

"악!"

부인은 심한 복통을 호소하였다.

이장군은 자리를 박차고 부인께 다가갔다.

"이제는 이 자가 내 아내 목숨까지 빼앗아가는 것이 아닌가?"

"……"

'만약 내 처 몸에 무슨 일만 있어봐라!'

"조금 계셔보셔요."

"일이 잘못되기만 해봐라 널 능지처참하리라."

"악!"

다시 한 번 비명소리와 함께 하혈과 더불어 어떠한 물체가 몸 밖으로 나왔다. 죽은 태아의 모습이었다. 이장군과 장모는 기성 아닌 탄성을 올렸다.

"아! 이런?"

화타의 진맥대로 역시 쌍태였던 것이다.

"이제 목숨은 구했소. 큰일 날 뻔했소."

"용서해 주시오! 무례한 죄를…"

무릎을 꿇은 이장군은 눈물을 흘리며 큰 절을 했다.

"……"

화타는 인자한 미소를 머금은 채 조용히 일어섰다.

"아내를 구해주셔서 진정으로 감사드립니다."

"내가 빨리 회복할 수 있는 첩약을 보내드리리다. 유산하면 출산보다 몸이 더 허하여지기에 몸을 보하여야 합니다."

이장군은 그제야 화타에게 존경어린 말을 하였다.

"약속한 천금을 드리겠소이다."

"허허……괜찮소이다."

"내기에 져서가 아니라 제 처를 살려주어 사례를 하고 싶습니다."

"그럼 천분지 일만 내시오."

"천분지 일을 내다니요."

"나는 돈을 벌려고 하지 않았소. 그러나 천분지 일이면 됩니다."

"아니……?"

"그 돈은 불쌍한 사람들에게 나눠 주시오."

화타는 이장군 집의 대문을 나섰다. 이장군은 며칠 동안 머물도록 붙잡고 싶었는데 화타는 마다하고 나왔다. 문 밖까지 나와서 배웅하였다.

화타는 환자들에게 배신을 당하면서 그의 투철한 박애정신의 꿈을 버리지 못하고 또 다시 배신당함을 알면서도 새로운 치료의 개발을 끊임없이 연구 정진하고 있었다.

어쩌면 그것은 물질에 대한 욕심 없이 오직 질병에 대한 복수심이었다. 질병이 선한 백성들의 생명을 빼앗아간다는 것에 대한 것이었다.

같이 따라간 이당지(李當之)는 스승에게 물었다.

"저는 마음이 두근거렸습니다."

"그랬구나. 전에 감릉(甘陵)의 상부인(相夫人)이 임신 6개월이었던 적이 있단다."

감릉은 지금의 임청(臨淸)이다.

"그래서요?"

"그때도 태아가 죽어 유산이 되었지. 그때도 매우 힘들었단다."

"저는 이장군의 서슬 퍼런 얼굴 때문에 약을 달이기가 힘들었어요. 다리가 풀려서……”

“하하, 옛날 편작이라는 의원이 있었지. 그분은 부인병을 잘 보아서 대하의(帶下醫)라고 불리었단다.”

“대하의라니요?”

“대(帶)는 허리띠을 말하고 하(下)는 아래라는 뜻으로 부인병을 전문으로 고치는 의원을 말한단다.”

“그렇군요.”

“대하의는 정확한 진단과 증상에 따라 약을 쓰는 것에 매우 조심해야 한단다. 특히 다른 질병보다도.”

어느 하루, 한 환자가 절룩거리며 화타에게 찾아와 치료를 원하였다. 그는 말했다.

“다리가 연약해서 힘이 없어진 지 이미 며칠이 되었습니다.”

화타는 진맥을 한 후 환자에게 옷을 벗으라고 하여 그의 등에 여러 군데 혈자리를 잡았는데 상하거리가 1촌 혹은 5푼이었다. 번아는 이 부위에 뜸을 떴는데 매 군데 7장씩 떴다. 뜸자리가 아물 때에 병은 나았다. 환자의 다리는 전과 같이 치료가 되었고 환자의 등에 1촌 상하로 두 줄로 된 줄을 친 것 같은 뜸자리가 있었다.

많은 환자를 치료하고 확실한 치료효과를 알게 되어 화타는 기뻐하며 번아에게 말하였다. 이런 취혈(取穴) 방법은 책에는 없다. 그는 서의가 침을 잘못 맞아 죽은 병을 예로 들어 연구해 일종의 가장 안전한 침구 혈위(穴位)였다.

그는 한 장의 종이에 혈도를 그리고 번아와 다른 두 제자에게 설명을 하였다. 그가 발견한 혈자리는 제1흉추에서 제5요추까지 모두 17개 척추까지 척추 극돌기 밑에서 옆으로 5푼 자리를 발견하였다. 좌우 모두 34개였다. 화타는 제자에게 설명하였다.

"흉추 부위는 똑바로 찌르는 직자(直刺)로 0.5~1촌을 자입하고, 요부는 직자 1~1.5촌을 자입(刺入)한다."

번아가 묻는다.

"그 34개는 어떨 때 사용하나요?"

"흉추 1번째에서 3번째까지는 팔의 질환, 즉 상지질환(上肢疾患)을 치료하고 흉추 1번에서 8번째 흉추까지는 흉부질환(胸部疾患)을 치료한다. 흉추 6번째에서 요추 5번째까지는 복부질환을 치료하고 요추 1번에서 5번째까지는 하지질환을 치료한다."

"이것을 무엇이라고 하나요?"

"글쎄, 등뼈 옆에 끼어 있으니 협척혈(夾脊穴)이라고 하여야 하겠군."

그리하여 이 혈을 화타협척혈이라고 하여 지금까지 내려왔다. 화타협척혈은 지금의 척수신경분포와 같아 화타는 그 당시 척추의 분포된 신경을 알고 화타협척혈을 만들었을까?

후세에 화타의 침구 방면에서 나타난 이 공헌을 기념하기 위하여 이 혈위를 화타협척혈(華佗夾脊穴)이라고 불렀다. 현대 인체 해부학에 근거하여 흉추가 12개가 있으며 흉추의 거리는 길고 짧은 것이 있다.

"스승님! 혈위를 찾을 때 어떻게 하여야 할까요?"

"단직균조 여인승(端直均調 如引繩)이니라. 즉 끝이 똑바르고 골고루 조화를 이루는 것이 마치 노끈을 잡아당기는 것 같다는 말이다. 혈자리와 혈자리 간의 거리는 같지 않다. 이것은 인체 구조의 특점과 완전 부합된다."

"그러면 어떤 증상을 치료할 수 있나요?"

"그 부위에 따라 해수(咳嗽), 천식(喘息), 요배(腰背) 부위의 쑤시고 아픈 만성질환을 치료하는 데 사용할 수 있다."

화타는 의학사상 위대한 성과를 얻게 되었을 때 그의 명성은 더욱 높아지고 있었다. 그때는 화타의 고향사람 조조의 위세가 천하에 떨치고 있었다. 조조는 청주(青州)에서 황건적(黃巾賊)을 격파하여 황건적 30만 명을 항복시킨 후 군사력이 더욱 강대해졌다. 그가 병사를 거느리고 한헌제(漢獻帝)를 협박하여 허창(許昌)에 와서 천자(天子)를 옆에 두고 제후(諸侯)들을 호령하여 정치를 휘두르고 있었다. 그는 또 인재를 모집하는 것과 주둔한 곳의 영향력을 강화하였다.

화타가 광능(廣陵)에서 병자들을 치료할 때, 광능은 지금의 강소성(江蘇省) 양주시(揚州市) 일대이다. 어느 날, 왕진 도중 우연히 길에서 울고 있는 여인을 보았다. 여인은 도로변에 서서 양손으로 얼굴을 가리고 매우 아파하는 모습이었다.

"여보세요, 왜 그러셔요?"

"저, 벌에 쏘여 매우 아파요!"

화타가 보니 여인의 얼굴 반쪽이 벌겋게 부어올랐다.

"매우 심하군요."

"예. 아파 죽겠어요."

"빨리 가서 이끼를 찾아 벌에 쏘인 부위에 붙이세요. 습지에 있는 녹색 이끼가 매우 효과가 있어요."

"예?"

여인은 반신반의하며 아픈데 가만히 앉아 있을 수가 없어 즉시 녹색 이끼를 찾으러 집으로 돌아갔다.

그 후 이틀이 지나 화타는 제자를 데리고 밖으로 나가다 웃으면서 걸어오는 그 여인을 만났다.

"전날에 정말로 감사했습니다. 녹색 이끼를 붙이니 과연 효과가 좋더군요. 존함을 알려주십시오."

옆에 있던 제자가

"이 분이 화타 선생이십니다."

"예? 유명한 화타 선생이시군요. 역시 처방을 쉽게 하여서 효과를 보았습니다."

부은 것도 빠지고 상처도 완전히 아물어 완전히 나았다. 화타는 매우 기뻐하며 제자에게 얼굴을 돌리며 입을 열었다.

"이끼는 해독을 하고 부기를 빼는 데 효과가 좋단다. 우리가 약으로 사용하여도 되지."

"스승님, 책에는 이끼에 대한 효능이 안 나와 있는데 어떻게 아셨어요?"

"음, 이유가 있지. 어느 여름날……"

화타가 입을 열었다.

"어느 날, 내가 뜰에서 휴식을 취하고 있을 때 큰 벌이 거미줄에 걸려 있는 것을 무심코 보았다. 거미줄의 거미가 한 발짝 한 발짝 큰 벌을 향해 기어가고 있었다. 거미는 큰 벌을 감으려고 실을 토해내고 있었다. 거미줄에 걸린 벌도 만만치 않아 쉽게 거미의 밥이 되지 않았다. 오히려 벌이 거미를 독을 쏘아 거미가 벌침에 맞아 거미의 배가 부풀고 거미줄 밑의 파밭으로 떨어졌다. 거미는 다행히도 이끼가 낀 곳으로 떨어졌다. 이상하게도 거미가 이끼 위에 이리 구르고 저리 구르더니 부은 기가 빠지고 다시 거미줄을 타고 올라가 벌에게 공격을 하였다. 벌은 살려고 결사적으로 저항을 하여 거미의 배를 공격하여 또 배가 부풀고 떨어졌다. 거미는 또 이끼 위에 구르고 또 공격하고 몇 번을 공격하더니 마침내 벌은 거미의 밥이 되었다. 벌의 독은 화(火)의 성질이 있는데, 이끼는 찬 량(凉)의 성질이 있어 독을 해독하고 부기를 빼는 소종(消腫) 작용이 있다. 이끼의 이런 실험을 통해 나는 과연 틀림이 없다고 판단을 하였다."

화타의 사물을 관찰하는 능력과 주의력에 제자는 탄복하였다.

화타는 계속해서 말을 하였다.

"나는 그 후 확실하게 정확히 녹태(綠苔 : 푸른 이끼)의 성분을 알고자 큰 말벌을 잡아서 내 팔에 놓고 쏘게 하였다. 쏘인 부분이 금방 부어오르고 통증이 있었단다. 한줌의 푸른 이끼를 부어오른 팔에 붙이니 통증도 없고 부은 것이 사그라졌단다."

화타는 제자 이당지에게 지시를 했다.

"녹태에다 백작약을 가하여 몇 가지 약초를 가미하여 고약을 만들자."

"네?"

"그래 고약을 만들어서 많은 사람들이 벌에 쏘일 때 간편하게 사용하게 하자."

화타가 만든 그것이 녹태고(綠苔膏)였다. 녹태고는 푸른 이끼와 백작약이 주 약재이다. 녹태고는 《화타신의비전(華佗神醫秘傳)》에 수록하지 않았지만, 패현(沛縣) 일대에는 구전으로 내려오게 되었다. 화타는 세심한 것까지도 소홀히 하지 않고 관찰하여 발견하였고 어떤 것에도 고집하지 않고 옛 고인의 치료법과 경험에도 제한하지 않았다. 이렇듯 대담히 탐구하는 태도는 본받을 만하였다.

서기 200년 조조는 건안(建安) 5년에 관도[官渡 : 지금의 하남성 중모현(中牟縣)]에서 북방지역의 강대한 세력인 원소(袁紹)의 군대를 격파시킨 후 또 점차적으로 북방을 통일시켜 큰 소리를 쳐 바람과 구름을 일으키는 대단한 위력의 인물이 되었다.

전쟁에서 연속적으로 거듭 승리를 하여 조조는 더욱 의기가 양양했다. 그러나 장기간 긴장된 전쟁생활과 과도한 바쁜 일정 속에서 끝내 조조는 신체가 쇠약하게 되었다. 그는 심한 편두통에 걸려 치료해도 낫지 않았다.

여러 시의한테 치료를 받았지만 별 효험을 못 보았다. 그리하여 조조는 방을 붙였다. 조조는 소문으로만 듣던 고향의 화타를 생각하였다.

「편두통을 치료할 수 있는 명의를 구함」

오랫동안 강호(江湖)를 돌아다니며 의술의 경험방을 습득해 도처에서 치료하며 약을 팔고 다니는 돌팔이 의원 육긍(陸矜)이 허창에 오게 되었다. 조조가 편두통으로 고생한다는 소문을 들었고 또한 방을 붙여 놓은 것을 보았다.

'그래 이번에 출세할 좋은 기회다. 조조의 편두통을 치료해 출세해 보자.'

그는 자신의 의술로 조조의 편두통을 치료하여 권세와 재물을 갖게 되는 좋은 기회로 생각하고 군영(軍營)으로 찾아갔다.

의관인 웅립이 육긍을 보았다.

"제가 책임지고 치료하겠습니다."

"정말로 편두통을 치료할 수 있겠는가?"

"예, 그동안 많은 편두통을 치료했습니다."

"그래?"

"치료할 수 있게 허락하여 주십시오."

"만약에 폐하를 못 고치면 어찌할 것인가?"

"치료를 못하면 목숨을 내놓겠습니다."

"목숨을 내놓겠다……? 매우 자신 있구나."

"맡겨만 주십시오."

"알았다. 잠깐만 기다려라."

웅립이 육긍을 조조에게로 데려갔다.

육긍이 조조를 진맥하더니.

"두풍병(頭風病)입니다."

"그래 치료는?"

"약을 끓여 올리겠습니다."

육긍은 처방한 약을 동(銅)으로 만들어진 약탕기에 담아 약을 달였다.

약을 달여 조조에게 가져갔다. 조조가 약을 복용한 후에 두통은 오히려 심해지기만 하였다.

"아니 이자가 나를 더……"

조조

"아닙니다. 기회를 한 번 더 주시옵소서, 폐하"

"……"

"제 처방은 대대로 내려오는 비방입니다, 폐하."

"그래, 알았다. 빨리 약을 달여 오거라."

약을 달이는데 웅립이 가서 보았다.

'아니, 이 자가 약탕기를……?"

웅립이 조조에게 보고하였다.

"예부터 한약은 토기 약탕기로 달이는 것입니다. 그런데 육궁이라는 자가 약을 달인 약탕기는 동으로 만든 약탕기입니다. 의원들 사이에는 동으로 만든 약탕기는 사용하지 않습니다."

조조는 전의 웅립의 말을 듣고 소리쳤다.

"그래서 약효가 없구나. 엉터리 돌팔이가 어찌 감히 나를 능멸하는고! 당장 처단하라!"

몹시 화가 난 조조는 사병에게 명령을 내려 육궁을 처단하였다.

약탕기는 토기로 만든 것을 사용한다. 철로 만든 약탕기는 적합하지 않다. 왜냐하면 일부 한약재 중에는 수렴성 식물소(植物素)의 일종인 탄닌(tannin)이 함유되어 있는데, 이 성분이 철이나 기타 금속과 만나면 물에 녹지 않은 탄닌산염(tannate)이나 탄닌철(tannin iron) 성분으로 변해서 인체에 악영향을 주기 때문이다. 또한 한약재 성분 중에 치료 작용을 가지고 있는 알칼로이드(alkaloid)는 한약재 성분 중에 타닌(tannin)이 없으면 물에 용해되지 않아 약효가 떨어질 수 있다.

너무나도 아픈 두통으로 조조는 온갖 전의들의 치료를 받았지만 아무런 효과를 보지 못했다.

조조는 오래 전부터 편두통으로 고생하였다. 관우가 죽은 후로는 매일 밤에 조조의 꿈에 나타났다. 마음에 공포가 생기고 허다한 낙양(洛陽)의 의원들이 두통을 고치려고 애썼지만 치료가 안되었다.

어느 날, 화흠(華歆)이 아뢰었다.

"폐하, 신의 화타를 아십니까?"

“설마 강동(江東)의 주태(周泰)를 치료했다는 그 의원 말이냐?”

“예, 폐하. 바로 그분입니다.”

“이름은 들었다만, 그의 의술이 확실히 뛰어난지……화타가 그리도 유명한가?”

“네.”

“바로 그분의 의술은 편작이나 태창공의 실력이라고 합니다. 지금 그가 이곳에서 멀지 않은 금성(金城)에 머무르고 있습니다. 폐하께서 그를 불러서 한번 치료받으면 어떻겠습니까?”

그러자 옆에 있던 웅립이 말한다. 웅립은 전에 화타를 만난 적이 있고 의술이 뛰어난 것을 알지만 화타가 온다면 자신의 입지가 달라지기 때문이다.

“폐하, 화타가 유명하여도 한낱 촌부의 의원입니다. 귀한 옥체를 맡기기에는……”

“관운장이 독화살로 죽기 직전에 수술하여 치료하였지 않는가?”

“빈 수레가 요란한 법이옵니다.”

“아니다……”

얼른 화타에게 내 편지를 보내거라. 조조는 한편의 시를 적어 화타에게 보낸다.

위(魏)나라의 조조(曹操)가 유명한 신의(神醫) 화타의 소문을 듣고 그를 시험해 보려고 4형식의 한 수(首)의 시(詩)를 적어서

화타에게 전달하였다. 그 내용은,

胸中苛花　西湖秋英　晴空夜珠　初入其境
長生不老　永遠康寧　老娘茯利　警惕家人
五除三十　假滿期歸　胸有大略　軍師難混
醫生接骨　老實忠誠　無能缺技　藥店關門

흉중가화　서호추영　정공야주　초입기경
장생불로　영원강녕　노랑복이　경척가인
오제삼십　가만기귀　흉유대략　군사난혼
의생접골　노실충성　무능결기　약점관문

마음속에 피는 꽃, 항주(杭州)에 있는 서호(西湖)의 가을꽃
맑은 밤하늘에 반짝이는 별들, 그 속에 빠져들고 싶어라
불로장생 영원히 몸이 건강하고 마음을 편안하게
늙은 어머님을 돕고자 하는데 두려워 경계하는 집안사람
한 달에 5일을 뺀 정한 기간에 돌아와
가슴속 큰 뜻 품고 군(軍)을 통솔하는 데 쉽지 않구나
의사는 뼈를 맞추며 오랫동안 충실하게 충성하는데
결단성과 기지가 없는 무능함이 약방문을 굳게 닫게 하누나.

화타는 위의 시를 읽은 후 미소를 지으며 4형식에 맞추어 16

가지 한약 이름으로 위의 시 뜻에 맞추어 답장을 써서 조조에게 보냈다. 조조와 화타는 필담(筆談) 나누는 것이었다.

穿心蓮　杭菊　滿天星　生地
萬年青　千年健　益母　防己
商陸　當歸　遠志　苦參
續斷　厚朴　白朮　沒藥

천심련　항국　만천성　생지
만년청　천년건　익모　방기
상육　당귀　원지　고삼
속단　후박　백출　몰약

胸中苛花(마음속에 피는 꽃)의 대답은 천심련(穿心蓮)으로 화타는 대답하였다.

항주(杭州)에 있는 서호(西湖)의 가을꽃(西湖秋英)은 항국(杭菊)으로 대답하였다.

맑은 밤하늘에 반짝이는 별들(晴空夜珠)은 만천성(滿天星)으로 대답하였다.

그 속에 빠져들고 싶어라(初入其境)는 생지(生地)로 대답하였고, 장생불로(長生不老)은 만년청(萬年青)으로 대답하였다.

영원히 몸이 건강하고 마음을 편안하게(永遠康寧)는 천년건

(千年健)으로 대답하여고, 늙은 어머님을 돕고자 하는데(老娘茯利)는 익모(益毋)로 대답하였다.

두려워 경계하는 집안사람(警惕家人)은 방기(防己)로 대답하고, 한 달에 5일을 뺀(五除三十)은 상육(商陸)으로 대답하며, 정한 기간에 돌아와(假滿期歸)는 당귀(當歸)로 대답하였다.

가슴속에 큰 뜻을 품고 있으면서(胸有大略)는 원지(遠志)로 대답하였고, 군(軍)을 통솔하는 데 쉽지 않구나(軍師難混)는 고삼(苦參)으로 대답하였다.

의사는 뼈를 맞추며(醫生接骨)는 속단(續斷)으로 대답하였고, 오랫동안 충실하게 충성하는데(老實忠誠)는 후박(厚朴)으로 대답하였다.

결단성과 기지가 없는 무능함(無能缺技)은 백출(白朮)로 대답하였으며, 약방문을 굳게 닫게 하누나(藥店關門)는 몰약(沒藥)으로 답을 하였다.

조조는 답장을 읽은 후 마음속으로 그의 글재주와 재치에 놀랐다.

즉 모든 문장을 한약의 약명으로 대답하는 그는 의술에 대하여 마음은 언제든지 환자들을 치료하겠다는 생각에 차 있기에 조조가 화타를 자기 진중에 와서 있으면 어떻겠는가 의중을 묻는 글에 화타는 아픈 환자들의 의원이지 어떤 특정인의 의원이 아니라는 것을 마음속에 담고 시로 표현을 하였다.

위왕(魏王) 조조(曹操, 155~220년)도 명의 화타의 뛰어난 의술에 대해서 여러 차례 들어왔었다. 하루는 이렇게 물었다.

"화타란 의원의 의술이 그토록 훌륭하단 말인가?"

"폐하, 빈사상태로 가망이 없던 환자도 화타의 치료를 받으면 거짓말처럼 소생한다는 일화가 수없이 많답니다."

"짐이 직접 시험해보기 전에는 믿을 수 없는 일이로다. 소문이란 허무맹랑한 것이며 무지한 자들이 마치 신앙처럼 부풀려서 과대선전하기가 일쑤이니라."

"하오나 화타의 실력만큼은 믿으셔도 될 듯하옵니다."

"그 정도인가?"

"그분의 의술은 편작(扁鵲)이나 태창공(太倉公)의 실력이라고 합니다."

"그래, 그렇다면 어디 화타를 부르도록 하라. 짐의 지병을 쾌유시킬 수 있다면 시의로 내 가까이 둘 것이야."

위왕 조조의 사신이 화타를 찾아갔다.

"폐하께서 찾아계시옵니다. 곧 입궁할 차비를 갖추시오."

화타는 눈을 지그시 감고 잠시 깊은 생각에 잠겼다.

'황금의 새장 속에 갇히는 새가 되느냐? 아니면 비바람 몰아치는 들판에서 수없이 많은 환자들을 치료하며 새로운 의학에

도전하느냐……'

화타의 심정은 착잡했다. 한 사람의 왕을 모시느냐, 의술로써 온 백성의 어버이가 되느냐.

"어찌 대답이 없으십니까? 폐하께서 부르셨는데 이보다 더한 영광이 어디 있겠소이까?"

"……"

사신은 화타의 대답을 기다리다 못해 이렇게 독촉했다. 물론 화타의 깊은 마음을 헤아릴 턱이 없었다. 일개 의원으로 일국의 왕의 초청을 받았다면 두 발 벗고 뛰어 따라나설 줄 알았는데 화타의 신중한 태도가 의아스러웠던 것이다.

'내가 따라나서면 수많은 환자들에게 등을 돌리는 꼴이 될 테고, 따라나서지 않는다면 위왕 조조의 원한을 사게 될 테니 이야말로 진퇴양난이로구나.'

화타는 구실을 찾는 데 고민하고 있었다. 그뿐이랴. 화타는 조조를 정치적인 면이나 인간적인 면에서 싫어하고 있었다. 인간적인 혐오감을 느끼는 일개 왕에게 평생을 바친다는 것은 죽기보다 싫은 일이었다.

새처럼, 바람처럼, 흐르는 강물처럼 거리낌 없이 날고 흘러가며 살고 싶은 게 화타의 심정이었기 때문이었다.

"아, 어서 차비하시구려. 어차피 폐하의 마음에 들어야 시의의 영광을 차지할 것이고, 진맥이나 치료가 마음에 안 드시면 없었던 일로 할 터인 즉, 망설이지 말고 입궁하시오."

사신은 화타가 일세를 풍미한 천하의 영웅호걸 조조의 부름에 겁을 집어먹은 것으로 착각을 하고 부드럽게 회유했다. 사신은 화타의 대답을 기다리다 못해 독촉하였다.

물론 화타의 깊은 마음을 헤아릴 턱이 없었다.

가자니 계획해왔던 의술의 연구에 차질이 올 것이요, 안 가자니 원한을 사서 쫓기는 몸이 될 테니 그야말로 진퇴양난이었다.

'안 갈 수도 없고 가자니 앞의 일이……'

당시 조조의 권력은 하늘을 찌르는 듯하여 내린 명령에 반응이 없으면 가차 없이 죽일 수도 있었다.

이때 조조가 머리 아픈 것이 발작하였다. 재차 사람을 보냈다.

"화타한테 간 사람들 아직도 안 왔느냐? 빨리 화타를 모셔오너라."

급히 두 사람을 파견하였다. 두 사람은 말을 몰아 화타의 집에 당도하여 그에게 명령하였다.

"3일 내로 허창(許昌)에 와서 폐하를 치료하시오!"

조조의 군사적인 책략은 특별히 군대에게 명령하여 유랑민을 소집하고 주둔군을 이용하거나 농민을 모집하여 농경에 종사시켜 민심을 얻었다. 주(州)와 군(郡)을 회복하여 곡식 생산과 농민의 의식문제를 해결하였다. 이런 책략은 화타로 하여금 조조를 다시 생각하게 하였다.

그러나 허창으로 불려가는 그는 매우 걱정이 되었다. 그가 자기 곁에 두면서 치료를 하게 되면 백성들을 돌볼 수가 없기에 그는 근심에 싸였다. 화타의 마을사람들은 이 소식을 듣고 모두가 화타를 대신하여 조급하여졌다.

"화타 의원이 없으면 우리의 병을 누가 돌볼까?"

왕의 명령에 거역을 못하여 그는 고향을 떠나 허창으로 갔다.

조 조

10. 여금뢰농(如禁牢籠)

화 타

화타는 허창에 도착했다. 시위관(侍衛官)은 그를 맞아 왕의 서방(書房)으로 갔다. 화타는 전에 조조를 만나본 적이 없었지만 위풍이 당당하고 풍채가 자연스럽고 대범하고 머리에 헝겊을 맨 사람이 조조라는 것을 한눈에 알아보았다.

'과연 초세지걸(超世之傑)이로군'

화타의 눈에는 한눈에 시대를 초월한 영웅의 기품이 서려있는 것을 보았다.

시위관이 조조의 귀에다 낮은 소리로 몇 마디 하더니 조조는 즉시 머리를 들고 화타를 바라본 후에 계속하여 바둑을 두고 있었다.

화타는 관전을 하며 유례(儒禮)에 속박 받지 않는 조조에게 호감이 갔다. 태연하게 바둑 두는 것은 통증을 잃어버리려 한다는 것으로 파악되었다.

바둑이 끝난 후, 조조는 상쾌하게 크게 웃었다.

"승패는 병가지상사(勝敗兵家之常事)다"

조조는 자리에서 일어나 화타 앞으로 다가섰다. 화타에게 말을 하였다.

"그대가 신의(神醫) 화타인가? 우리는 동향(同鄕)으로 내가 특별히 사람을 파견하였다는 것을 알아야 하오!"

위왕 조조를 배알하는 자리엔 일부러 신경을 써서 시녀 두 명과 중신 두 사람만이 참석했다.

"짐은 일찍이 그대의 소문을 수없이 들어 왔느니라. 하나 짐은 내 눈으로 직접 확인하기 전에는 무슨 일이든 믿지 않는 주의니라. 남을 믿지 않아서가 아니라 소문이란 일종의 환상에 지나지 않는 것."

역시 조조는 의심 많은 현실주의자였다.

"지당하신 말씀이십니다. 공연히 소문이 꼬리를 물어 과대 포장된 이 몸으로선 그저 황공할 따름이옵니다."

"짐의 지병을 치료해 줬으면 하오."

"폐하께선 어디가 어떻게 아프시옵니까?"

"오래도록 두통과 현기증에 시달리고 있느라, 백 가지, 천 가지의 좋은 약은 다 복용해 봤으나 이렇다 할 효험을 보지 못했소이다."

"일단 제가 진맥을 해보겠습니다."

화타는 자리를 옮겨 조조와 대좌해 앉아 신중히 진맥을 했다.

세인들은 조조를 간웅이라 일컬어왔지만, 역시 일세를 풍미한 영웅임엔 틀림이 없었다. 날카로운 눈매, 깊은 관찰력, 재빠른 판단력 등이 삼베처럼 어지러우며 혼란한 난세에 한 나라를 이끌어 나갈 수 있는 뛰어난 인물이라는 것을 여실히 말해주고 있었다.

"짐의 병은 어떠한고?"

진맥이 끝나기가 무섭게 조조가 물었다.

"두풍(頭風)병이옵니다."

"두풍병이라면……?"

"다음번에 병환으로 고통을 받으시게 되거든 저를 부르십시오. 제가 치료하겠습니다."

"낫게 할 자신이 있는가?"

"의술은 자신으로 하는 것이 아니라 성심성의껏 있는 힘을 다

조조

하는 데에 있습니다."

"모호한 답변이로군. 나아도 그만, 낫지 않아도 그만이란 소리인가?"

조조의 미간에 주름살이 잡혔다.

"왕이나 하찮은 강변의 어부에 이르기까지 생명은 모두 다 귀중한 것입니다. 어느 누구라 소홀히 할 수 없으며 어찌 적당히 치료를 하오리까."

"음, 돌아가지 말고 궁중에 머물면서 짐의 병이 발병할 때 치료를 하도록 하라."

항변의 여지조차 없는 단호한 어조에 화타는 일단 궁중에 머무르게 됐다. 시의로 임명된 것도 아니고 아무런 보장도 없는 허울 좋고 창살 없는 감옥에 갇힌 것이나 진배없었다.

물론 숙소와 식사는 칙사 대접으로 호화롭고 정중했다. 봉황처럼 하늘을 날며 마음에 드는 가지를 골라 앉던 천하의 자유인 화타에겐 견딜 수 없는 구금이었다.

아름다운 시녀와 향기로운 술, 그리고 산해진미도 그에겐 모래알을 씹듯 껄끄럽다.

그뿐 아니라 천하의 명의 화타에게 시의로 명하겠다는 한마디 조차도 없었으니 이보다 더한 굴욕이 어디 있겠는가.

물론 화타가 시의를 바랬던 것은 아니지만, 화타는 새삼 조조의 용의주도하며 빈틈없는 확인주의의 차갑고 비인간적인 면모를 엿보는 것 같았다.

어차피 난세에 일개 국가를 유지해 나가려면 이만한 치밀함은 있어야 되지 않겠는가. 화타는 그렇게 생각하며 무려한 나날을 견뎌나갔다.

그러던 어느 날 오후, 난데없이 환관이 화타의 거처로 뛰어 들어왔다.

"화급합니다. 어서 폐하의 지병을 치료하시오."

침상에 기대앉은 조조는 머리를 움켜잡고 괴로워하고 있었다. 지병인 두통과 현기증의 발작에 진땀을 흘리며 통증을 이기려 애를 쓰고 있는 것이 역력했다.

"의원 화타가 대령하였습니다."

환관의 보고에 조조는 핏발선 두 눈으로 화타를 노려보며 턱으로 가까이 오라는 시늉을 했다.

"기회는 단 한 번뿐이다. 나에게 재차란 단어는 없다. 두렵거든 아무 말 없이 그대로 물러가도 좋다."

"전 여태껏 질병에 고통을 당한 환자를 두고 물러난 적이 없습니다."

"모든 질병에 자신이 있다는 뜻인가?"

"의원은 치료를 장담하지 않습니다. 다만 최선을 다할 뿐입니다."

"약으로 다스리겠는가?"

"아닙니다."

"그럼?"

"침을 사용하겠습니다."

배석하고 있던 환관의 안색이 확 변했다. 탕약이라면 일단 환관이나 시녀가 시음해 본 다음에 복용할 수도 있으나 침이라면 대신 맞아 볼 수도 없는 노릇이 아니겠는가.

만약에 화타가 적국의 간자(間者 : 간첩)였다면 절호의 기회를 잡은 셈이 된다. 침의 위력은 대단하다. 일침으로 생명을 구할 수도 있으나 일침으로 전신을 마비시키고 사고력을 잃게 할 수도 있는 무서운 흉기가 아니겠는가.

"폐하! 침은 아니 되는 줄로 아옵니다."

당황한 환관이 비명을 지르듯 만류했다.

"화타 의원, 굳이 침이어야만 되는가?"

"예, 그러하옵니다."

눈으로 볼 수 없는, 육체 속 좁쌀만 한 부위의 그 정통을 찾아야만 되는 혈을 찾는다는 게 얼마나 어려운 일인가.

침묵이 흘렀다. 그 사이에 환관은 뒷걸음질로 침실을 빠져나와 조조의 심복 참모들에게 이 엄청난 사실을 알렸다.

"뭣이라고? 정처 없이 떠돌아다니는 의원 화타의 정체를 어찌 알 수 있겠소."

"만약 적국의 사주를 받았다면 이보다 더 위험한 일이 어디 있겠는가?"

참모들은 격분했다. 일국의 맹주로 받들어 모시는 위왕 조조의 몸에 쇠붙이를 갖다 대다니.

"언어도단이오! 당장 폐하를 찾아뵙고 만류해야겠소!"

"도대체 정체도 모르는 부평초 같은 화타를 불러들인 것부터가 화근이오!"

"폐하의 지병은 꼭 탕약으로 치유시켜야만 하오."

"어디서 감히 겁도 없이 침을 휘두르겠다는 게야?"

심복 참모들은 제각기 한마디씩 내뱉으며 조조의 신변을 염려했다.

"이러고들 계실 거요? 탁상공론만 되풀이하지 마시고 어서 침실로 폐하를 찾아뵙고 침을 만류시켜야만 될 게 아니겠습니까?"

환관의 안내로 참모 칠팔 명이 우르르 몰려 조조의 침실로 향했다.

오후의 햇살은 따사로웠고 이름 모를 새들이 지저귀고 있었다.

아무 말 없이 조조와 화타는 마주보고 있었다. 그때 참모들이 몰려와 조조에게 단호하게 말한다.

"아니 되옵니다."

아니 예리한 조조의 두 눈은 화타의 심중을 꿰뚫어보고 있었던 것이다.

마침내 조조가 고개를 끄떡였다.

"침을 놔라!"

"예!"

조조의 차가운 눈빛이 화타를 쏘아보고 있었다.

"어서 침을 놓으라는데 뭘 하고 있는가. 짐의 심한 두통과 현기증이 그 침으로 치유된다면 그 뭣을 망설이겠는가. 자 어서 침을 놔라!"

조조의 단호한 어조에 화타는 고개를 끄덕이며 침통을 열어 침놓을 준비를 서둘렀다.

그러나 조조의 충신들은 간담이 서늘했다. 침도 일종의 흉기가 아니겠는가.

화타가 만약 적국의 사주를 받고 위나라에 잠입했다면 절호의 기회를 맞은 셈이 된다. 충신들은 바로 그 점을 염려했다. 잘 쓰면 목숨을 구하는 이기요, 잘못 쓰면 생명을 송두리째 앗아가거나 영영 불구의 몸으로 만들 수도 있는 흉기가 아니겠는가. 떠돌이 의원 화타의 신분을 무엇으로 보장할 수 있으랴.

"폐하! 역시 침은 삼가시고 탕약으로 지병을 치유하심이 어떠하오리까?"

충신들은 노골적으로 화타를 의심하는 기색을 애써 감춰가며 이렇게 권했다.

“좋다는 탕약은 다 써보지 않았느냐. 짐의 지병은 탕약의 영역을 넘어선 듯싶으니 화타의 처방대로 침으로 고칠 수 있다면 한번 시도해 볼 만한 일이 아니겠는가.”

“하오나……”

충신들은 말꼬리를 흐렸다. 침을 손에 든 화타를 의심한다는 것은 오히려 적의를 품을지도 모를 일이니 삼가지 않을 수가 없었다.

“짐은 화타의 의술을 믿는다. 짐은 사람의 눈을 들여다보면 그 속까지 훤히 들여다볼 수가 있어.”

충신들의 조바심을 짐작한 조조는 그 의심을 한 마디로 일축했다.

“대단히 죄송합니다만, 정숙한 가운데에서 시술을 하고 싶습니다. 모두 나가 주셨으면 합니다.”

화타가 위엄있게 주문했다.

“아니 저자가……? 방자하기 그지없구먼.”

시신들은 이맛살을 찌푸렸다. 방안에는 험악한 공기가 감돌았다.

“어허, 염려들 말고 어서 물러가래도. 왜 자꾸 시술을 지연시키며 성화인가!”

조조가 언성을 높여 꾸짖었다. 누구보다도 조조의 성품을 잘 헤아리는 충신들인지라 역정을 내기 전에 물러감이 상책인 것을 알고 슬금슬금 다시 방 밖으로 물러났다.

"폐하, 현재의 상태가 어떠하옵니까?

화타가 침을 손에 들고 조용히 물었다.

"쑤신다. 골이 쪼개지도록 아프네. 게다가 천정이 빙글빙글 돌 정도로 어지럽구나."

"알겠습니다. 숨을 평상시처럼 쉬시며 편안한 마음을 갖도록 애써 보십시오."

"골이 빠개질 지경인데 편안한 마음을 가질 수가 있겠는가?"

"그럼……"

화타는 능숙한 손놀림으로 혈을 찾아 침을 꽂기 시작했다. 순간순간이 한없이 긴 시간으로 느껴졌다.

조조는 화타를 믿고, 화타는 칼끝같이 예리한 신경을 곤두세우며 시술을 했다. 어쩌면 화타에겐 목숨이 왔다 갔다 하는 일대 모험이었을지도 모른다.

만약에 침을 뽑는 순간 통증이 가시지 않는다면 화타는 어떻게 될까?

그러나 화타는 담담했다. 오로지 시술에 온갖 정성을 다할 뿐 환자가 시정의 일개 노동자든, 일국의 왕이든 상관이 없었다. 화타의 눈엔 그저 한 사람의 환자로밖에 비치지 않았다.

섬세한 손놀림으로 침이 뽑아졌다.

조조는 화타를 응시했고, 화타는 지그시 눈을 감았다. 화타의 인생이 갈라질 중대한 순간이었다.

조조를 진맥하는 화타

고요한 순간이 잠시 흘렀다.

"오! 이럴 수가……이럴 수가……!"

조조가 환희에 가까운 탄성을 내질렀다. 그 탄성은 믿을 수 없다는 듯한 감탄사였다.

"좀 어떠십니까?"

화타가 눈을 뜨고 조용히 물었다.

"두통과 현기증이 씻은 듯이 온데간데없으이. 이렇게 머리가 상쾌할 수가 없어!"

조조는 이성과 체통을 잃을 정도로 그 기쁨을 감추지 않았다.

"화타! 그대야말로 당대의 명의로세! 화타는 천하의 명의다!"

조조는 절규했고 사태를 지켜보던 충신들은 왈칵 들어와 경이로운 이 현장을 목격하고 모두 환성을 터뜨렸다.

화타의 침으로 조조의 두통과 현기증이 즉석에서 치유되다니, 도저히 믿을 수 없는 신기한 시술이었다.

“명의 화타를 오늘부로 짐의 주치의로 명하겠노라!”

위왕 조조는 화타를 주치의로 삼아 항상 가까이 두며 극진한 예우와 대접을 했다. 여느 의원들 같으면 나는 새도 떨어뜨릴 정도의 당당한 위세를 갖춘 위왕 조조의 주치의가 된 것을 무척이나 기뻐할 것이로되 화타의 경우는 좀 달랐다.

원대한 희망과 포부를 가진 봉황을 황금으로 만든 새장 속에 가둔들 뭐 그리 기쁘랴! 화타의 심정은 그러했다. 봉황은 자유로이 창공을 훨훨 날아야 봉황이 아니겠는가.

의술로 일가를 이룬 화타이긴 했으나 그에겐 아직도 도전해야만 될 질병과 연구과제가 산적해 있었다.

원래 화타는 조조에게 발목을 잡혀 어의로 머무르기를 원치 않았었다. 게다가 왠지 위왕 조조가 마음에 들지 않았다.

‘저 날카롭고 남의 속을 속속들이 들여다보는 봉황새 눈이 마음에 걸리는구나. 천하를 손아귀에 거머쥐려는 야망이야 일국의 왕이라면 누구나 꿈꿔볼 만한 야심이겠지만 조조의 경우는 왠지 섬뜩한 선율을 느끼게 되니 어디에 연유한 것일까.’

생리적으로 싫은 것을 어쩌랴…….

위나라에 머물게 된 화타는 칙사 대접을 받으며 호화로운 저택과 시녀와 하인들을 거느리며 호의호식하는 생활을 하게 됐으나 마음은 항상 넓은 창공을 그리워하고 있었다.

'내가 이렇게 멍청히 주저앉아 있어서야 되겠는가. 이 넓은 땅에는 이름도 알 수 없는 괴질이 얼마든지 있으며 난 그런 환자들을 찾아내어 그 질병에 대한 연구를 게을리 할 수가 없다. 그뿐이겠는가. 날 애타게 기다리는 중병환자들이 학수고대하고 있을 게 아니겠는가. 나는 떠나야 한다. 나의 사명이 무엇인데 이처럼 편안한 생활 속에 머물러 있어서는 안 되지.'

강물은 쉼 없이 흘러야 한다. 그 물이 멈추고 고이게 되면 혼탁해지면서 썩어 들어갈 것이 아니겠는가.

조조는 다시 두통이 발작하였다.

화타가 다시 불려와 조조가 명령한다.

"지금도 두통이 있구나. 이리 와서 치료하게나!"

화타는 침을 침통에서 꺼내 조조가 느끼지 못하게 침을 찔렀다. 조금 있으니 조조의 두통은 사라졌다. 조조는 머리가 편하여져 천천히 서방(書房)을 걸어 나갔다. 조조는 화타를 고향으로 돌아가지 못하게 하였다.

이리하여 화타는 궁에 머물게 되어 조조의 전용 개인 의원이 되었다. 조조의 두통은 이따금 발작하였다. 발작할 때마다 아주 통증이 심하였다. 시의원(侍醫院)의 시의들은 아무런 방법이 없었다. 화타는 그에게 침을 놓으면 병은 사라졌다. 침을 맞으면 화타는 삽시간에 눈이 환하여지고 머리가 맑아지는 것을 느꼈다. 조조는 다른 의원들과 침을 놓는 자리가 다르다는 것을 알게 되었지만, 어떤 혈인지 잘 몰랐다.

화타가 취혈하는 혈은 격수혈(隔俞穴)이었다. 그는 머리를 치료하는데 잘 쓰는 혈위가 아니고 화타는 격수로 두통을 치료하여 당시 확실히 매우 특별한 것이다. 이 혈은 흉추(胸椎) 7, 8번째 극돌 사이이다. 현대에서는 집토끼를 격수혈과 고황(膏肓)혈에 침을 놓으니 빈혈을 치료하는 작용을 하며 또 두통을 치료하는 것을 발견하였다.

조조의 두통은 매번 화타의 침으로 치료가 되었다. 조조는 생각하였다. 시의원의 의원들에 비하여 훨씬 의술이 높아 화타에 대하여 각별히 후의를 하였다.

화타의 궁궐 생활은 매우 안락하고 편하였다. 그는 조조에게 속한 식구들과 외부 관리들의 병을 보는 일 이외는 특별한 일이 없었다. 조조에게는 두통이 있을 때만 침을 놓는데 이것은 시간이 별로 걸리지 않기에 화타에게는 시간이 많았다.

그는 시간이 있을수록 더욱 고향의 생활이 그리웠다. 고향에 있을 때 그는 매일 치료하는 환자들이 있으며 어떤 때는 외출하여 약초를 캐오고 약을 달여서 환자에게 주는 일을 생각하였다.

그의 처지는 비록 적지 않은 관리가 되자고 생각하면 승급하는 좋은 기회였다.

모든 관리나 사람들은 부러워하지만, 그는 오히려 답답하고 당황하였다. 집의 모든 것이 마음에 걸려 어찌할 수가 없었다. 그러나 본인 대신 제자들이 환자를 본다는 것에 위안이 되었다.

'그래, 이당지(李當之)는 의학을 배운 시간이 다른 제자 번아와 오보보다 적었지만 학습하는 태도는 매우 좋아 노력하는 자세가 장래에 크게 될 것이다.'

화타는 세월이 무의미하게 지나가는 것을 탄식하였다.

'나를 기다리는 환자가 많은데 이렇게 궁궐에서 허송세월만 보내다니……'

궁궐에 있는 화타는 전처럼 백성들을 돌볼 수가 없었다. 마치 새장에 갇혀 있는 참새처럼 자유와 즐거움이 상실되었다고 생각하였다. 그는 또 생각하였는데, 자기의 얼마 남지 않은 세월이 백성을 위하여 더욱 많은 일을 하였으면 좋겠다고 생각하며 지나간 의학의 세월을 회고하여 보며 자기가 익힌 의료경험을 총결하여 제자와 후대 의원들에게 전해주어야겠다고 생각하였다.

허창(許昌)에 온 후에 환자 치료에 있어서 약초를 각 사람에게 똑같이 효과를 못 본다는 것을 알게 되었다. 몇 십 년의 의료 경험을 거쳐 화타로 하여금 깊은 체질상의 치료가 다르며 모든 신체 기능이 개선되며 예방과 질병을 치료하는 일종의 좋은 방법이라고 생각하였다.

일반 백성은 약을 먹고 보약을 쓸 형편이 안 되기에 반드시 신체를 튼튼하게 하는 단련법을 수련하여야 한다는 것이다. 이것을 생각하는 것은 전통의 도인술(導引術), 곧 신체를 건강하고 병을 예방하는 일종의 좋은 방법이며 또 고향에서 의술을 베풀 때 화타는 곧 이 문제를 생각하며 주의하였다. 고향에서의 진료가 바쁘니 도인술의 연구에는 잘 하지 못하였는데 지금 시간이 많아 잘 연구할 수가 있었다.

'그래 《여씨춘추(呂氏春秋)》 고락(古樂)에도 전통 의료 보건 체조의 일종인 도인(導引)이 기재가 되었지.'

상고(上古)시대에는 기후가 나쁘고 질병이 시시각각으로 인체를 침범하여 사람들은 항상 기체(氣滯)가 생기고 혈어(血瘀)가 생기는 환자들이 있으며 몸이 붓는 종창(腫脹)의 질병이 있기에 몸을 움직이는 체조로 운동하면 기혈이 잘 통하여 마음이 편안하고 체력이 좋아진다. 이런 체조는 곧 도인(導引)작용을 한다.

전국(戰國) 초기에 《행기옥패명(行氣玉佩銘)》 중에는 도기(導氣) 운행에 대하여 서술하였고, 최초의 의전인 《소문내경(素問內經)》의 이법방의론(異法方宜論)에는 도인 안마(按摩)는 신체를 건강하게 하며 질병을 예방하는 방법이라고 제시되었고, 서한(西

오금희(五禽戲)

漢)의 유안(劉安)의 《회남자(淮南子)》에는 도인이 발전하여 곰, 새, 원숭이, 호랑이, 야생 오리, 솔개의 동작을 “육금희(六禽戲)”라고 칭하였다. 이것은 동물의 도인을 모방하여 소수인들에게 유전되어 광범위하게 영향이 크지 못하였다.

그래서 화타는 성과와 경험을 살려서 다시 도인술을 창조하려고 진행하였다. 매일 궁궐의 뒤뜰 안에서 각종 동물의 동작과 활동을 연구하고 각기 특색을 가진 범, 사슴, 곰, 원숭이, 새 5가지 동물의 동작의 특점을 살려서 완전한 책을 편찬하였다. 이 동작의 도인술이 「오금희(五禽戲)」가 되었다.

그는 이 「오금희」를 숙련하려고 매일 동작의 특색을 살려 낮에는 땀방울을 흘려가며 연마하니 신체의 경쾌한 감각이 있고 기분이 좋고 상쾌하였다. 상당히 오랜 기간 신체가 피곤하였고 약하여졌는데 「오금희」를 단련한 후에는 몸이 더욱더 튼튼하여졌다.

봄은 가고 가을이 오며 남쪽으로 돌아가는 기러기는 화타의 머리 위로 지나가고 있었다. 그는 고향 생각으로 더 견딜 수가 없었다. 그의 식구와 고향사람들도 그가 돌아올 것을 갈망하고 있었다. 식구들은 더 이상 고향으로 돌아올 수 없다는 불안감에 싸이게 되었다 사모님이 오보와 번아에게 부탁하였다.

"오보와 번아야 의원님에게 가 보거라. 건강은 어떠신지 어떻게 지내시는지 알아보고 오너라."

오보와 번아가 급히 허창으로 발을 옮겼다.

화타는 두 명의 제자들이 찾아와 궁에서 만났다.

"오래간만일세!"

"사부님! 그동안 잘 지내셨는지요?"

그들은 참으로 기쁨과 슬픔의 만남이었다. 두 제자는 선생님의 처지를 목격하고 궁궐을 떠나지 못하는 것을 보았다. 이것은 죄인 아닌 죄인이라고 생각하였다. 스승님 신체는 비록 튼튼하지만, 정신적으로 피곤하여져 있는 것을 보았다. 화타의 검은 수염이 어느덧 하얗게 물들어 있어 두 제자는 눈물만 나왔다.

화타는 억지 웃는 낯으로 누 제자를 대하였다.

"그래 고향마을 사람들은 어떤가? 식구들과 환자들은?"

오보는 화타의 치료법에 따라 많은 환자의 질병을 치유한 여러 가지 사례를 말하였다.

화타는 수제자 오보에게 이렇게 가르쳤다.

"사람의 몸이란 가만히 누워만 있어선 안 되며 적당히 움직여야만 한다. 그러나 지나치게 과격하게 움직여서도 안 되느니라. 일단 사람은 운동을 함으로써 곡물의 기는 소화되고 혈맥은 잘 유통돼서 질병을 막아줄 수 있다. 이는 마치 문지도리(樞)가 언제까지나 썩지 않는 이치와 같단다."

"스승님 과격하지 않으며 적당한 운동이란 어떤 것을 말씀하시는지요?"

"옛날의 선인(仙人)은 도인(導引)이라는 양생법(養生法)을 행했다고 한다. 턱걸이와 흡사한 웅경(熊經), 머리를 좌우로 돌리는 운동 등으로 구간(軀幹)을 잡아당겨 여러 관절을 움직여서 노화(老化)하지 않도록 신경을 썼다는구나."

"그러 하오면 스승님께선 어떤 방식으로 양생법을 행하십니까?"

"내겐 오랫동안 연구해서 만들어낸 '오금(五禽)의 희(戲)'라는 이름을 붙인 양생술이 있지"

" '오금의 희'라면 다섯 가지 동물의 몸놀림을 말씀하시는 겁니까?"

"바로 맞췄다. 다섯 가지 동물들의 몸놀림 중에서 장점만을 따서 연결시킨 양생술이니라. 첫 번째는 호랑이, 두 번째는 사슴,

세 번째는 곰, 네 번째는 원숭이, 다섯 번째는 새라 칭한다."

"「오금희」엔 어떤 장점이 있을까요?"

"「오금희」는 여러 가지의 질병을 막아주고 팔다리를 튼튼히 해주며 옛 선인들이 즐겨 행하던 도인의 양생법에 해당되지."

"「오금희」는 어떤 때 행하면 효과를 볼 수 있습니까?"

"몸이 상쾌하지 못하고 무겁고 마음도 우울하며 답답할 때 「오금희」를 행하면 기(氣)가 화(和)하고 온몸에서 땀이 나게 되고 온몸이 가뿐해지며 식욕도 생겨나게 되느니라."

「오금희」는 화타가 동물의 몸동작에서 안출해 낸 일종의 유연체조이다.

고향 소식을 물어본 후에 화제를 「오금희」로 바꾸었다. 화타는 「오금희」에 대한 설명을 하면 할수록 더욱 흥분되었다. 그래서 화타는 두 제자 앞에서 「오금희」 시험을 보였다. 화타는 땀을 닦으며 물었다.

"지금 이 동작은 어떤 동물 같은가?"

번아와 오보는 서로 앞서 대답하였다.

"맨 처음은 호랑이가 움직이는 형태이며, 두 번째는 사슴의 몸놀림입니다. 세 번째는 곰의 몸놀림이고 네 번째는 원숭이며 다섯 번째는 새가 나는 형태이군요."

"그래 맞다. 잘 봤다."

화타는 기뻐하며 크게 웃었다. 즉시 뜰 안에서 두 제자에게

「오금희」를 가르쳤다.

"나와 똑같이 하거라."

「오금희」는 범이 앞발 들고 다가오는 것 같은 동작과, 사슴이 목을 돌리는 동작과, 곰이 두발 들고 걸어가고, 원숭이는 재빨리 팔을 움직이는 동작을, 새는 날개로 나는 동작을 연출하는 것이었다.

화타의 몸은 유연하며 부드러운 동작의 연결이었다. 번아와 오보는 화타 신변에 며칠 머물렀다. 어떤 때는 궁궐의 뜰 안에서 「오금희」를 연습하였다. 어떤 때는 외출하여 부근의 숲속에 들어가 마치 춤을 추듯 움직였다. 어떤 사람은 얼굴이 윤기가 있고 몸이 유연하고 수염이 길게 기른 사람이 신의 화타라는 소리를 듣게 되었다. 이럴 때마다 벌이 둥지에 모여드는 것 같이 몰려들어 그들을 에워싸고 「오금희」를 보여달라고 졸라댔다.

오래지 않아 허창(許昌)에는 녹음이 우거지고 풀밭에서 매일 많은 사람들이 마주서서 춤을 추듯 허리를 돌리고 손과 다리를 움직이기 시작하였다. 적지 않은 만성병 환자들은 「오금희」를 단련하였다. 그들은 체질이 증강되고 약을 먹지 않아도 병이 치료가 되었다. 이때부터 화타의 「오금희」는 광범위하게 전파되었다.

진한(秦漢)시대 이후의 통치자들은 세상에 귀중한 약이 있는

진시황(秦始皇)은 서복(徐福)에게 불로초를 구해오게 했다.

데 그것이 불로장생한다고 믿어 왔다. 한중(韓衆)과 서복(徐福)에게 500 동남(童男)과 동녀(童女)를 바다에 보내어 선약(仙藥)을 삼신산(三神山)에 가서 구해오도록 하였다. 한문제(漢文帝) 때는 의랑안평(議郎安平)인 이담(李覃)은 음식을 금하고 복령(茯苓)을 차가운 물에 타 먹어 불로장생하려고 하였는데 도리어 설사하여 자칫하면 생명을 잃어버릴 뻔하였다.

영웅호걸인 한무제(漢武帝)도 신선방술을 믿고 운표지로(雲表之露)에다 옥설(玉屑)을 섞어 먹으면 신선이 되고 득도(得道)한다는 소리를 듣고 매일 동반(銅盤)의 노수(露水 : 이슬)에다 미옥(美玉)을 버무려 먹었으나 마침내는 죽고 말았다. 서한(西漢)의 경학대사(經學大師) 동중서(董仲舒)는 이렇게 말하였다.

"능히 화양(和養)하는 자는 끝까지 수명을 다할 수 있다(能以

和養其身者 其壽極命).”

그러나 그도 화(和)를 강조할 따름이었고 모든 것이 지나치면 안되며, 생활에 규율이 있어야 하며, 마음이 유쾌하여 혈맥이 잘 통하고 기혈조화가 되어 곧 장수할 수 있다 그러나 보양을 잘하여도 운동과 연단을 못하면 실제상 외강(外强) 중에 마르게 되고 약하나 풍을 금할 수 없다는 것이다. 동시에 이 시기에 명의 곽옥(郭玉)과 동중서(董仲舒)는 상반된 의견이 있었다.

그는 가난한 사람들에게 효과를 보지만 관리나 부호들에게는 효과가 차이가 났다. 한화제(漢和帝)는 그에게 원인을 물어 보았을 때 그는 설명하였다.

관절과 뼈가 강하지 않거나 노동을 싫어하고 안일한 것만 좋아하면 쉽게 병이 생기고 난치병의 원인이 된다고 하였다.

예부터 병이 있어 치료를 연구하는 사람들이 적지 않았다. 병 없이 예방을 연구하는 사람은 아주 적었다.

의학서 《내경(內經)》에 성인은 병이 있지 않을 때 미리 예방하는 것(上工未治病)이라는 것이다. 이런 것은 예방의 사상이기에 화타가 이런 예방의학을 연구 검토한 적이 있었다.

동한(東漢) 때 의성(醫聖) 장중경(張仲景)은 “팔다리가 무겁다고 느끼면 즉시 심호흡을 하라(四肢才覺重滯 卽導引吐納)”고 하였다.

화타에 이르러 비로소 전문적으로 도인술에 대하여 세심히 연구를 하여 「오금희」를 창조 연단하여 신체 체질을 증강시키고 질병을 예방 치료하는 것이다.

예부터 장수한 사람은 특히 신체단련을 중시하여 그들이 창조한 도인법, 즉 어떤 동물의 동작을 모방한 것으로 사지 관절을 활동하며 허리를 굽혔다 폈다 하여 장수 건강할 수 있게 한다. 이것은 내경의 「미치병(未治病)」의 이론으로 의료체육 방면에 큰 공헌을 하였다.

11. 후회막급(後悔莫及)

화 타

“스승님, 몸을 보익하는 선식을 알려주셔요.”

“몸을 보익하는 선식이라니?”

“평소에 한약으로 몸을 튼튼하게 하고 장기적으로 복용하면 근육과 뼈를 튼튼하게 하고 오장육부를 좋게 하는 좋은 선식을 알려주십시오. 많은 백성들이 선식으로 장기를 튼튼하게 하는 것을 알려주십시오.”

“알겠네,”

화타는 오래 전부터 만든 선식(仙食) 칠엽청점산(漆葉青粘散)의 처방을 번아에게 알려주었다. 칠엽청점산은 칠엽(漆葉)가루 1승(升)과 청점(青粘) 14량(兩)의 비례로 배합하여 만든 것이다. 이것을 상복하면 각종 기생충을 제거하고 오장을 정상적으로 활동하게 하고 신체를 튼튼하게 하며, 정신 또한 맑고 머리도 희지 않게 되며 장수한다.

"칠엽청점산(漆葉青粘散)의 작용과 또 어디서 구하는지요?"

"칠엽(漆葉)은 옷나무의 잎으로 살충작용이 있으며 어디서나 쉽게 구할 수 있다. 청점(青粘)은 황정(黃精)을 말하며 황정은 풍(豐), 패(沛), 팽성(彭城), 조가(朝歌) 등에서 구할 수 있다."

풍은 지금의 강소성(江蘇省) 풍현(豐縣)이고, 패는 지금의 강소성 패현(沛縣) 서쪽이고, 조가는 지금의 하남성 탕음(湯陰)의 동남쪽이다.

황정은 보중익기(補中益氣)하며 심장과 폐를 윤택하게 하고 근육과 뼈를 강하게 하며, 풍습(風濕 : 신경통)을 치료한다.《일화자본초(日華子本草)》에는 '오로칠상(五勞七傷)을 보하며 뼈와 근육을 튼튼하게 만들며 배고픔을 잃게 해준다. 비장과 위를 보하여주고 심장 폐를 윤택하게 해준다.'라고 기재되어 있고《별록(別錄)》에는"몸을 보하고 기를 좋게 하며 풍습(風濕 : 신경통)을 없애고 오상(五臟)을 튼튼히 한다."라고 기재되어 있다. 황정의 약리작용은 항균(抗菌)작용이 있으며 강압(降壓)작용이 있어 고혈압에도 좋은 효과를 나타낸다.

황정(黃精)

화타는 칠엽청점산(漆葉青粘散)의 처방을 번아에게 주면서 당부하였다.

"이 처방으로 자네부터 복용하게나."

번아는 칠엽청점산(漆葉青粘散)을 장기간 복용하여 백 세까지 활동을 하였다. 화타와 오보, 번아는 서로 지나간 치료의 처방과 사례를 밤이 새도록 이야기하였다. 화타는 그들과 이야기하면서도 친척과 고향사람들을 생각하고 있었다. 제자들 손에 환자를 맡기고 있지만, 그는 그동안 치료한 처방을 총망라하여 처방집을 만들고 싶었다. 오보와 번아는 소화장으로 돌아갔다.

동한시대 말년은 사회가 불안하고 전쟁으로 피해는 끊임이 없으며 농촌은 빈곤과 질병의 피해로 많은 백성들이 죽었다. 허창과 그리 멀지 않은 열양(涅陽)의 명의 장중경의 가족은 196년인 건안원년(建安元年)이래 10년도 되지 않아 가족 200여 명 가운데 3분의 2가 유행성 질병으로 죽었다. 그리하여 장중경 의원도 출세를 포기하고 의학의 길로 걸어가 그는 마침내《상한잡병론(傷寒雜病論)》이라는 유명한 의학책을 저술하였다. 일명 상한론이라고 말한다. 그 당시 유행성 질병(상한)이 한번 돌기만 하면 많은 백성들이 속수무책으로 죽어갔다.

이러한 현실에 대하여 화타는 궁궐에 그냥 머물 수가 없었다. 그 고향의 상황은 또 어떤 질병으로 변화가 있을지 알 수 없었다.

'이때 날개만 있다면 날아갈 수가 있을 텐데.'

화타의 의술에 대한 끊임없는 탐구심은 마치 도도히 흐르는 강물과도 같았다.

"어의를 사양할 핑계거리가 없을까."

의심 많고 칼날 같은 성품을 지닌 조조의 비위를 건드리지 않고 위나라를 떠날 구실을 궁리하게 됐다.

"반갑지도 않게 중용해주니 이것도 또한 고민거리로구나."

화타는 자나 깨나 조조로부터 떠날 생각에 골몰했다. 그러나 자연스럽게 조조 곁을 떠날 구실이란 그리 쉬운 일이 아니었다. 화타는 어느 날 불현 듯 묘책이 떠올랐다.

"옳거니! 내가 왜 진작 그런 생각을 못했던가. 맞았어. 고향으로 돌아가 귀중한 약방(藥方)을 찾아온다고 하면 할 수 없이 귀향을 허가해줄 게 아니겠는가."

화타는 의관을 고쳐 입고 조조를 배알했다. 조조는 반갑게 화타를 맞았다.

조조는 최근의 건강에 대해서 몇 가지 의논하고 뭐 불편한 일은 없냐며 화타에 대해 신경을 썼다. 화타는 안 떨어지는 입을 억지로 열어 청했다.

"제 고향에 귀중한 약방들을 놓고 왔습니다. 원컨대 허락해 주신다면 곧 귀향하여 그 약방을 챙겨올까 합니다. 윤허해 주옵소서."

조조의 안색이 확 변했다.

"짐의 지병인 두통과 현기증이 언제 또다시 발병할지 모르는데 그대가 내 곁을 떠난다면 큰일이 아니겠는가!"

"수십 년 동안 연구한 결실인 약방문이 고향에 있으니 꼭 찾아와야 되겠습니다. 귀향을 허락해 주십시오."

화타는 간절하게 귀향을 허락해 달라며 애원했다.

"화타 선생, 그대는 나의 시의(侍醫)로서 그렇게 무책임한 청을 할 수 있는 건가? 나의 지병인 두통과 현기증은 언제 또 도질지도 모르는데, 그대가 내 곁을 떠나겠다니 도저히 이해할 수가 없구나."

조조는 매우 못마땅한 표정으로 완강히 거절했다.

그러나 화타의 마음은 이미 조조 곁을 떠나고 있었다. 원래가

조조에 의한 화타의 죽음

조조의 사람됨을 싫어했던 터였고 황금의 새장 속에 갇히기를 꺼려하던 천하의 자유인 화타는 궁궐에 머무는 것이 견딜 수 없는 고통이었다.

"오늘 일은 없었던 것으로 하겠노라. 그리고 불편하거나 부족한 것이 있으면 뭣이든 말하도록 하라."

"불편하거나 부족한 것은 그리 없습니다. 다만 그 약방문만이……"

"잊어라! 그리고 마음을 진정시켜 숙소로 돌아가도록 하라."

조조는 바람직하지 못한 대화에 종지부를 찍고 입을 굳게 다물었다. 화타는 더 이상 상소할 기회를 상실해 꺼림칙한 마음으로 물러섰다. 호화로운 숙소를 돌아온 화타는 자나 깨나 위왕 조조 곁을 빠져나갈 궁리만 하며 괴로워했다.

그러던 중 뜻밖에 편지가 날아왔다. 화타는 한편으로는 기쁘고 한편으로 슬펐다. 기쁜 것은 집으로 갈 수 있는 이유기 때문이며, 슬픈 것은 부인이 병으로 위급하다는 소식이었다. 그는 부인의 병이 위급하다는 소식에 탄식이 절로 나왔다. 본인이 나이가 들어 앞으로 몇 년을 살게 될는지 생각을 하며 세월로 말미암아 식구들과 갈라져 있는 고통을 받아야 하는지.

그는 집에서 온 편지를 가지고 궁궐의 내무를 관리하는 시종장관(侍從長官)에게 요청하였다. 집으로 돌아가게 허락하여 달라고 하였다. 즉시 그는 조조에게 보고를 하였다. 조조는 보고를 받고 반신반의하였다. 집에서 온 편지가 가짜인지 진짜인지 알 수 없었다. 왜냐하면 화타를 처음 승상부로 오게 할 때도 화타가 쉽게 오지 않았기에 조조는 화타가 언젠가는 자기 곁을 떠나갈 것 같았다. 그는 안심하지 않고 있었다. 만약에 허락하여 집으로 보내면 다시 올 것인가를 생각하였다. 두통이 또 도진다면 누가 치료를 할 것인지도 생각을 하였다.

"승상 폐하! 제 처가 위급하다는 소식입니다. 윤허하여 주옵소서."

"그래? 곧바로 돌아와야 하네."

그는 다짐을 받고 허락하여 집으로 돌아가게 하였다.

마침내 집으로 돌아오니 뜰 안에서 바쁘게 환자 간호하는 부인을 보고서 마음이 놓였지만, 조조에게 거짓으로 하여 온 것이 마음에 찔렸다. 세 제자들은 화타가 돌아온 것을 보고 뛰어나왔다.

"어찌 된 일인가?"

"사모님 병이 위급하다고 가짜 편지를 쓰지 않으면 스승님이 돌아오기가 힘들 것 같아서요……"

화타는 제자들을 칭찬하였다.

"그래! 오래간만에 집에 오니 너무나 좋구나."

가짜 편지가 아니면 집에도 못 와 볼 뻔하였다. 화타가 집으로 돌아왔다는 소식이 동네에 급하게 전하여졌다. 화타를 보려고 온 사람과 병을 치료받으러 온 환자들 집 안팎으로 문전성시를 이루었다. 소식이 온 동네로 퍼졌다.

"화타 의원이 관직을 그만두고 고향으로 돌아왔다고 하더군."

계속 여러 날 화타는 바쁘게 치료하여 어찌할 빠를 몰랐다. 너무나 바빠서 몸은 피곤이 풀어지지 않았지만 마음으로 너무나 편하였다. 고향사람은 줄이어 치료를 받았다. 어떤 때에는 밥도 제대로 먹지 못하며 치료를 하였다. 그는 이렇게 속으로 생각하였다.

'그래, 고향사람들이 나를 이렇게 필요로 하는구나!'

그는 고향을 떠나서는 안 되겠다고 느꼈다. 그는 결심을 내리고 돌아가지 않고 영원히 여기에 머물며 환자들을 치료하겠다고 작정하였다.

그는 예전처럼 이 마을 저 마을 다니며 환자도 치료하였고, 제자들을 데리고 산이나 들이나 강으로 다니며 약초를 캐었고 자기가 창조 개발한 「오금희」를 고향사람들에게 전수하여 주고, 밤 시간을 이용하여 책을 쓰기 시작하였다. 매일 시간이 그리 바삐 지나가는지 언제나 시간이 모자랐다. 고향사람들은 화타가 낮에는 환자를 치료하고 밤에는 늦도록 책을 쓰느라 잠을 못 잔다는 소식을 듣고 걱정하였다.

"화타 의원이 너무 과로하면 안 되는데."

환자들이 저녁 때 병이 발병하여도 밤에는 될 수 있으면 찾아가지 않았다.

화타는 평상시 지식을 총망라하여 병증의 기록을 하였고, 침구치료를 망라한 《침중구자경(枕中灸刺經)》을 탈고하였다.

반 달이 지난 후 화타는 종이를 펼쳐놓고 조조에게 자기가 궁궐의 의원직을 그만두겠다는 편지를 썼다. 거짓말 한 것이 탄로나지 않기 위하여 그는 자기 처가 병이 위급하여 정성껏 치료와 간호를 하고 있다고 하였다. 그 후로도 계속하여 여러 차례 같은 내용의 편지를 써서 보냈다.

그는 틈틈이 손을 대어 《내사(內事)》와 《관형찰색병삼부맥경

(觀形察色并三部脈經)》 등의 책을 썼다.

조조는 화타의 편지가 연이어 오니 화가 났다. 시종(侍從) 앞에서 노발대발하였다.

시종은 즉시 사람을 파견하여 화타를 잡아오겠다고 하였다. 조조는 오히려 제지시키며 즉시 편지를 써서 시종에게 주었다.

며칠 안 되어 화타는 조조의 편지를 받게 되었다. 그 내용은 본현(本縣)의 관아를 통하여 빨리 돌아오라는 독촉 명령이었다. 그는 편지를 아랑곳하지 않고 시간을 내어 책을 썼다. 조조는 화타의 갈 수 없다는 편지가 연이어 날아오자 화가 났다.

시종(侍從) 앞에서 노발대발하였다.

"즉시 사람을 파견하여 화타를 잡아오겠습니다."

"아니다. 내가 편지를 써 보낼 테다."

며칠 안되어 화타는 또다시 조조의 편지를 받게 되었다.

그 내용은 패현(沛縣)의 관아를 통하여 빨리 오라는 독촉 명령이었다.

화타는 조조의 독촉 편지에도 아랑곳하지 않고 틈틈이 책을 썼다.

그리고 자기가 연구하여 만든 도소주(屠蘇酒)의 약 처방을 동네사람에게 알려주었다. 도소주는 일종의 소화력을 강하게 하고 몸을 튼튼하게 하고, 살충, 해독하며 여러 종류의 전염병을 예방하는 약주이다.

사람들에게 아주 환영을 받았다. 그러므로 이 약주의 효능이 금방 퍼져나가 여러 사람들에게 약주 만드는 방법도 유전되었다. 송(宋)나라의 대문학가 왕안석(王安石)은 이러한 시구를 남겼다.

'爆竹聲中一歲除 春風送暖入屠蘇'
폭죽성중일세제 춘풍송난입도소

"폭죽 소리 속에 한 해가 저물고,
봄바람에 실린 온기 술속으로 스며든다.

조조는 화타에게 보낸 편지가 아무런 소식조차 없자 냉담한 표정을 지으며 그의 시종을 불렀다.

"화타의 고향에 가거라. 화타의 부인이 중병에 걸렸으면 휴가를 더 주고 팥 40두(斛)를 가지고 가라."

그리고는 말을 이어,

"만약 화타의 처가 병이 없다면 그를 붙잡아 오거라"

1곡은 10말이다. 조조는 전란 중 죽은 부친의 복수를 하기 위해 도겸(陶謙)을 죽이고 사수(泗水)에서는 10만 명과 닭과 개도 남기지 않고 죽였던 인물인데 화타에게는 매우 호의적이었다.

화타는 편지를 받고 가지 않고 자신이 중병 걸렸다고 할 예정이었다. 길사가 아닌 구름이 화타의 집 위를 덮었다. 화타의 집에는 전과 같이 환자가 끊임없이 드나들며 화타도 매일 환자를 위해 바쁘게 지내고 있으며 화타의 처는 근심이 생겼고 세 제자도 심정이 무거웠다.

화타는 편지를 받고도 조조에게 가지 않고 환자를 돌보고 있었다. 화타는 목숨을 걸고 환자를 돌보고 있으며 자기의 생명이 위태로움을 고려할 시간조차 없었다. 이제 와서 그는 남아 있자고 할 때 조조에게 몇 번 편지를 보냈고 자기의 생사를 이미 걱정하지도 않았다. 그 후 연이어 몇 통의 편지를 받고 더욱 결심에 동요할 수 없다고 마음먹었다. 모두가 근심하던 일이 발생하고 만 것이었다.

조조의 시종(侍從)은 두 명의 공차(公差 : 하급관리)를 데리고 원화초당(元化草堂)으로 들어왔다. 시종은 화타를 곧 붙잡아 갔다. 화타는 침착하게 말하였다. 상황을 파악한 시종은 예상했던 대로인 것을 알게 되었다.

"화타를 압송하라."

화타를 결박하였다. 그러나 화타는 침착하게 말하였다.

"지금 이 환자를 보고 있으니 잠깐만 계셔요."

시종은 화타의 말에 그동안 화타의 백성들에게 치료하고 덕을 나눈 것을 알기에 결박을 풀고 치료한 환자는 마저 치료하게 하였다.

화타는 환자를 다 본 다음 환자에게 고별인사를 나누고 있을 때 환자의 눈에서는 눈물이 흘렀다.

온 낯을 눈물로 적신 화타가 부인에게 위로의 말을 하였다.

그리고 화타는 제자에게 부탁하였다.

마침내 백성들의 존경을 받는 의원이 죄인이 되어 붙잡혀 가는 꼴이 되었다.

허창에 압송되어 온 화타에게 조조는 욕설을 퍼붓지 않고 그를 우대하며 부드럽게 말하였다.

"이제부터 내 옆에서 내 두통을 치료하게나."

화타는 일찍부터 마음을 먹었다. 그러나 조조가 이렇게 도량있게 하니 마음속에 크게 감동이 되었다. 화타는 좀 생각하다가 조조에게 말했다.

"폐하의 두통은 완전히 치료하기가 곤란합니다. 만약에 원인치료를 한다면 방법이 있습니다."

화타는 조조를 보고 말하였다.

"폐하 병의 원인은 풍(風)으로 뇌(腦)에 침투하여 매우 심각합니다. 침과 뜸이나 약으로는 병의 원인을 도저히 제거할 수 없습니다."

병의 원인을 없앨 수가 없다는 말에 그는 낙심하며 말했다.

"그럼 치료가 안된다는 말인가?"

"단 한 가지 방법은 있기는 하지만……"

조조는 두통이 생기면 참기가 힘들었기에 방법이 무엇인가 알기 위해 급히 말했다.

"무슨 방법이 있는지 빨리 말하라!"

"우선 마비산(麻沸散)을 복용하신 다음에 머리를 칼로 수술한 다음 병의 근원인 풍(風)을 제거하면 비로소 두통의 근본이 제거됩니다."

조조는 그 소리를 듣고 대단히 화를 냈다.

"뭐라 머리를 칼로……?"

"칼로 머리를 갈라야 합니다."

"이런 놈 봤나! 머리를 자른다고! 이놈이 필경 나를 해치려고 음모를 꾸미는구나."

조조는 머리뼈를 칼로 쪼개서 머리 부분을 열고 수술한다는 말을 듣고 크게 화를 내면서,

"은인에게 보복하려고 하는가! 나를 살해하려고 하는가?"

화타는 조용히 입을 열었다.

"전에 관우의 독화살로 인하여 위급하였을 때 뼈를 깎고 독을 제거하여 그를 살려냈습니다. 하물며 대왕의 치료는 이상할 것이 없습니다."

조조는 화를 내면서 말하였다.

"네놈이 필히 관우와의 관계가 있어 그가 피살당해 나를 살해하려고 이 기회에 나에게 보복하려는구나!"

비록 한의학 서적의 경전인 《내경(內經)》에 뇌에 대한 기능에 대하여 기재되었지만, 그 당시는 뇌를 수술한다는 것은 있을 수 없기에 조조는 분명히 자기를 해칠 것이라고 생각하였다. 조조의

두풍병은 현대에서는 뇌종양으로 여겨진다.

조조는 화타의 말을 용납하지 않고 즉각 좌우를 보며 그를 문초하도록 했다.

"아니……저 화타를……"

고후(賈詡)가 급히 말렸다.

"폐하, 화타는 본시 선량한 의원으로 세간에 존경받고 있습니다. 그는 승상을 살해할 그런 분이 아닙니다. 처벌을 가볍게 하십시오."

"당장 옥에 가두거라!"

조조는 화타가 감옥살이로 고통을 당하면 자기에게 굴복할 것이라고 생각하였다. 그러나 그는 잘못 생각하였다. 여러 날 가둬두었지만 시종의 매일 보고는 조조로 하여금 실망을 가지게 하였다. 화타는 생각을 바꾸려는 의사가 없다고 생각하고 조조는 홧김에 그를 사형에 처하기로 결정하였다.

"화타를 사형에 처하도록 하라!"

조조의 군사(軍師) 순욱(荀彧)은 화타의 의술과 의덕을 높이 평가하였다. 그래서 그는 조조의 명령을 듣고 급히 제지하였다.

"화타의 의술은 확실히 고명합니다. 사람들의 생명과 건강을 돌보는 일을 평생 하였던 화타를 승상님께서 관용을 베푸시어 그의 생명을 보전케 하옵소서."

그러나 조조는 냉소를 지으며 말했다.

"그가 의술이 고명하다는데 어째서 나의 머리 아픈 것을 고치지 못하는가? 그가 비록 배를 가르고 사람의 병을 치료할 수 있지만 머리를 가르고 칼질하였다는 것을 이제껏 듣지 못하였다. 이는 분명히 나를 모해하려 하는 것이니 이를 어떻게 용서하겠는가? 걱정 말라. 천하에 의원이 적은 것을 두려워할까!"

화타가 위왕(魏王) 조조(曹操)의 분노에 사로잡혀 옥에 갇히기 전의 일이다. 이성(李成)이라는 장군이 있었는데, 심한 기침에 시달려 고통을 받았다. 화타가 이성 장군에게 당부하였다.

"산약을 복용했기 때문에 일단 장내의 종기는 다 터져 나왔으나, 내 진단으로는 18년 후에 병이 재발할 것이오. 그 때 이 약이 없으면 다시 병을 다스릴 수 없을 것입니다. 이 약을 귀중한 보물처럼 여기고 잘 보관해 두시기 바랍니다.'

이성이 거느린 부대의 한 막료가 이성과 똑같은 질병에 걸려 심한 기침에 시달렸다. 막료는 몇 년 전에 이성이 화타의 산약으로 질병을 말끔히 고친 일을 상기하고 이성을 찾아갔다.

"장군님, 아시다시피 전 심한 기침으로 군무에도 지장이 있어 생각 끝에 이렇게 찾아왔습니다. 어려우시겠지만 명의 화타가 지어 준 그 약을 저에게 나눠주실 수 없겠습니까? 이렇게 애원합니다."

이성은 난처했다. 18년 후에 또 다시 그 무서운 질병이 재발할 것이라는 화타의 경고가 귀에 쟁쟁했기 때문이었다. 단 한 첩의 이 산약을 막료에게 줘버리고 나면 난 후에 어찌할꼬.

"어김없이 그 질병이 재발할 것이오. 그 때 이 산약(散藥)이 없으면 목숨을 잃게 될지도 모르니, 부디 이 산약을 귀중히 여겨 잘 보관토록 하시오."

어쩌면 좋은가. 이성은 두 손으로 머리를 감싸고 괴로워했다. 인정이 무엇이냐. 내가 있고 남도 있는 것이지. 안 돼! 이 산약만은 절대로 줄 수 없어!

이성은 마음속으로 이렇게 절규하며 자신의 행동이 타당하다고 변호하려 했다.

"장군님! 전 그 약이 없으면 죽게 될 것입니다. 부디 저에게 그 약을 양도해 주십시오! 이렇게 빕니다, 장군님!"

이성의 머릿속에서는 양심의 소리와 이기주의의 아집이 불꽃을 튀며 싸우고 있었다.

"장군님!"

막료의 오열과 숨넘어가는 기침소리가 이성의 가슴을 찔렀다. 정에 약한 이성의 마음은 서서히 흔들리고 있었다.

'그래 줘버려! 죽어가는 부하를 차마 두 눈 뜨고 볼 수가 없어! 어차피 내겐 아직도 시간이 있지 않은가. 그 사이 다시 화타를 찾아 산약을 조제해 달라면 될 게 아니겠는가……'

"가져가라! 이 산약으로 그대의 귀중한 목숨을 구할 수 있다면 뭘 망설이겠는가! 자, 어서 갖고 가서 질병을 고치도록 하여라!"

이성은 두 눈을 딱 감고 산약을 막료에게 내줬다. 그 후 막료의 질병은 물론 쾌유됐다. 막료는 목숨을 바쳐서라도 이성 장군에게 충성을 다할 것을 맹세했다.

그러나 이성은 몹시 불안해지기 시작했다. 앞으로 대비해서 비약을 간직하고 있을 때엔 마음이 느긋했었는데 막상 없어지고 나니 몹시 초조하고 불안해 밤잠을 이룰 수가 없었다.

"그렇지! 뭘 더 이상 불안해 할 필요가 있겠는가. 당장 화타를 찾아가 그때 조제해 줬던 산약을 다시 지어 달라고 부탁하면 될 것이 아니겠는가."

이성은 사방으로 수소문한 결과 화타가 그의 고향에 돌아가 있다는 사실을 알아내고는 곧바로 찾아갔다.

그러나 한 발 차이로 화타는 조조가 보낸 병사들에게 이끌려 떠나간 후였다. 당황한 이성은 위나라로 달려갔다. 그 무렵 화타는 이미 조조의 분노를 산 끝에 감옥에 갇힌 후였다. 이성은 땅을 치며 통탄했으나 어찌할 도리가 없었다.

의기소침한 이성은 할 수 없이 비약을 구하지 못한 채 돌아갔다. 앞으로의 세월은 불안과 초조 그리고 공포의 나날이었다. 이성 장군은 부디 화타의 예언이 빗나가길 마음속으로 빌었다.

"제아무리 뛰어난 명의라 할지라도 신이 아닌 이상 어찌 18년 후의 증상을 예측할 수 있단 말인가……아마도 평소에 건강관리를 잘하라는 교훈삼아 18년 후에 재발할 거라며 겁을 준 것이겠지……”

이성 장군은 마음을 달래며 스스로 이렇게 위안했다. 한 번 나은 질병이 어째서 하필이면 18년 후에 재발한단 말인가……말도 안되는 소리. 이성 장군은 억지로 잊어버리려 했다.

그러나 이성 장군의 마음 한 구석에는

‘아냐! 단 한 첩의 산약으로 질병을 물리친 신의 화타가 아니었던가. 그의 예언은 틀림없이 적중할 거야. 아! 후회스럽구나. 그때 왜 부하에게 그 비약을 줘버리고 말았던가. 차라리 그럴 줄 알았으면 화타에게 약을 다시 지은 다음에 부하에게 내줄 것을……’

후회는 언제나 앞서지 않는 법이다.

그리고 세월이 흘러 화타가 예언한 18년이 지났다. 이성의 질병은 어김없이 재발했고 그 비약이 없었던 이성은 끝내 목숨을 잃고 말았다.

“이것이 나의 숙명인 것을……누굴 원망하랴!”

이것이 이성의 마지막 한 마디였다.

한편 조조의 참모 중 한 사람은 명의 화타가 옥중에서 죽어가는 것을 차마 볼 수 없어 조조를 배알했다.

“폐하, 화타의 의술은 정묘하기 이를 데 없으며, 많은 인명이 그의 손에 달려 있습니다. 부디 너그러우신 처사가 있으시길 바랍니다.”라고 탄원했다.

그러나 조조의 분노는 풀리지 않았다.

"화타의 의술이 제 아무리 절묘하다 한들 천하를 손아귀에 거머쥐려는 이 조조에게 반기를 들어 여태껏 기만해 왔으니 어찌 그 죄를 용서 할 수 있단 말인가."

"하오나 화타만한 의원을 다시 구할 수는 없을 것입니다. 대왕의 신병치료를 위해서도 화타는 없어선 안될 의원이지 않습니까? 부디 노여움을 푸시고 다시 재생의 길을 내려주시옵소서."

"한번 마음이 떠난 자를 회유하기란 그리 쉽지가 않느니라. 화타는 위나라에 등을 돌린 자가 아니었던가!"

"하오나 만민구제를 위해 화타를 한 번만 용서해 주십시오. 듣자오니 화타는 옥중에서 몹시 쇠약해져 두 발로 일어서지도 못하고 병고에 시달려 명이 얼마 남지 않았다 하옵니다."

"짐을 배신하며 기만한 죄의 대가가 아니겠는가."

"죽음을 앞둔 화타에게 한 번만 기회를 주십시오."

"옥사(獄死)가 그에게 알맞은 죽음이 아니겠느냐. 더 이상 탄원하지 말라."

간웅 조조는 끝까지 뜻을 굽히지 않았다. 그의 집념과 오기의 단면을 엿볼 수 있는 대목이라 할 수 있겠다.

화타는 감옥에 들어간 후부터 옥에서 쉽게 나갈 수 없다는 것을 알고 그의 지료 경험을 줄곧 쓰고자 하였다. 옥에는 오(吳)씨 옥졸이 있었는데 그는 화타를 존경하여 화타가 옥에서 필요한 물품을 구해주고 많은 배려를 하였다.

“화타 의원님, 저도 의원님과 같이 의술 공부를 하여 사람들을 치료하고 싶었었습니다. 의원님을 이렇게 옆에서 보게 되어 감격합니다.”

“내가 이곳에서 필요한 몇 권의 책과 종이와 붓과 먹을 가져다 줄 수 있겠소?”

오(吳)씨 옥졸은 평소에 존경하는 화타가 원하는 것을 가져다 주었다. 비록 옥중이지만 외부의 방해 없이 차분하게 마음을 진정시키고 생각할 수 있는 시간이었다.

그동안 환자 치료하느라 바쁘게 일생을 산 그였다.

그러나 후대 사람들에게 남겨줄 것이 아주 많았다.

그는 죽을 날짜가 하루하루 가까이 다가온다는 것을 예감하고 있어 시간에 대한 촉박감이 있는 그의 머리는 더욱 더 맑고 총명해졌다.

“나의 죽음은 의술의 죽음을 뜻하는지도 모른다. 죽음을 앞두고 나는 이 세상에 무엇을 남길 것인가……?”

가물거리는 정신을 가다듬어 화타는 열심히 생각했다. 생각하면 생각할수록 할 일은 너무나 많았고 연구 대상도 수없이 많았다. 한데 이제는 그 모든 것이 소용없게 되었다. 자신의 생명에 대한 미련이나 애착보다도 좀 더 많은 질병에 대한 연구를 남기지 못하는 것이 안타까웠다.

화타는 힘없이 누더기를 치우고 겨우 기어서 구석에 쌓아놓은 몇 권의 서적을 뒤적였다.

"이거야! 바로 이거! 단 한 권의 이 서적만이라도 후세에 남겨야겠어."

그동안 써왔던 한 권의 의서를 완성시키기로 마음먹었다. 이름은 《청낭서(青囊書)》라고 지었다. 왜냐하면 화타가 약초를 캐러 갈 때나 왕진 갈 때 푸른 배낭을 항상 지고 다녔다. 배낭에는 침과 뜸을 뜰 수 있는 쑥과 치료를 할 때 필요한 약초가 들어 있었다. 그래서 푸른 배낭의 처방이라는 뜻이다.

어느덧 청낭서를 완성하였다.

"드디어 청낭서가 세상 빛을 보게 되었구나."

하루는 오 옥졸을 조용히 불렀다.

"내가 아무래도 살아서 나가기는 힘들 것 같으이. 내가 심혈을 기울여 만든 청낭서(青囊書)가 있는데 내가 그 청낭서를 줄 테니 열심히 공부하여 세상 백성을 구하는 의원이 되게나."

오 옥졸은 청낭서를 건네받자 기쁜 나머지 가슴이 두근두근 벅찼다.

"이제는 나의 운명이 다한 거 같구나."

"의원님! 무슨 말씀을 그리하셔요."

정신을 가다듬어 화타는 생각했다. 생각하면 생각할수록 할 일은 너무나 많았고 연구 대상도 수없이 많았다. 한데 이제는 그 모든 것이 소용없게 되었다. 자신의 생명에 대한 미련이나 애착보다도 좀 더 많은 질병에 대한 연구를 남기지 못하는 것이 안타까웠다.

하루는 화타가 조용히 오(吳) 옥졸을 불렀다.

"부탁하실 것이 있습니까?"

"아니 내가 준 《청낭서》는 잘 간직하고 있겠지?"

"네, 귀한 보물을 주셨으니 틈틈이 공부해서 의원님과 같이 많은 사람을 치료하겠습니다."

"내일쯤은 아마도 내가 이 세상에 없어질 것 같아."

"아니 의원님, 무슨 말씀을....."

화타의 말에 오 옥졸은 눈물을 떨어뜨리고 있었다.

화타는 죽음이 다가오는 것을 느낄 수 있었다.

이튿날 마침내 화타는 세상을 떠났다.

208년 건안 13년에 신의 화타의 생명이 꺼졌다.

그 시간에 바람이 일어 불더니 먹구름이 몰려오고 갑자기 온통 어두워졌다.

하늘도 그가 세상을 떠난 것에 안타까워하는 듯 장대비가 내리기 시작하였다.

저마다 자기의 머리 위에 떨어지는 비를 피하지 못하고 아픔을 동참하라는 듯 누구에게나 긍휼의 빛으로 다가가는 겸손함과 따뜻함으로 이미 화타는 많은 백성들 마음에 이미 자리를 잡고 있었다.

화타가 죽고 난 후에 오 옥졸은 《청낭서》를 가지고 집으로 돌아와 부인에게 자랑하였다.

"이 책이 그 유명한 화타의 비방책인 《청낭서》야!"

"그럼 화타 선생님은?"

"돌아가셨어. 나 좀 잠을 잘게. 먼 길을 와서 피곤하네."

그는 잠을 자고 깨어보니 책이 타는 냄새가 나서 보니 청낭서가 타고 있었다. 깜짝 놀라 뛰어가 보니 이미 책은 불에 타서 없었다. 부인에게 왜 《청낭서》를 태웠냐고 소리를 치며 화를 냈다.

"신의 화타도 너무 유명하고 신묘한 의술 때문에 그가 옥중에 갇히게 되어 죽었습니다. 바로 《청낭서》가 당신을 유명하게 만들면 당신도 마찬가지가 될 수 있기에 나는 《청낭서》보다 당신이 더 중요합니다."

이리하여 《청낭서》는 지금까지 전수되지 않게 되었다. 후세 사람들은 이 사건을 안타까워 시를 지었다.

華佗仙術比長桑 神識如窺垣一方

惆悵人亡書亦絕 後世無復見靑囊

화타선술비장상 신식여규원일방
추창인망서역절 후세무복견청낭

화타의 의술은 장상군에 견줄 수 있으니
귀신같은 진료로 속속들이 꿰뚫어 보았네.
애석하다, 화타 죽고 책도 사라졌으니
후세 사람 다시는 청낭서를 못 본다네.

그의 일생에 심혈의 결정체인 청낭서는 삽시간에 재가 되어 버린 것이다.

12. 심원영향(深遠影響)

중국 우표 속 화타 상

화타가 피살된 그 해에 조조가 가장 사랑하는 아들 13세 조충(曹沖)이 병에 걸렸다. 이 아이는 신체가 약하지만 총명하기가 그지없었다. 또 마음씨도 아주 착하여 맑았다. 한번은 조조의 말 안장이 창고에 놓여 있었는데 쥐가 물어뜯었다. 창고의 고리장

(庫吏長)은 죽음을 면치 못하게 되었다. 그것을 안 조충은 칼로 자기 옷을 찢어 쥐가 물어서 뜯어 놓은 것같이 만들었다. 조충은 불편한 얼굴을 하였다. 조조가 조충에게 물었다.

"무슨 일이 있느냐?"

"의복을 쥐가 물어뜯으면 불길하다고 들었는데요?"

조조는 웃으며,

"그런 엉터리 같은 말이 어디 있느냐, 괜찮다."

그때 고리장이 말안장이 쥐가 물어뜯어 파손되었다는 보고를 하였다.

조조는 조충에게 말하였다.

"아들이 옷을 입고 있는데도 쥐가 물어뜯었는데 하물며 말안장을 창고 기둥에 걸어놓았는데 어찌 가만 놔두겠는가."

그리하여 고리장은 책임을 추궁당하지 않았다 그리하여 승상부의 모든 사람들은 조충을 좋아했다. 모두가 그의 병에 대하여 관심을 가졌다.

화타가 승상부에 있을 적에 조충이 몇 차례 큰 병에 걸렸다. 화타가 그때마다 치료하여 나았다. 그러나 이번 조충의 병은 시의들이 치료를 하였지만 속수무책이었다. 허창의 명의들을 다 청하여 왔으나 아무 소용이 없었다.

조충은 혼미상태에서 화타의 이름을 몇 차례 불렀다. 조조는 조충이 죽을 때 고통소리와 가느다란 소리로 화타를 부르는 소리에 억장이 무너지는 비통함에 사로잡혔다. 마치 화살촉이 심장을 꿰뚫고 나가는 것 같았다. 조조는 비통한 목소리로 소리 질렀다.

"내가 화타를 죽였다!"

그러나 그의 후회도 부질없었다.

화타는 세상을 떠났다. 그가 일생 동안 수집한 심혈의 의학서인 《청낭경(靑囊經)》도 이미 불타버렸다. 세계적으로 이름난 마비산(痲沸散)의 처방도 후세에 전달이 되지 못했다.

화타는 한 농촌의 의원으로서 그의 의술은 민간에서 온 것이며 또 민간에 뿌리를 깊이 박았다. 그의 탁월한 진단과 의술, 풍부한 의료 경험과 죽어가는 사람을 살리는 기사회생(起死回生)의 처방약과 침술은 대대로 보존되어 있으며 그의 제자, 환자, 고향 사람들 및 그의 족적을 남긴 지방에 계속해서 화타의 의술 치료 경험담이 전파되었다. 화타는 의학상으로 큰 영향을 주어 그의 제자들이 취득한 뛰어난 의술로 표현이 되었다.

제자 이당지와 번아도 스승 화타의 의학이론과 의료경험을 계승하여 질병에서 고통을 받고 있는 백성들을 치료하여 화타의 의술을 전파하였다. 오보는 스승 화타의 의학 경험을 정리하여 건안 13년에서 위(魏) 경초(景初) 3년까지(208~239), 《화타약방(華佗藥方)》과 《오보본초(吳普本草)》 두 권을 저작하였다. 《화타약방》은 화타가 그 동안 환자들을 치료한 처방을 수집하여 화타와 환자 간의 치료한 중요한 처방집이다. 《오보본초》는 화타를 따라다니며 채집한 약초와 환자들에게 직접 사용했던 약초 441가지를 기재하였던 것이기에 후세에 지대한 영향을 주었다.

이시진(李時珍)

약초의 교과서라고 할 수 있는 명(明)나라 이시진(李時珍)의 《본초강목(本草綱目)》을 저술할 때는 역대 본초 42가지를 열거하였고, 《오보본초》를 세 번째로 적을 정도로 이시진은 이 책을 추앙하였다.

이당지도 약초에 더욱더 매진하여 《이당지약록(李當之藥錄)》, 《이당지약방(李當之藥方)》과 《이당지본초경(李當之本草經)》 3권을 만들었다. 또한 이당지는 화타의 본초학(本草學)을 계승 발전시켰다.

오보는 또 화타의 「오금희」를 계승하여 많은 백성들에게 건강체조법을 널리 알려 백성들의 보건 건강에 큰 역할을 해왔고 그는 몸소 연마하여 장수하였다. 그가 90이 되어도 귀가 먹지 않고 눈도 밝아지고 치아도 튼튼하여 음식도 잘 먹게 되었다.

후에 황제 보좌에 앉은 조조의 손자 위명제(魏明帝) 조예(曹叡)는 일찍이 불로장생을 꿈꿨다.

"화타의 제자가 오금희를 백성들에게 전파한다는데, 그것이 불로장생에 도움이 되느냐?"

"저하, 지금 백성들이 오금희를 배워서 체력이 단련되었다고 합니다."

"당장 오보를 데려오너라."

사람을 파견하여 오보를 궁으로 불러왔다.

"그대가 이곳에서 「오금희」를 시험 보이거라."

조예는 오보에게 명령하였다. 그에게 「오금희」 시범을 하라고 명령하였다. 오보는 스승의 피의 교훈으로 말미암아 조예에게 말하였다.

"폐하, 「오금희」는 소문대로 대단하지 않습니다."

그는 오금희를 줄여서 간단하게 시범을 보였다.

"「오금희」가 생각보다 간단하구나."

정식으로 하고 싶은 마음이 내키지 않았다. 왜냐하면 스승이 그의 조부에게 살해를 당한 생각에서이다. 「오금희」를 다 하지 않고 적당히 시범을 보이며 그 자리를 떠났다. 그러나 백성들에게는 「오금희」를 정성스럽게 시험을 보이며 장수를 하도록 자세히 가르쳐 주었다.

「오금희」는 몸의 굴신과 사지의 움직임을 통해 온몸에 신선한 공기를 흡입하며 폐를 포함한 호흡기 계통의 기능을 강화한다. 또 기를 전신에 걸쳐 순환시키며 이를 따라 혈액의 순환도 원활해지며, 신체의 각 부위와 내장 등에 어혈과 탁한 기운을 배출하는 데 탁월한 효과가 있다.

화타의 「오금희」는 세상에 나타난 후 다섯 가지 동물 동작을 모방하여 몸 단련을 진행하여 체육으로 발전되었다. 구체적으로 양(梁)나라 때《양생연명록(養生延命錄)》과 북송(北宋) 장군방(張君房)의《운급칠첨 . 도인안마(雲笈七簽 導引按摩)》에서도 화타의 「오금희」가 편집되었다. 명청(明淸)시대에도 「오금희」는 새로운 발전을 가져왔다. 연구하는 사람은 날로 증가되어 「오금희」를 서술하였다.

명(明)나라의 주이청(周履淸)의《이문광독 오금서(夷門廣牘五禽書)》, 청(淸)나라 조약수(曹若水)의《만수선 오금도(萬壽仙五禽圖)》 등이 있다. 화타의 「오금희」가 당(唐)대 유종원(柳宗元)의 「문도편위오금희(聞道偏爲五禽戱)」라는 시구를 보면 분명히 민간에 유전된 상황을 엿볼 수 있다.

「오금희」는 발전하여 현대에 와서 여러 유파가 생겼고, 상안휘(象安徽)의 「정종오금희(定宗五禽戱)」, 북경과 광주(廣州) 등지의 「전통오금희(傳統五禽戱)」 등과 이것이 변형이 되어 태극권(太極拳)과 팔단금(八段錦) 등으로 체육 보건방법으로 내려왔다.

화타는 등과 허리에 혈자리를 발견하여 이름을 자기의 이름을 따서 화타협척혈(華佗夾脊穴)을 지어서 지금까지도 이 혈자리를 사용한다. 화타협척혈은 흉추 1번 극돌기에서 요추 5번 극돌기 아래 양 옆으로 0.5촌에 분포되어 경추(頸椎)에서 천추(薦椎)까지 포함되어 각 신경으로 연결된 신체 부위의 질병에 관한 혈자리로 사용하고 있다.

산동 한의과대학에서 화타협척혈을 사용하여 60가지 이상의 질병을 치료한 기록이 있으며 상해 한의과대학의 실험 결과 화타협척혈에 자침시 진통 효과는 물론 내분비선의 조절에도 탁월한 효과가 있다고 보고했다.

화타협척혈의 자침시에 첫째 척수신경의 후근(後根 : Radix Dorsalis)을 통하여 후각(後角 : Dorsal Horn)으로 연결되는 감각신경계의 자극은 진통효과를 발생시킴으로써 침 마취에 사용된다. 둘째 교감신경간에 교통지(交通枝 : Communicating Branches)를 통과하여 각 장기로 전달되는 운동신경계의 자극은 내장의 작용을 정상으로 조절하는 효과를 나타낸다.

화타의 유작은 모두 없어진 것이 아니다, 화타가 옥중에서 태워버린 것은 《청낭서》이다. 조조의 위(魏)나라 이후 진(晋)대에 이르러 화타의 저술이 출현했다. 진나라의 의학가 태의령(太醫令) 왕숙화(王叔和)는 세계 처음으로 맥의 전문가로 《맥경(脈經)》 5권을 저술하였는데, 그 맥경에 《편작화타찰성색요결(扁鵲

華佗察聲色要訣)》이 명확히 기재되어 있었다. 바로 편작 화타의 진단하는 법을 기재한 것이다.

양(梁)나라 때 원효서(阮孝緖)의 《화타내사(華佗內事)》 5권에도 열거하였다. 《수서경적지(隋書經籍志)》에도 《화타관형찰색병삼부맥경(華佗觀形察色并三部脈經)》 1권과 《침중구자경(枕中灸刺經)》 1권 등을 열거하였다. 그러나 이러한 귀한 의학서적들은 모두가 오랜 연대를 걸쳐 사라지고 말았다.

화타의 유작(遺作) 혹은 화타의 이름을 빌린 위작(僞作)은 《중장경(中藏經)》, 《내조법(內照法)》, 《화타신의비전(華佗神醫秘傳)》, 《화타신방(華佗神方)》 등이 있다. 그 중 영향이 큰 것은 《중장경(中藏經)》이다. 이 책은 《화씨중장경(華氏中藏經)》이라고 부른다. 제명(題名)은 한나라 화타의 저술이라고 하였다. 이것은 북송(北宋) 때 보였으며 그것은 북송의 도교(道教) 교도(教徒)인 등처중(鄧處中)이 위작을 하였다.

등처중은 화타의 숭고한 명예를 빌렸으며 그는 꿈에서 얻은 《중장경(中藏經)》을 편집하여 만들었다는 황당한 이야기가 있으며 자신이 화타의 외손자(外孫)라고 허풍을 떨었다. 그런 까닭에 《중장경》은 해외로 대량으로 전해 내려갔다. 이 위작된 책은 학술과 실용가치 외에 화타의 이름이 있기에 대량으로 연구하는 사람의 중요한 원인의 하나가 되었다.

년이나 앞서 있었다.

위나라 이후에 역대 사학가나 의학가들은 화타의학 사학자료의 수집과 발굴사업을 중요시 여겼다. 진무제(晋武帝) 태강연간(太康年間, 280~290)에 사관(史官) 진수(陳壽)의 《삼국지(三國志)》에서 화타의 내려온 이야기 중에서 화타의 치료한 병례 16가지를 수집 기록하였다.

약 30년 후에 사관(史官)인 범엽(范曄)의 《후한서(後漢書)》에도 화타에 대하여 적혀 있었으며 《화타별전(華佗別傳)》에는 화타가 치료한 병 치료 예 다섯 가지가 기재되었다. 화타의 업적은 백성 사이에서 전해 내려옴으로써 가히 존경받을 만하며 생생하고 분명하게 전해 내려왔다.

화타는 의학상의 공헌이 매우 컸고 약 1800여 년 전 그는 마비산을 발명하여 전신성 마취를 진행하였는데 마취법과 무균소독법의 발명으로 외과학 발전에 큰 지주가 되었다. 미국인 의사 크로퍼드 윌리엄슨 롱(Crawford Williamson Long)이 1842년 처음으로 외과 수술에 에테르를 마취제로 사용했다. 1842년 3월 30일 베너블에게 에테르를 흡입시킨 뒤 통증 없이 목에서 종양을 제거했다. 화타의 마비산은 서양의학의 마취학보다 약 1600

이는 생각할 볼 적에 그때의 화타의 외과수술은 대단한 성과

하나오카 세이슈의 수술 광경

였다. 일본에서 《화타재세(華佗再世)》의 저명한 외과의사인 하나오카 세이슈(華岡青州)[6]는 1805년 만타라(曼陀羅) 꽃, 오두(烏頭) 등을 사용하여 외과수술 마취를 사용하였는데 세계 마취 역사상에 있어서 좋은 귀감이 됐다. 그의 성공을 나타냈으며 화타의 전승을 계승하고 화타의 깨우침을 발견하였다. 그가 재발견한 마비산(麻沸散)의 처방은, 만타라화(曼陀羅花) 6돈(錢), 천궁(川芎) 3돈, 백지(白芷) 1돈, 당귀(當歸) 1돈, 오두(烏頭) 3돈, 천남성(天南星) 1 돈.

같은 시대의 행림(杏林) 동봉(董奉)과 상한론(傷寒論)의 장중경(張仲景)과 함께 건안삼신의(建安三神醫)라고 불린다. 한의학은 서한(西漢)시대에 이르러 상당히 높은 수준에 도달하여 마침내는 장중경(張仲景)의 《상한론(傷寒論)》과 화타의 출현으로 한의학이

---

6) 하나오카 세이슈(華岡青州 1760-1835) : 에도시대의 외과의사. 기록에 남아 있는 것으로는 세계 최초로 전신마취를 이용한 수술(유방암 수술)을 성공시켰다. 구미에서 처음 전신마취가 실시된 것은 하나오카 아오스의 수술 성공으로부터 약 40년 후가 된다.

장중경(張仲景)

크게 발달되었다. 한나라 때 의학이 꽃피었으며 '한의(漢醫 : 漢나라 의학)'란 말이 나오게 되었다.

13. 백성회념(百姓懷念)

화타 동상

화타는 일찍 한을 품고 세상을 떠났다. 백성들의 무한한 비통과 동정이 계속되었다. 그 고향에 있어서 광활한 황준(黃准) 평원과 그가 다니며 치료한 지방까지 사람들은 여러 가지 형태로 그를 기념하였다. 조그만 마을까지도 화조묘(華祖廟), 화조암(華祖庵), 화조각(華祖閣)을 건립하였다 어떤 곳에서는 관우를 모시는(敬奉) 관제묘(關帝廟) 안에도 화타의 동상을 세웠다.

민간에서는 치료로 허다한 사람을 놀라게 한 전설에 전해 내려온다. 듣는 바에는 화타가 목 잘린 후 몸과 연결되지 않았고, 허창(許昌)에서 급히 호현(亳縣)까지 백성들에게 나타났다고 하며, 조조의 명령으로 시체 수습을 못하게 하였다고 한다.

때는 6월 허창에 별안간 큰 눈이 3일 동안 내렸고 하늘이 맑아서 눈이 녹는 것을 기다리고 있을 때에 화타의 시체는 이미 어디로 가져갔는지 몰랐다. 원래는 화타를 존경하는 백성들이 조조의 명령에도 두려워하지 않고, 화타는 사형당하기 전 옥사에게 말하였다.

"나의 일생은 청백하다. 죽은 후에 나를 청수(淸水) 강변에 묻어주시오"

그의 유언으로 화타의 시신을 성 북쪽의 청이(淸潩) 강변에 묻었다. 오늘에 이르기까지 허창 성북의 석촌(石村) 마을에는 화타 묘와 비석이 서 있다.

화타의 수급(首級 : 머리)은 전설에 의하면 번아가 많은 금을 주고 사온 후 팽성(彭城) 남쪽 교외에 머리에다 돌로 몸을 만들어 매장하였다고 한다. 팽성은 지금의 서주(徐州)로 병가(兵家)들이 군사 요충지로 몇 차례의 전란으로 번아가 매장한 화타의 묘지는 이미 황무지로 변하여 사람들이 알아보기가 어려울 정도가 되었다.

후에 어떤 사람이 한 두개골을 발견하였는데 전액(前額) 부위가 다른 사람보다 비교적 컸다고 한다. 이것을 추리하여 보면 화타의 노골(顱骨)이라고 생각하였다. 그리하여 다시 매장하여 화타의 묘를 만들었다. 그리하여 그곳을 「화타묘(華佗墓)」라 하였다. 묘 앞에는 번아, 오보 등 사람의 석상이 있고 기타 석각들이 서 있다.

명(明)나라 영락년(永樂年)에 서주(徐州)사람들이 화타의 묘를 다시 수리하여 타원형으로 높이 2m로 만들었다. 묘문의 비석에 여덟 자가 새겨져 있다.

'후한신의화타지묘(後漢神醫華佗之墓)'

화타 묘

푸른 소나무와 측백나무(절개)가 서로 돋보이게 하는 오랜 묘지의 석상이 사람을 숙연하게 하며 공경하게 만들었다. 묘 북쪽에는 화조묘(華祖廟)를 건립하고 정전(正殿)에는 동으로 만든 화타의 좌상(坐像)이 있고, 화타 곁에는 각 동자가 서 있고 칼과 《청낭경》을 쥐고 있어, 화타 일생은 의학에 헌신하고 그의 고초의 외과기술에 헌신했던 그의 모습이다. 묘(廟) 뜰에는 비석이 줄지어 서 있고 이전에는 서주(徐州)는 연하팔경(沿河八景) 중의 하나였다. 매년 3월 3일과 9월 9일에는 화타묘회(華佗廟會) 마당에 향을 피우고 무릎을 꿇고 제를 드리는 사람으로 끊이지 않았다.

지금의 양주(揚州)인 광릉(廣陵)에는 오보(吳普)도 스승을 위한 수행하는 의관총(衣冠塚)에 제를 지냈고, 송원(宋元)시대에는 양주(揚州)의 태평교(太平橋)에 화타의 묘(廟)가 있다. 다시 수리한 것은 《양주부지(揚州府志)》에 기재되었다.

명(明)나라 1464~1487년간에 진사(進士) 마대(馬岱)가 과거를 보러 가는데 돌연히 병에 걸려 꿈속에 화타가 나타나서 병을 치료하여 나았다. 후에 마대는 집에다 사당을 건립하였다. 태평교(太平橋) 쪽에 있다. 전하는 바에 의하면 환자가 화대왕묘(華大王廟)를 배알한 후에 다리 밑에 있는 물을 길어 약을 달이면 왕왕 병이 낫는다고 한다.

이런 풍속은 청(淸)나라 함풍 3년(咸豊, 1853년)까지 양주에는 3차례 대규모의 쟁탈전이 발생되어 다리 밑에 시체가 싸이게 되어 시체 썩은 냄새가 난 후에 물 마시는 일이 없어졌다고 한다.

화타의 고향 안휘성(安徽省) 호현(毫縣)성 교외의 소화장(小華庄)에는 오래전부터 「화타구택(華佗舊宅)」이라는 석비가 서 있다. 성내는 번창하지만 동북쪽에는 풍경이 아름다운 화조암(華祖庵)이 있다. 한(漢)나라, 위(魏)나라 모두가 조조와 관계가 있기에 화타 묘를 만들지 않았다. 진(晋)나라는 빈번한 전쟁과 당(唐)나라에 이르러 호현(毫縣)은 천하의 십망주부(十望州府)의 하나로 되었고 호현 사람들은 비로소 화타를 기념할 수 있는 기회가 있었다.

명청(明淸) 때 사지비문(史志碑文)에 증명이 되었다. 예로 《호주지(毫州志)》에는 건륭신사년(乾隆辛巳年)에 수리하고 가경(嘉慶) 2년에 다시 수리하였다고 기재되었다. 매번 수리하며 확장 건설하는 것은 신기한 전설과 관계가 있다.

청(淸)의 가경(嘉慶)년에는 순무(巡撫) 주규(朱珪)의 어린 아들이 중병에 걸렸다. 순무는 성(省)의 지방행정장관이다. 백여 명의 의원들이 치료를 하였지만 속수무책이었다. 돌연히 한 의원이 찾아와서 아들의 병을 치료하였다.

"혹시 어디서 오신 의원이십니까?"

"저는 호현에서 온 의원입니다."

"존함은 어떻게 되시는지요?"

"성이 화(華)입니다."

의원은 아무런 말도 사례도 받지 않고 자리를 떠났다.

주규가 호현을 순시할 때 화의원이 생각이 나서 마을사람에게 물어보니 그런 사람이 없었다. 우연히 화조암(華祖庵)을 들러서 배알하였다. 그는 자식의 병을 고친 화의원이 바로 화조암 벽에 있는 화타의 조상(塑像)과 같은 얼굴이었다. 그는 즉각 정신을 차렸다. 바로 신의 화타의 현령(顯靈)이 그의 자식을 구하였던 것이다. 그는 지주(知州) 이정의(李廷義)에게 명령하여 화조암을 다시 잘 수리하고 화타의 동상을 금으로 만들도록 명령을 내렸다.

화조암은 청(淸)나라 도광년(道光年)에 산동의 조주(曹州) 일대 사람들이 자금을 모아서 다시 건립하였다. 전하는 바에 의하면 조주(曹州) 일대에 온역(瘟疫) 전염병이 휩쓸었다. 백성들 태반이 사망하였다. 어느 하루 서쪽으로부터 한 의원이 있었는데 그는 군중 속에 와서 병의 상태를 자세히 알아보았다. 그 때 한 노인이 돌연 혼미하며 쓰러졌다. 그 의원은 급히 호로병에서 약을 꺼내 노인의 입에다 넣었더니 노인은 회복하였다. 그래서 모두들 그 의원을 집으로 청하였다.

유행병에 걸린 사람들은 치료되었고 환자들은 약을 복용한 다음 모두들 위험에서 벗어났다. 의원이 떠나갈 적에 처방전을 전하는 말과 함께 남겨두고 갔다.

"처방에 있는 약은 아무 들에서나 구할 수 있는 약입니다."

그는 또 재삼 부탁하였는데 빨리 백성들에게 구해 주라고 하였다.

백성들은 그에게 떠나지 말도록 부탁하였다. 모두가 매달렸지만 그는 가야 한다고 하였다. 백성들은 말하였다.

"존함이라도……"

"나는 호현에서 온 성이 화(華)입니다."

그는 말이 끝나자 떠났다. 그의 약 처방은 조주(曹州) 전역에 감염된 백성들에게는 생명을 구한 약이었다. 그들은 약을 복용하자 생명을 구할 수 있었다. 그리하여 조주의 백성들은 화의원에게 감사하는 마음에 돈을 모아서 호현으로 가서 답례하자고 하였다. 마치 주규와 같이 호현에 와서 화조암의 그의 초상을 보고 놀랐다.

화타의 업적은 역사상 여러 책에도 나타났다. 《삼국지(三國志)》, 《후한서(後漢書)》에서 자세히 소개되었고 고전 문학 명저인 《삼국연의(三國演義)》 중에서도 화타가 촉(蜀)나라 대장군인 관우(關羽)의 독화살로 퍼진 독을 제거하기 위하여 뼈를 깎는 수술과 각종 여러 가지 미담이 전해 내려왔다. 민간에서도 화타의 미담이 계속하여 전해 내려왔으며 어떤 것은 미신 색체가 있지만 그의 치료와 의덕은 참으로 높았다.

백성들의 마음속에는 숭고한 위치로 고명한 기술은 언제나 「화타재새(華佗再世)」, 「원화복생(元化複生)」, 「금지화타(今之

華佗)」라는 낱말을 사용하였다. 화타는 사망하였지만 후세 사람들의 마음속에는 살아있었다.

화타의 위대한 의학을 기념하기 위하여 호현(毫縣)과 강소성(江蘇省) 패현(沛縣)에는 두 군데 화타중의원(華佗中醫院)을 건립하였고 호현에는 몇 차례 화타암을 개조하여 화타기념관을 만들었다. 당대 저명한 문학가 곽말약(郭沫若)이 관명(館名)을 썼으며, 그곳에는 화타의 생동감 있는 조각상이 있다. 옆에 있는 건물에는 주건인(周建人)이 쓴 「발양화타구사부상정신(發揚華佗救

신의(神醫) 화타

死扶傷精神)」을 썼다. 초도남(楚圖南)이 쓴「구리국가생사기 기인화복추피지(苟利國家生死己 豈因禍福趨避之)」라고 썼다.

이것은 청(淸)나라의 임칙서(林則徐)의 시구에서 응용한 것인데 화타는 한 마음으로 나라를 위하고 재앙이나 복에 상관하지 않는 정신을 형용한 것이다. 이 밖에도《중장경(中藏經)》,《화타신의비전(華佗神醫秘傳)》,《내조법(內照法)》,《화타양과습유(華佗瘍科拾遺)》등 제목의 화타의 의학 저서가 있고 그와 유관한 화타의 기념물이 있다.

의학사상 화타는 인류에 걸출한 공헌을 하였고 한의학의 의성(醫聖)과 외과(外科)의 시초이며 인류사회가 약 1800여 년이 비바람이 불어와도 영원히 역사책으로 남아있으며 후세의 인류에 가슴깊이 새겨지고 있다.

소설《神醫 화타》(요약)

화타는 패국(沛國) 초현[譙縣 : 지금의 안후이(安徽)성 보저우(亳州)시] 사람으로 다른 이름은 부(旉)이고, 자는 원화(元化)이다. 동한 말기의 의학자로 동봉(董奉), 장중경(張仲景)과 더불어 '건안삼신의(建安三神醫)'로 일컬어진다. 안후이(安徽), 허난(河南), 산둥(山東), 장쑤(江蘇) 등지에서 의술활동을 했다.

일찍이 장쑤성 쉬저우(徐州)에서 유학했는데, 의술에 정통하여 돌아다니면서 많은 사람을 치료하였다. 이를 계기로 그의 명성이 널리 알려졌다고 한다. 그래서 태위 황완(黃宛)이 헌제(獻帝)에게 화타를 조정의 관리로 추천하였고, 후에 또 패국(沛國)의 재상인 진규가 그를 효렴(孝廉)으로 추천하였으나 화타는 모두 완곡하게 거절하였다.

《삼국지》「위서(魏書)」방기전(方技傳)에 따르면 광릉[廣陵, 지금의 장쑤(江蘇)성 양저우(揚州)시 서북쪽 촉강(蜀岡)] 태수 진등이 생선회를 먹고 위에 기생충이 생겼을 때 화타가 치료해 주었다고 한다. 화타는 진등에게 3년 뒤에 재발할 것이니, 곁에 양의(良醫)가 필요하다고 충고했는데, 실제로 3년 뒤에 화타의 말처럼 병이 재발했는데, 화타가 곁에 있지 않았기 때문에 죽었다고 한다.

조조는 평소 두풍병(頭風病)을 앓고 있었는데, 화타의 의술이 고명하다는 것을 알고 항상 곁에 두려고 했다. 그러나 화타는 떠돌아다니는 것을 좋아하는 성격이라 조조가 불러도 빨리 오지 않았다. 더구나 집안 식구들이 보고 싶다며 휴가를 청한 경우도 있었다.

화타는 아내가 병이 들었다고 핑계를 대고 기일이 지났는데도 돌아오지 않았고, 조조는 여러 차례 편지를 써서 돌아오길 요구했지만 화타가 거절했다. 크게 노한 조조가 사람을 보내 사정을 살피게 했는데, 이윽고 거짓말이 드러난 화타는 잡혀와 고문 끝에 죽고 말았다. 중간에 순욱이 조조에게 그를 용서해 달라고 청했지만 조조는 말을 듣지 않았다.

화타가 죽기 전 옥졸에게 평생 동안 익힌 의술 비법이 담긴 책《청낭경(青囊經)》을 주었는데, 자신에게 잘 대해준 것에 대한 감사의 뜻이었다. 그러나 조조에게 발각되어 이 책은 불태워졌다. 뒤에 조조는 자신이 가장 아꼈던 아들 조충이 병으로 위중해지자 화타를 죽인 것을 후회하게 되었다.

화타에게는 오보(吳普)와 번아(樊阿)라는 두 명의 제자가 있었다. 번아는 침구(針灸)에 능했고 화타가 가르쳐 준 칠엽청점산(漆葉青粘散)의 비방을 가지고 있었다. 그는 백여 세까지 장수하면서 머리도 희지 않았다고 전해지는데, 그만 비방을 잃어버리고 말았다.

화타는 일생을 의술 활동에 바쳤는데, 외과에 능하고, 수술에 조예가 깊었으며, 내과, 산부인과, 소아과, 침구 등에도 정통했다. 그는 가급적 약과 침구를 적게 사용했지만, 그가 치료하면 신통하게 나았다.

침과 약으로 치료가 되지 않을 때에는 술에 그가 발명한 마비산(麻沸散 : 대마로 만든 마취제)을 타서 마시게 하여 마취한 뒤 외과수술을 하였고, 상처 부위는 봉합 후에 고약을 발랐다고 한다. 관우가 대표적인 치료 사례다. 관우가 화살을 맞았을 때 화타에게 상처 부위를 칼로 도려내고 수술하게 하였다는 일화는 유명하다. 하지만 화타의 마비산과 외과 수술법은 전해지지 않는다.

화타는 양생술(養性術)에 능했는데, 각종 동물의 형태와 자세를 관찰, 연구하여 만든 체조 「오금희(五禽戲)」를 창안했다고 전한다. 그의 제자인 오보가 이 「오금희」를 평생 동안 익혔는데, 90세가 지나도 얼굴과 치아가 젊은이처럼 건장하였다고 한다.

저자 후기

하나님은 우리 인간들에게 생명을 허락하였다. 어떤 이는 태어나자마자 세상을 떠나기도 하고, 어떤 이는 100세까지 장수하다 떠나는 것을 본다. 질병이 있는 곳에서는 언제나 치료할 약초가 준비되었고, 환자가 있는 곳에는 치료할 의사가 있다. 천하를 얻고도 건강을 잃으면 무슨 소용이 있겠는가?

'재물을 잃으면 적은 것을 잃고, 명예를 잃으면 많은 것을 잃고, 건강을 잃으면 모든 것을 잃고 만다'는 말이 있다.

여기 질병과 평생 싸우다 일생을 보낸 한 사람이 있다.

중국의 동한 말 전란시대 때 한 사람이 나타나 그의 일대기가 우리의 가슴을 파고드는 이야기이다. 《삼국지》나 영화에 등장하는 인물 중 하나인 화타가 의학을 하게 된 동기나 그가 치료하는 동안 그의 예리한 관찰력으로 약초의 효능을 찾아내는 이야기가 실감나게 그려져 있다.

필자가 미국 로스엔젤레스 미주판 중앙일보에 건강컬럼을 1991년부터 2001년까지 약 10년간 '민간요법'과 '신민간요법', '간단한 경혈요법', '이풍원의 이야기한방'이란 제목으로 건강컬럼을 쓴 바가 있다. 그 당시 뉴욕에 사는 분이 중앙일보 신문의 컬럼을 보고 로스엔젤레스로 와서 필자가 강의하였던 동국대학교 한의대를 입학하여 한의사가 되었고, 또 영국에서 유학생활을 한 유학생이 《이야기 본초강목》 책을 읽고 로스엔젤레스의 한의과대학에서 한의학 공부를 하여 한의사가 되었다. 또한 필리핀에서 선교활동 하시던 선교사님이 《이야기 본초강목》을 읽고 그 책에서 소개한 약초로 원주민을 치료하여 필자가 운영하는 한의원에 와서 감사 인사를 한 적이 있다.

1996년 《이야기 본초강목》이 출판되어 사랑을 받았으며 《이야기 한방》도 인기를 끌어 제목을 《한의열전》 1,2부로 바꾸어 출간하여 많은 사람들에게 한의에 대한 인식을 달리하였다. 《이야기 본초강목》은 약초의 유래와 숨은 이야기를 소개한 것이고, 《한의 열전》 1,2부는 한의사들의 치료 이야기를 소개한 것이라면, 이번 《신의 화타》는 화타의 치료와 의덕(醫德)의 숨은 이야기들이다.

화타에 대한 자료와 업적 등을 찾아보기 위해 1990년도부터 로스엔젤레스의 차이나타운에 있는 서점과 도서관에서 많은 자료들을 찾아가며 화타의 발자취를 찾아냈다. 화타의 관한 책이 있으면 차이나타운의 서점에 부탁하여 중국에다 주문 구입하기도 하고 당시 강의했던 삼라대학교, 황제대학교, 동국대학교 L.A 분교 한의과대학교의 도서실에서 화타의 대한 자료를 발췌하기 시작하였다. 특히 거주했던 Montebello는 인근에 중국인들이 많이 사는 지역이라 그곳 도서관에는 중국에 관한 책들이 많이 있었다. 늘 그곳 도서관에서 화타와 관계되는 책을 보며 화타의 발자취를 찾아 나섰다. 한의원을 운영하였기에 화타가 사용했던 약재들을 다시 한 번 상기하며 환자에게 사용하기도 했다.

《신의 화타》를 쓰면서 같은 한의사로서 환자들과 대화에서 오는 기쁨과 실망 등 여러 감정을 느낄 수 있었다. 이 책에서 나오는 화타와 환자와의 대화, 화타와 제자와 대화 속에서 한의학의 기초로 둔 설명은 한의적으로 적용되어 전개해 나갔다. 약초의 효능과 옛 한의학 책을 소개하며, 옛 한의학자 등장으로 그 시대의 주장하는 한의이론을 소개할 수가 있어 한의학에 관심이 있는 독자나 의료에 종사하는 독자뿐만 아니라 일반인에게도 유익한 정보를 접할 수 있게 하였다.

그동안 필자는 선교사로 중국의 쿤밍(昆明) 인근에 사는 먀오족(苗族)들을 치료하고, 타이위안(太原)에서 시안(西安)으로 가는 기차에서 만난 환자를 기차 안에서 치료하기도 하고, 웨이하이(威海), 선양(沈陽), 베이징(北京), 선전(深圳) 등을 오가며 환자들을 돌보기도 하였다. 몽골에선 볼강 아이막 현지 보건소에서 현지인과 몽골 의사들도 침술로 치료하여 찬사를 받았으며 울란바트로에서도 치료하였다. 러시아의 대한항공기가 1983년 추락한 곳인 네벨스크, 블라디보스톡, 하바로브스크, 사할린 우스노, 일제 강점기 때 조선인들이 강제 이주하여 노동했던 탄광촌이었던 사할린 뷔꼬프 등 각지를 다니며 치료하였고 중남미 과테말라, 멕시코, 엘살바도르, 브라질뿐만 아니라 유럽의 크로아티아 집시마을까지 다니며 환자들을 치료하였다.

동물로는 개와 고양이를 치료한 경험이 있으며, 태평양 상공에서 위급환자가 발생하여 비행기 안에서도 치료하여 대한항공 CEO 조양호 회장에게 감사장을 받았으며, 하와이 관광잠수함 안에서도 위급환자를 치료한 경험이 있어 땅과 바다, 하늘에서 종횡무진하고 다양하고 풍부한 치료 경험이 책 속의 환자 심리 상태를 표현하는 데 도움을 주었다.

미국의 「Rose」를 부른 유명한 가수 Bette Midler가 출연한 《Gypsy》 영화 촬영장에서 영화감독 Emile Ardolino 감독도 치료하였다. Los Angeles 2005년 Superstar로 선정된 불가리아 Krassimir가수가 Oscar상 시상하는 Kodak 극장에서 2005년 Superstar 된 '기념 공연'하기 전에 왕진을 청하여 Kodak 극장에서도 치료하였다.

과테말라에서는 현지방송국 Guate Vision 채널 36 TV에서 「침술」에 관해 대담한 것을 방영을 한 것을 보고 과테말라는 물론 멕시코, 벨리제 등에서 환자들이 몰려왔으며 과테말라 주재 미국대사, 일본대사, 한국대사, 러시아대사와 영사, 대만대사관의 참사관이 내원하여 치료를 받기도 하였다.

과테말라의 배우며 미국 영화 'Ambiguity'에 출연한 Juan Diego Rodriguez가 내원하여 치료를 받은 적이 있다. 과테말라 주재 미국대사를 치료하여 미 대사관 지정 한방병원이 되기도 하였다. 미국 내의 저명인사들의 소개하는 「Who's Who」의 명의난에도 2년 연속 기재가 된 바 있다.

이 책에 나오는 병명과 증상 이름은 현대 병명과 다른 한의학적 병명이기에 이해하기 쉽게 병명과 증상 이름을 현대 병명으로도 소개도 하였다. 암(癌)이란 병명도 현대 병명일 뿐 옛 고서에는 부위에 따라 이름이 다르게 소개하였다.

늘 생각하는 것은 《신의 화타》의 구독자 가운데 단 한 사람이라도 여기에 나오는 약초나 치료방법으로 도움이 되어 건강한 삶을 갖게 된다면 작은 마음으로 더 이상 바랄 것이 없다.

2023년 10월 5일 대한민국에서 유일하게 제일 오래되고 전통을 가진 〈명문당〉 100주년 기념식에서 명문당 김동구 사장의 권유로 《신의 화타》가 세상에 나오게 되었다.

— 필자 이풍원

이야기

《본초강목》

우리 주위에 많은 약초 이름이 만들어진 유래가 씌어 있다.

이 책에서 소개된 민간처방이 한의학 발전에 결정적 역할을 하기도 했다. 이 약초 이야기를 통해서 비방과 묘방을 발견하게 되었고, 난치병을 치료하는 옛 선조들의 지혜를 알게 된다. 약초와 한의학에 관심 있는 분들은 꼭 읽어야 하는 필수 교과서이다.

《한의열전》1, 2

선대의 기라성 같은 한의학자들의 심오한 의술과 묘방(妙方), 기방(奇方), 위급한 상황에서의 임기응변, 또한 그들의 기지와 재치, 숭고한 의사 정신과 한의학 발전을 재미있게 이야기로 엮은《한의열전》은 누구나 이 책을 통해 지혜를 얻을 수 있다.